HAYMON verlag

Selim Özdogan

Der Klang
der Blicke

Geschichten

Auflage:

4	3	2	1
2015	2014	2013	2012

© 2012
HAYMON verlag
Innsbruck-Wien
www.haymonverlag.at

ISBN 978-3-7099-7000-3

Buchgestaltung, Satz:
hœretzeder grafische gestaltung, Scheffau/Tirol
Umschlag: hœretzeder grafische gestaltung, Scheffau/Tirol,
nach einem Gestaltungsentwurf von Boris Höpf
Umschlagfoto: Boris Höpf

Gedruckt auf umweltfreundlichem,
chlor- und säurefrei gebleichtem Papier.

Es ist nicht der müßige Träumer, der der Realität entflieht, sondern es sind die Emsigen, die in einem Leben voller Taten Zuflucht vor der Bedeutungslosigkeit suchen.
John Gray

Ich habe nicht genug Kollegen John Grays getroffen, um wirklich überzeugt von dieser Theorie zu sein, aber möglicherweise sind Philosophen Rappern ähnlicher als gemeinhin angenommen wird. Wenn es ebenfalls ihr Job ist, eine Rolle zu spielen und all ihre Eloquenz zu nutzen, damit möglichst viele Leute ihnen diese Rolle abkaufen, würde sie das im Grunde genommen zu MCs machen, nur ohne den Schmuck.
Mike Skinner

Der den Klang der Worte liebt

Ich hätte auf meinen Vater hören sollen. Zumindest dann, wenn er seine Meinung nicht revidierte. Als ich ihm meinen ersten Track vorspielte, sagte er:

– Was ist das denn? Das ist doch überhaupt keine Musik. Das klingt wie dieses Zeug, das du in letzter Zeit immer hörst.

Aufgewachsen war ich mit Ruhi Su, mit Aşık Veysel und Zülfü Livaneli, mit Musik von Männern, die sich selber auf der Saz begleiteten und deren Stimmen getränkt waren von etwas, das man anatolischen Blues nennen könnte.

– Wenn es wenigstens wie Jimi Hendrix klingen würde oder wie Frank Zappa, aber das ist doch nur boom-tschkitschk-boom, boom-tschkitschk-boom, boom-tschkitschk-boom, boom-tschkitschk-boom, keine Instrumente und keine Melodie.

Er sah mich an, als würde er auf eine Erklärung hoffen. Ich kämpfte mit den Tränen, obwohl ich so etwas geahnt hatte. Achselzuckend presste ich hervor:

– Morgen.

Ich war noch keine achtzehn, und seit drei Jahren hatte es mich gepackt, ich hörte HipHop. Immer. Morgens auf dem Schulweg, in den Pausen, manchmal auch im Unterricht, bei den Hausaufgaben, draußen auf dem Basketballplatz, den ganzen Nachmittag und Abend, erst wenn ich schlafen wollte, machte ich die Musik aus.

Ich lernte die Texte auswendig, rappte sie mit, rappte sie dann allein auf die Instrumentals auf den B-Seiten der Maxis, versuchte die Techniken und Stile der verschiedenen Rapper zu verstehen und nachzuahmen.

Konsum bleibt nicht folgenlos, nie. Irgendwann fing ich an, eigene Texte zu schreiben und auf die B-Seiten zu rappen. Als ich vierzehn war, hatte ich Gedichte geschrieben, auf Englisch, und drei Jahre später erkannte ich, dass ich mich hatte verstecken wollen hinter den fremden Worten. Nun rappte ich auf Deutsch, es war 1992, *Ahmet Gündüz* von Fresh Familee war schon draußen, *Die da* von den Fantastischen Vier war bereits Nummer eins in den Charts gewesen und hatte mir Hoffnung gegeben. Wenn vier Spießer, die auf Kasper machten und deren Technik, Reime und Themen zu wünschen übrig ließen, es schaffen konnten, warum sollte mir der Weg nicht auch offen stehen? Als ich dann mit Zack einen DJ kennenlernte, der genauso viel Zeit mit dieser Musik verbrachte wie ich und der mir Beats bastelte, war die Sache klar: Wir wollten HipHop machen, auf Deutsch.

So nahmen wir unseren ersten Track auf, den, den ich dann meinem Vater vorspielte. Es ging um einen Typen, der alle Fehler aufzählt, die er in letzter Zeit gemacht hat, Situationen, für die er sich schämt und von denen er glaubt, sie nie mehr vergessen zu können. Fast zwanzig Jahre später hätte ich wohl das meiste davon schon vergessen, wenn es diesen Text nicht gäbe, den ich immer noch genauso auswendig kann wie alle meine anderen gereimten Texte auch.

Es war nicht der nächste Tag, es war etliche Wochen später, als ich den Versuch wagte, meinem Vater das Stück näherzubringen. Mittlerweile hatten viele Freunde es gehört und abgefeiert, auch weil sie so etwas auf Deutsch nicht kannten, ein Stück, das persönlich wirkte, ohne peinlich zu werden. Ich versuchte meinem Vater zu erklären, was es mit dieser Melodielosigkeit auf sich hatte, wie die Reime funktionierten, was man unter Flow verstand und warum die Reime häufig unsauber waren. Dass wir uns bemühten, Gedichten eine zeitgemäße Form zu geben, dass das, was ich da zu tun versuchte, nicht weit weg war von

Ruhi Su, der ja Yunus Emre vertont hatte und Pir Sultan Abdal. Dass er sich nicht von dem gelopten Vierviertel-takt abschrecken lassen sollte, dass das nur der Groove war, der unter den Worten lag, dass es Welten waren, die wir mit den Worten erschaffen wollten, und der Beat nur ein Transportmittel war.

Mein Vater hat mir immer zugehört, er war ein offener Mensch, und auch wenn er noch einige Zeit lang Vorbe-halte hatte, er hörte sich meine Stücke an, doch die Spra-che eröffnete ihm keine Welt, sondern verwehrte ihm den Zugang. Ich übersetzte ihm die Verse ins Türkische und nach und nach begriff er, was ich da zu tun versuchte. Als wir etwa ein Jahr später unsere erste EP rausbrachten, erzählte er es stolz allen Verwandten und Bekannten.

– Am Anfang dachte ich ja, was soll das denn für ein Gestampfe sein, ich wollte nicht, dass mein Sohn so etwas macht, sagte er, aber so ist das mit den alten Leu-ten und den neuen Dingen, man steht ihnen erst mal skep-tisch gegenüber, weil sie eben neu sind und ungewohnt. Man muss sich erst mal reinfinden, aber wenn man es ver-standen hat, dann packt einen das Fieber. Und um Fieber geht es, egal ob Rock 'n' Roll, ob Saz, ob Ney oder HipHop, es geht um diese Liebe, die Musik in uns entfachen kann.

Worte waren Musik genug für mich und nächtelang habe ich Texte geschrieben, wenn ich müde wurde, mir die Augen feste gerieben und davon geträumt, Schecks zu kriegen, Sex und Beck's und Parties, dass die Fetzen flie-gen. HipHop sollte die Miete zahlen, er sollte die Zukunft sein, wo wir ein wenig Frieden haben, er sollte unserer Sehnsucht eine Stimme geben, unserer Wut, unserem Leid, unseren Sorgen und Ängsten und unserem Wunsch nach einer metaphysischen Umwälzung. Er sollte unser gan-zes Leben sein, und das war er auch.

Zumindest eine Zeit lang. Zack machte die Beats und ich schrieb die Texte, ich wusste damals, wo ich hinwollte, vielleicht war ich jung genug und noch nicht ausreichend verwirrt vom Leben, obwohl ich nach links und rechts blickte und versuchte, die Dinge zu verstehen. Ich sah, dass im deutschen HipHop Menschen waren, von denen man später sagen würde, sie hätten einen *Migrationshintergrund*, Ausländer, die sich um Verständigung bemühten. TCA Microphone Mafia zum Beispiel rappten auf Italienisch, Türkisch und Englisch, doch der Applaus kam nicht so sehr von den HipHop-Hörern, sondern von denen, die Multikulti immer laut beklatschten. Die Sons of Gastarbeita, die sich gegen Rassismus engagierten und später den Integrationswettbewerb der Bertelsmann-Stiftung gewinnen würden, inklusive einer Auszeichnung durch den damaligen Bundespräsidenten Johannes Rau, standen irgendwann auch mit DJ Bobo auf der Bühne. Wenn Engagement gegen Rassismus der Zweck ist, dann sind die Mittel bisweilen fragwürdig.

Ich wollte nicht belehren und bekehren, ich schrieb keine Texte, weil ich etwas besser wusste, sondern weil ich außer Texten kaum einen Halt fand in der Welt, weil es außer der Musik keine andere Liebe gab, die nicht kam und ging, wie es ihr beliebte, weil der Klang der Worte das einzige offene Meer war, in dem ich schwimmen konnte. Ich machte einfach HipHop, war durchaus in der Lage, meine Themen breit zu streuen, bekam einen Vertrag, und auch das mit der Miete klappte irgendwann leidlich.

Das Gefühl, auf einer Bühne zu stehen, eine wogende Menschenmenge zu sehen, und zu hören, dass die ersten Reihen textsicher waren, war am Anfang großartig. Die eigene Eitelkeit kann einen ungemein beflügeln. Rückblickend erscheinen mir die ersten fünf, sechs Jahre wie ein Rausch, wir lebten HipHop, wir lebten einen Traum, und ich machte mir kaum Gedanken über später, der Durchbruch schien immer zum Greifen nahe. Doch er kam nie.

Die weniger erfolgreichen Kollegen, die, die sich schon früh um ihre Zukunft sorgten, fingen irgendwann an, auf Lehramt zu studieren, und heute ist das Land voller Lehrer, die als Rapper gescheitert sind. Auch ich fing an, mir Gedanken zu machen, über mich, das Publikum, die Person, die ich irgendwann einmal sein könnte und das wenige Geld, das ich verdiente. Seitdem er verstanden hatte, was HipHop mir bedeutete, redete mein Vater mir nicht rein, doch er sorgte sich, weil er mitbekam, dass ich immer nur mit Ach und Krach alles unter Dach und Fach bekam, dass die Kohle kaum langte, zum Wohnen und Tanken.

Nach einem Curse-Konzert, das ich noch vor den Zugaben verließ, saß ich daheim und war niedergeschlagen. Sieben Jahre rappte ich nun schon, ohne grünen Zweig, ohne auch nur in die Nähe eines Baumes oder Strauchs gekommen zu sein.

Curse galt als selbstreflektiert und intelligent, Studentenrapper nannten sie ihn, aber seine Texte schienen mir immer noch zu anspruchslos. Dennoch war das Publikum kaum in der Lage gewesen, sie zu verstehen. Die meisten waren noch nicht einmal sechzehn und hatten nicht viel mehr im Sinn als Gras zu rauchen und zum Beat auf- und abzuhüpfen. Wollte ich das? Wollte ich später mit vierzig noch vor Pubertierenden spielen, mit denen mich kaum etwas verband und die mich nicht verstanden? Wollte ich Wörter aneinanderreihen, um einen Klangteppich zu Kiffabenden zu liefern, wollte ich erfolgreich sein in einer Szene, in der sich Battle-Rap immer mehr durchsetzte und keiner mehr ein anderes Thema zu haben schien, als die eigenen Fähigkeiten? Eine Szene voller Rivalitäten, voller Beef, wie es hieß, voller Kopien von Klischees aus den Vereinigten Staaten. Was hatte ich dort verloren? Das Konzept von HipHop, das sich mittlerweile etabliert hatte, hatte nichts mit meiner Version zu tun und kommerzieller Erfolg war fragwürdiger denn je. Jahre später rappte Retrogott: *Ich frage mich, was kommerzieller Erfolg ist, außer der Bestätigung der Dummheit eines ganzen Volkes.*

Wollte ich für diese Leute weitermachen? Dass ich für die, die immer klatschten, wenn nur mehr als eine Kultur involviert schien und es gegen Faschos ging, nicht auf die Bühne wollte, hatte ich früh gewusst, aber nun wollte ich auch nicht mehr für die übliche HipHop-Crowd spielen. Und nur für mich, das hätte mir gereicht, aber meinem Vermieter nicht. Es war ein Tiefpunkt. Ich hätte in dieser Nacht einem Wildfremden mein ganzes Leben erzählen können.

Ich saß da, starrte auf die Straßenlaterne vor meinem Fenster und es gab keinen Trost außer Stift und Papier. Ich schrieb. Ich schrieb einen Text ohne einen einzigen Reim, ohne auf den Rhythmus zu achten oder mich vom Takt knechten zu lassen. Ich schrieb, das war das Einzige, was ich in dieser Welt gefunden hatte, ich schrieb. Und wenn es Schrift blieb? War Literatur nicht ein naheliegender Ausweg? Ein älteres, gebildeteres Publikum, nicht mehr die Notwendigkeit, auf Reime zu achten, nicht mehr alles, was man sagen möchte, in drei Minuten dreißig sagen müssen, einfach mit dem Fluss der Sprache mitgehen und sich treiben lassen. Nicht mehr damit leben müssen, dass man vierhundert Einheiten verkauft und bei den Konzerten ahnt, dass insgesamt ungefähr fünftausend Menschen die CD gebrannt haben. Immer noch mit dem Material arbeiten, mit dem man am liebsten arbeitet, immer noch versuchen, die Welt aus Worten zu formen. Warum war ich nicht früher darauf gekommen?

– Tu es nicht, sagte mein Vater.

– Bitte?

– Tu es nicht.

– Warum?

– Das sind andere Menschen.

– Ja, sie sind gebildet, sie lesen, sie sind vielseitig interessiert, für die ist der Abend nicht gerettet, wenn genug Gras da ist.

– Das ist eine Elite.

– Ja und? Was ist so schlecht daran?

– Du wirst nie dazugehören.

– Die ganze HipHop-Szene ist elitär, bevölkert von engstirnigen Spießern, die nicht merken, wie beschränkt ihr Horizont ist, und die alles scheuen, was nicht offiziell als HipHop abgesegnet ist.

– Du kannst hier nicht oben mitmischen, wenn es um Kultur geht, sagte mein Vater, das geht in der Wirtschaft, wenn du genug Geld hast, beim Sport, wenn du die Leistung bringst, und auch in der Popmusik, weil Musik Grenzen überwindet, aber nicht in der Literatur. Das gefällt denen nicht, wenn du ihre Sprache meisterst. Zumal als Türke. Es ist nicht schick, Türke zu sein in diesem Land, als Russe oder Bulgare, als Peruaner oder Angolaner – vielleicht. Aber nicht als ein Angehöriger der größten und schlecht angesehensten Minderheit.

Was er sagte, schien mir geprägt zu sein von einem Verfolgungswahn und einer Bereitschaft, sich in die Opferrolle zu sehen. Ich ging nach Hause und fing an. Noch nie hatte ich zweihundert zusammenhängende Seiten geschrieben, aber ich mochte die Arbeit, ich mochte das Klappern der Tasten, wie der Text wuchs, ich mochte die Unabhängigkeit, die mir die Romanform bot, den freien Rhythmus der Worte und die Lebendigkeit meiner Charaktere. Ich fand es gut, hinter dem Text verschwinden zu können und auf eine längere Aufmerksamkeitspanne zu schielen als die Dauer eines Albums. Es lief gut, auch einen Verlag zu finden war leichter, als ich vermutet hatte, doch als der Roman erschien, musste ich an die Worte meines Vaters denken.

Ich hatte ein Buch geschrieben, in dem keine ausländischen Namen vorkamen, in dem das Thema Migration keine Rolle spielte, ich hatte nicht versucht, einen Platz im bundesweiten Integrationswettbewerb zu ergattern, doch jede Rezension, jeder Journalist thematisierte meinen Hintergrund. Bei Lesungen wurde ich für mein akzentfreies Deutsch gelobt und zu meiner Zerrissenheit zwischen den Kulturen befragt. Ich wurde zum Türken gemacht, es schien egal, wie ich darauf reagierte. Derweil machten Kool Savas, Eko Fresh, Summer Cem und Azad HipHop. Kaum jemand befragte sie zu ihrem Migrationshintergrund, und das Publikum, dieses Publikum, das ich am Ende verachtet hatte, feierte sie, weil sie deutschen HipHop nach vorne brachten und nicht etwa Migrationsrap.

Als Jahre später mein zweiter Roman erschien, war es kaum anders, nur dass der deutsche HipHop Impulse bekommen hatte von Massiv, MoTrip und Haftbefehl. Wie ich die Impulse bewertete, war unerheblich, ich war raus aus dem Spiel und sah, dass ich mit meiner Art nicht wirklich Erfolg gehabt hätte, aber ich neidete es nun diesen Jungs, dass sie niemand auf ihre Herkunft und auf ihre bürgerlichen Namen festnagelte, während ich Anfragen von Magazinen bekam, ob ich nicht etwas zur Integrationsproblematik schreiben wollte. Als HipHopper hatte es Anfragen für Features gegeben, Anfragen für Sampler, aber nie hatte mich jemand auf ein Thema beschränken wollen. Als HipHopper war ich Künstler gewesen, nun versuchte man aus mir einen Gesellschaftskritiker mit einem Programm zu machen.

Im Literaturbetrieb schien deutlich weniger gekifft zu werden, die Kleidung war in der Regel enger geschnitten und konservativer, der allgemeine Bildungsstand höher, doch die Weite des Horizonts unterschied sich dennoch nicht von dem eines durchschnittlichen HipHop-Heads. Wenn ich neuen Kollegen erzählte, dass ich früher HipHop gemacht hatte, sahen sie mich verwirrt an. So dumm wirkst du gar nicht, war eine Reaktion, der ich mehr als einmal begegnete. HipHop war für sie ein Deckmantel, unter dem Vulgärvokabular, Rassismus und Pornographie an ein vorwiegend jugendliches Publikum verkauft wurden, um Geld zu scheffeln. Eine falsche Heroisierung von Zuhältern und Sexisten. Das mochte nicht ganz von der Hand zu weisen sein, griff aber ebenso kurz wie der Glaube, Literatur bestünde aus Krimis, Fantasy-Romanen und Thrillern. Es gäbe nur Autoren wie Dan Brown, Gaby Hauptmann, Nele Neuhaus, Stieg Larsson und Paulo Coelho. Wie nahe sich Literatur und Rap sein konnten, vermochte kaum einer zu erkennen, dass beides sich mit Rhythmus, mit Klang, mit Metaphern, mit Metrik, mit Vergleichen ungehört wie Platten frisch aus dem Presswerk beschäftigte, wurde übersehen. Mit dem intellektuellen Finger bohrte man in den Feuilletons in die Wunden des HipHop: die Kommerzialisierung, die Einförmigkeit der Videos, in denen halbnackte Frauen zu Sexobjekten degradiert wurden, die drohende Desorientierung Jugendlicher durch falsche Vorbilder. Man kam sich klug vor bei groben Verallgemeinerungen, aber dass das Bild, das die Bestsellerlisten boten, auch nicht gerade von Intelligenz und Weitblick zeugte, das merkten diese Schlaumeier nicht.

Ich saß zu Hause, starrte wieder aus dem Fenster, bei Wikipedia stand mein Name nun auf der Liste der türkisch-deutschen Schriftsteller. Das mochte dem Wunsch geschuldet sein, die Dinge genau zu benennen und zu klassifizieren und somit die Illusion eines Verständnisses zu schaffen. Aber ich stellte mir vor, wie es wäre, wenn mein Name in der Liste der deutschen HipHopper stünde, zusammen mit Sultan Tunc und Killa Hakan, die ganze Alben rausgebracht hatten, auf denen sie ausschließlich türkisch rappten, mit Dendemann und Prinz Pi.

Ich saß zu Hause und fragte mich, was schlimmer war: ein Schriftsteller zu sein, den man immer irgendwie außerhalb der deutschen Literatur ansiedeln würde oder ein Deutschlehrer, der es als Rapper nicht richtig gepackt hatte. Ich saß zu Hause und begriff, dass der Weg aus dieser Sackgasse der Klassifizierung mindestens mehrere Generationen brauchen würde, dass ich zu früh dran war. Und dass der Weg zurück auf den Popmarkt einem fast Vierzigjährigen nicht mehr offen stand. Mein Vater hatte Recht gehabt. Ich hätte auf ihn hören sollen.

– Ja, sagte er, aber du hast nicht auf mich gehört. Und das ist gut so. Deswegen hast du mit Musik angefangen. Und jetzt, jetzt gibt es keinen anderen Weg mehr, aber scheiß was drauf. Was willst du mit der Anerkennung von Menschen, die du ohnehin nicht ernst nehmen kannst? Wenn du ganz alleine bist, wenn niemand von denen auf deiner Seite ist, dann bist du vielleicht auf dem richtigen Weg. Jeder ernsthafte Schriftsteller geht allein, halte nur den Rücken gerade.

Tim ist nicht tot

Nicht das ganze Leben. Oder vielleicht doch, aber so schnell, dass nur markante Punkte beschreibbar werden.

Zwei, zweieinhalb Jahre alt sieht er sich unter einem Tisch sitzend, an dem Erwachsene gerade essen. Er erinnert sich an die Waden seiner Mutter in der Nylonstrumpfhose und was für ein Gefühl es war, die Hand darübergleiten zu lassen.

Er sieht sich mit seinem Vater auf einer Wiese sitzend, die Zahl der Pusteblumen scheint unendlich, die Rillen an den Händen seines Vaters sind schwarz vom Maschinenöl und auch in seinem Bart ist ein dunkler Fleck.

Die sandige Paste, mit der sich der Vater die Hände wäscht, und wie er ihm Hammer, Zange und auch eine Säge in die Hand drückt, die noch keine Schultüte gehalten hat.

Als er schon in der Schule ist, bekommt er einen Bruder, einen Mitesser, wie er ihn später nennen wird.

Er ist gerne bei seinem Vater in der Werkstatt, dort ist der Vater ruhig und nicht mal die Geräusche der Bohrmaschine oder der Kreissäge stören. In der Küche bei seiner Mutter fühlt er sich genauso wohl, auch wenn sie viel mehr redet als der Vater.

Der Flur und das Wohnzimmer sind die Orte, an denen viel geschrien wird. Er ist jedes Mal erstaunt darüber, wie laut sein sonst schweigsamer Vater werden kann.

Die Referendarin, die sie im vierten Schuljahr bekommen, eine junge Frau mit schwarzem Pferdeschwanz, die immer Jeans trägt und nach etwas riecht, von dem er noch nicht weiß, was es ist, das ihn aber zusammen mit ihren fast schwarzen mandelförmigen Augen an Orient erinnert, an arabische Märchen, aber aus irgendeinem Grund auch an Sägespäne.

Einmal trifft er zusammen mit seiner Mutter die Referendarin in der Fußgängerzone und sie legt ihm die Hand auf den Kopf, während sie mit seiner Mutter redet, und ihm wird ganz warm und er ist aufgeregt.

Seine Mutter sagt, dass er auf das Gymnasium kommt und wohl als Erster in der Familie studieren wird, doch er möchte nicht auf eine andere Schule, er möchte bei Frau Schafenstein bleiben, der Referendarin.

Die erste Zigarette, die er hinter dem Schulhof des Gymnasiums raucht. Einige Wochen später die erste Reise allein, zu seinem Onkel nach Hamburg.

Dort sagt er, er gehe spazieren, doch er fährt zur Reeperbahn und verschwindet in einem unbeobachteten Moment in einer Videokabine.

Fast vierzehn Jahre alt. Völlig verstört von den Bildern, die er sieht. Herzklopfen, Aufregung, Adrenalin und Orgasmen.

Am nächsten Tag auf der Heimfahrt, die vier Stunden dauert, geht er noch fünfmal auf die Zugtoilette. Die Erregung lässt sich nicht wegonanieren.

Später wird er argwöhnen, dass die Bilder in der Videokabine ihn für immer verkorkst haben.

Einige Monate danach der erste Vollrausch und dieses Gefühl, etwas gefunden zu haben, über einen Schatz gestolpert zu sein. Nicht so wie Sex, wo vorher schon Neugier und Sehnsucht und Anziehung war, sondern wie ein Geschenk, eine Überraschung, wie die harte Hand des Vaters erwarten, dann aber an einem Strand aufwachen.

Die Vespa, die Abende draußen, die Heimfahrten, an die er sich manchmal kaum noch erinnern kann. Dieser Moment, in dem er an dem Schild denkt: Stop. Das heißt, die anderen müssen warten. Der erste Unfall.

Die Trennung der Eltern.

Die Werkstatt seines Vaters, in der er sich mit seinen Freunden treffen darf, wo sie trinken, kiffen, Musik hören. Wie sich das herumspricht. Jetzt kennt jeder seinen Namen und man trifft sich abends immer bei ihm.

Sein Name ist viel größer als er selbst. Er glaubt, keine Freundin kriegen zu können, weil alle anderen Jungs zwei Köpfe größer sind als er und lange nicht so stämmig.

Das Jahr in Amerika, das vielleicht eine Flucht hätte sein können, aber einfach nur ein Neuanfang in Sachen Einsamkeit ist, eine Zeit, in der sich Schmerzen festfressen und sich das Gefühl verstärkt, dass die anderen in einer anderen Welt leben, zu der er keinen Zugang hat. Eine Welt, in der einfache Regeln herrschen und das Glück in Reichweite zu sein scheint. Wie er glaubt, nur die Onanie würde ihn am Leben halten.

Die Studienfahrt in der Jahrgangsstufe zwölf nach Italien, wo er an geraden Tagen eine Flasche Amaretto trinkt und an ungeraden eine Flasche Cointreau, zwei Wochen lang.

Der erste Sex mit der ersten Freundin, die ihn nach einem halben Jahr verlässt, weil sie ihn nur nachmittags für sich hat, abends ist er immer in der Werkstatt und Freunde kommen vorbei. Für die und für den Alkohol bringt er mehr Interesse auf als für sie.

Nach einer Zeit, die ihm unendlich scheint, unendlich lang und unendlich einsam, die zweite Freundin. Der Druck, unter dem er steht. Sie ist attraktiv und klug, begehrt, stammt aus gutem Haus. Wie sich der Druck nicht fortsetzt bis in seinen Schwanz. Wie sie sich wochenlang immer wieder wünscht, endlich eine Frau zu werden, wie er trinkt, um den Druck zu verringern, wie das Trinken seinen Schwanz knickt, was wiederum den Druck verstärkt. Die Hand des Vaters, die Videokabine auf der Reeperbahn, die nylonbestrumpften Waden der Mutter, wie in

seinen Träumen alles durcheinanderläuft und wie er fliehen möchte, aber immer wieder an Glaswänden abrutscht.
Schließlich ein kurzer und kläglicher Triumph, den er mit
einer Flasche Wodka feiert.

Dann das Studium, das seine Mutter vorausgesagt hatte,
der Glaube an seine intellektuellen Fähigkeiten, das Lati-
num, das er nachholt, auch um der Freundin zu beweisen,
dass er dazugehört, dass auch er ein Bildungsbürger werden kann, ungeachtet seiner Herkunft. Die guten Noten
trotz der Trinkerei.

Die gemeinsame Wohnung, die weit weg von der Werkstatt liegt, die er nun nicht mehr nutzt. Ihre abfälligen
Bemerkungen über seine proletarischen Freunde, die ersten Flaschen, die er versteckt, die Nervosität, wenn doch
mal Freunde von früher zu Besuch kommen.

Die Beschäftigung mit Malerei und klassischer Musik,
die eigenen Meinungen, die er dazu entwickeln kann, und
wie ihm die lauten Gitarren, die er insgeheim bevorzugt,
fast schon peinlich sind.

Der neue Freund der Mutter und ihre indiskrete Offen-
barung, er würde es ihr mit seinen fünfzig Jahren noch
zwei- bis dreimal am Tag besorgen. Diese Angst, die Angst,
die sich schon tief in ihn hineingefressen hat und aus der
er sich nicht heraustrinken kann, die Angst, seine Freundin nicht befriedigen zu können.

Der neue Freund der Freundin, die erste eigene Wohnung, die Sinnlosigkeit. Es gibt keine Potenz mehr zu
beweisen, weder an der Uni noch im Bett.

Die Entdeckung von Techno, den er als Musik nicht
mochte, aber nun als Möglichkeit zum euphorischen
Exzess begreift, die Pillen, deren Wirkung er durch einen
Alkoholnebel wahrnimmt, die ihn aber innerlich wärmen
und ihn wachhalten. Die Sonnenaufgänge auf Afterhour-
Partys im Freien, wo er das erste Mal barbusig tanzende

Frauen sieht und sich fragt, ob es ein Glück ohne Gruppensex gibt.

Die Momente, die ihm ewig peinlich sein werden, wie der, in einem Club eine türlose Wand abzutasten, weil man sich sicher ist, dass sich dort die Toilette befindet. Und erst nach drei Minuten merken, dass die Musik aus ist und das Licht an und alle einen anstarren.

Die Trinkerei, die Unfälle mit dem Fahrrad und mit dem Auto oder auch zu Fuß. Die Schürfwunden, Knochenbrüche, Platzwunden, Punkte in Flensburg, der Führerscheinentzug, die Bußgelder, die Geldsorgen, das auslaufende BAföG, die Geldsorgen, die Arbeit beim Theater als Beleuchter. Die gespielte Zuversicht, dass er dieses Studium dennoch beenden wird, und wie er sich schließlich doch eingestehen muss, dass seine Mutter nicht Recht hatte.

Die ganzen schwarzen Nebenjobs, um über die Runden zu kommen. Der nächste Unfall, der ihm die Schulter bricht, das Arbeitsamt, der Ein-Euro-Job, für den er sich fast genauso schämt wie für die nicht gefundene Toilettentür im Club.

Die Angst, sich Frauen zu nähern, die Angst, sie nicht befriedigen zu können, die Angst und der Alkohol und die Impotenz, wie er nicht auseinander halten kann, was davon genau was bedingt. Die Idealisierung der zweiten Freundin, das Gefühl, dass danach ein Abstieg begonnen hat und dass er nie wieder richtig auf die Beine kommen wird.

Die stille Einsicht, dass es für jugendlichen Exhibitionismus von Leid langsam zu spät ist, die Ahnung, dass sich dieses Leben aber nicht mehr wirklich geradebiegen lässt. Wie er manchmal die Kraft findet, sich einzugestehen, dass er sich das selber zuzuschreiben hat.

Die nächste Wohnung, kleiner, billiger, dreckiger, mit mehr leeren Flaschen, in einem Haus, das schließlich abgerissen wird.

Die Wohnung danach, die zu groß und damit zu teuer für ihn ist, die aber einen Neuanfang hätte bedeuten können. Die Mitbewohnerin, in die er sich verliebt. Mit der er viel Zeit verbringt, wie ein Frühling in seinem Leben, ein betrunkener Frühling. Wie sie ihm beim Billardspielen erzählt, dass sie schon mal mit einem Schwarzen im Bett war, wie seine Phantasie galoppiert, wie er sich an die ersten Wochen mit der zweiten Freundin erinnert, wie er sich fragt, wie er ohne Frau glücklich werden soll. Und wie eine Frau mit ihm glücklich werden soll. Wie man eine Frau kriegen soll, wenn man Angst hat. Wie man ohne Frau glücklich werden soll. Wie er eine Frau glücklich machen soll. Wie man eine Frau kriegen soll, wenn man Angst hat zu versagen. Wie sich diese Fragen stellen. Immer wieder und wieder. Und wieder. Und wieder.

Wie er alle seine Freunde einlädt zu einer Party in dieser Wohnung.

Wie er im Morgengrauen, nachdem alle gegangen sind und die Mitbewohnerin schon zu Bett ist, das Seil befestigt. Wie er den Stuhl unter sich wegtritt. Wie kurz bevor er stirbt, noch mal sein ganzes Leben an ihm vorüberzieht.

Nicht das ganze Leben. Oder vielleicht doch, aber so schnell, dass nur markante Punkte beschreibbar werden.

Wie dieser Film abläuft bis zu dem Punkt, wo wieder dieser Film abläuft, sein ganzes Leben an ihm vorüberzieht. Oder nicht das ganze Leben. Wieder und wieder und wieder.

Er ist noch hier. Film auf Film auf Film ...

Steinstadt

Wir lebten in der Steinstadt. Es gab keine Autos und nur einige kleine Geschäfte, von denen drei oder vier aussahen wie Souvenirshops, mit Figuren aus Silber und Messing, mit bunten Decken und Tüchern, deren Muster sich noch mehr verwirrten, wenn man versuchte die Symmetrien und Verschlingungen zu verstehen.

Einmal in der Woche hielt ein Bus auf dem staubigen Marktplatz, doch es kamen selten Fremde oder gar Touristen.

Je weiter man in einer Richtung ging, desto baufälliger wurden die Häuser, bis es schließlich nur noch Ruinen gab. Hinter den Ruinen begann die Wüste. Es war unmöglich zu sagen, bis wohin die Häuser noch bewohnt waren und wann die Geisterstadt anfing.

Wir lebten in der Steinstadt und wir träumten. Manche konnten nicht auseinanderhalten, was sie geträumt hatten und was real war. Manche waren abhängig von ihren Träumen. Stevenson sei das auch gewesen, sagten einige, er habe sich gefragt, ob er ein Autor sei oder nur abschrieb.

Manche Träume machten Angst, manche veränderten das Leben. Manche kamen nachts, aber auch von denen, die tagsüber kamen, wusste niemand, wer sie geschickt hatte. Ein Mann namens Martin Luther King soll einen gehabt haben, aber niemand wusste woher.

Manche sagten, ein Mann namens Freud habe geträumt, er würde seine Mutter lieben. Ein Mann namens Marx habe von einer Gerechtigkeit geträumt, bei der man den Dieben das Diebesgut stahl. Ein Mann namens Gandhi habe geträumt von einem Stock, mit dem man nicht schlagen konnte. Ein Mann namens Bob Marley habe von Ohren geträumt, oder von einer Liebe, die man nicht teilen konnte, ohne dass ein Rest blieb, Nachkommastellen. Ein Mann namens Dschingis Khan habe davon geträumt, niemand werde sich gegen seine Nachkommen stellen.

Manche kannten viele Namen und erzählten, was diese Männer geträumt haben mochten. Auch wir in der Steinstadt, die wir keine großen Namen hatten, träumten und keiner konnte wissen, an wessen Träume sich Fremde erinnern würden, die jetzt noch nicht lebten.

Manche glaubten, der Traum habe Bedeutung und könne die Gezeiten der Geschehnisse anzeigen. Manche glaubten an Zeichen. Manche glaubten nur an bestimmte Zeichen. Manche glaubten an Flaggen, andere an Götter. Manche glaubten an den Verstand, andere an das Gefühl. Manche glaubten, es würde eine Synthese geben.

Manche glaubten an den Sex und nannten ihn die Sehnsucht des Lebens nach sich selbst. Kinder und Alte lebten ohne und schienen auch glücklich.

Manche glaubten an Moral, meinten aber nur ihre eigenen Vorstellungen davon. Manche glaubten an Geld, manche an Macht, manche an die Vernunft. Andere wollten es mal versuchen mit der Vernunft, später, wenn sie Zeit hatten und Ruhe. Wenn sie nicht mehr besucht wurden von Wünschen und Begierden, von Vergnügungen und Träumen.

Manche glaubten, man müsse das System ändern, andere hielten das System für einen Ausdruck unserer Natur. Manche glaubten an Verschwörungen, andere wussten, dass das Leben sich nicht an Pläne hielt.

Manche glaubten an die Poesie, manche hielten sie für eine Lüge wie jede andere auch. Oder für einen Schleier.

Manche glaubten, die Worte seien alle Schleier, manche glaubten, der Schleier sei das Wort.

Wir lebten in der Steinstadt, man konnte nicht sagen, wo die Häuser aufhörten und die Ruinen begannen. So war es auch mit der Wahrheit. Sie stimmte immer nur zu einem Teil. Manche glaubten trotzdem an sie.

Wir lebten in der Steinstadt und wir lebten mit Bildern, die Wünsche wecken sollten, aber niemand wusste, ob die Wünsche geschlafen hatten oder ob sie uns ein obszöner Gott ins Hirn gespritzt hatte.

Manche glaubten an einen Gott. Manche glaubten an viele. In der Wüste konnte es nur einen Gott geben. In den Wäldern war das nicht möglich. So war die Eingötterei entstanden. Die Wüste entfachte ein Sehnen nach einer Quelle. Der Wald bewies, dass es viele gab.

Doch alles wurde Religion und aus der Religion wurde Wissenschaft und aus der Wissenschaft wurde ein Streit um Standpunkte, während wir weiter in der Steinstadt wohnten und manche die Logik der Argumente bewunderten. Andere sagten, dass auch überlegene Rhetorik kein Beweis sei.

Wir lebten in der Steinstadt und unsere Leben schienen voller Sprünge und Risse, voller Löcher, Einsamkeiten und ungestillter Begierden. Wir lebten in der Steinstadt und manchmal gingen wir in die Wüste, um etwas zu erfahren. Niemand konnte sagen, wo die Häuser aufhörten und die Ruinen begannen, niemand konnte sagen, wo wir hingehörten. Einmal in der Woche hielt der grüne klapprige Bus auf dem Marktplatz, Menschen stiegen aus, Menschen stiegen ein und der Sand verwischte alle Spuren, als hätte es nie einen Weg gegeben.

Manche sagten, wir seien verloren, andere sagten, wir seien verdammt, manche sagten, wir gingen durch einen Tunnel aus Zeit, manche sagten, die Zeit sei nur eine Illusion.

Abends, wenn der Wind aus der Wüste kam, sangen wir Lieder, die keine Bedeutung hatten. Vielleicht hielten diese Lieder uns am Leben. Vielleicht waren es auch die Steine. Oder die Bilder. Wir wussten es nicht.

Der Wind trug den Klang fort und riss Stücke aus unserem Gedächtnis.

Eines Tages würde die Steinstadt verschwunden sein, nicht mal Ruinen würden bleiben.

Wenn man nicht sagen konnte, wo das eine aufhörte und das andere anfing, war alles eins. Wir lebten in der Steinstadt und manche glaubten dieses, andere jenes, Leben schien zu beginnen und aufzuhören und wir suchten nach Anfang und Ende.

Wir lebten in der Steinstadt und jeder glaubte, es gäbe noch ein anderes Leben. Manche stiegen in den Bus, fuhren weg. Einige kamen wieder, andere nicht.

Wir lebten in der Steinstadt und hatten keine Geschichten mehr. Sie fingen nicht an und sie hörten nicht auf. Manche schienen welche zu sein, doch wir kannten sie schon. Andere schienen keine zu sein, doch die kannten wir auch. Wir lebten in der Steinstadt, die Wüste war groß und weit und leer, doch die, die lange genug hierblieben, fühlten sich nicht verloren.

Wir lebten in der Steinstadt, eine Zeit lang, dann kamen der Wind, die Lieder und der Sand und noch etwas, das wie Liebe klang.

Garten ohne Gesetz

– Das hier, sagte meine Mutter, das ist eine der ältesten Kulturpflanzen der Menschheit. Also eine der ersten, die Menschen angebaut haben. Sie stammt aus Amerika und es gibt keine andere Pflanze, die sich nach ihrer Entdeckung so schnell in der ganzen Welt ausgebreitet hat.

Sie kniete auf dem Boden, ihre Hände waren voller Erde, ihr schmales Gesicht wirkte fast rund, so sehr strahlte sie, ihre Stirn und ihre Schläfen glänzten vor Schweiß, ein paar Haarsträhnen hatten sich aus ihrem Pferdeschwanz gelöst und klebten an ihrem Nacken.

– Komm her, sagte sie. Komm her, setz dich. Einfach auf die Erde. Weißt du, was das ist?

Ich schüttelte den Kopf.

– Du musst vorsichtig sein, Ouasim, hatte Oma gesagt, deine Mutter ist wie ein Kind, sie kann nicht gut auf sich selbst aufpassen.

Aber jetzt wirkte sie mehr wie eine Lehrerin. Sie hielt ein Blatt zwischen Daumen und Zeigefinger und ich wusste, dass es kein Salat war, kein Löwenzahn, keine Bohnen, ich wusste, dass es etwas war, das wir nicht in der Schule gelernt hatten, das es nicht im Wald gab und das Oma auch nicht im Garten hatte.

– Nicotiana, sagte Mutter. Tabak. Weißt du, was man aus Tabak macht?

– Zigaretten, sagte ich.

– Ja, sagte sie, Zigaretten. Hast du schon geraucht?

Ich schüttelte den Kopf.

– Du kannst es mir ruhig sagen, sagte sie, ich petze nicht. Ehrenwort.

Sie hob eine Hand hoch und sah mich an.

Wieder schüttelte ich den Kopf.

– Schon gut, schon gut.

Sie strich mir über die Haare.

– Aber manchmal tust du Sachen, die du nicht darfst, oder? Alle Kinder tun das.

Ich reagierte nicht und sie stand auf, reichte mir die Hand und führte mich zum nächsten Beet.

– Und sieh mal hier, sagte sie, weißt du, was das ist? Komm her, leg dich hin und riech mal dran.

Sie legte sich einfach flach auf den Bauch und steckte ihre Nase in die Kräuter. Als sie merkte, dass ich einfach stehen geblieben war, drehte sie sich auf den Rücken, sah zu mir hoch und sagte:

– Dann streichel wenigstens drüber und riech dann an deinen Händen.

Ich ging in die Hocke und tat, was sie gesagt hatte, und murmelte dann:

– Pfefferminz.

– Ja, sagte sie, Pfefferminz, und das daneben, das hier, weißt du das auch?

Ich fuhr wieder mit den Händen darüber und hielt mir die Hände unter die Nase, doch sie rochen noch nach Minze.

– Nimm ein Blatt und zerreib es zwischen den Fingern.

Ich befolgte ihren Rat.

– Eis ... ehm, Waldmeister, sagte ich.

– Ja, sagte meine Mutter, großartig, sie stand auf und ging zu ein paar größeren Sträuchern.

– Komm her, riech mal hier dran, kennst du den Geruch?

Ich schüttelte den Kopf.

– Den wirst du auch noch kennenlernen, wenn du größer bist. Das ist auch eine sehr alte Kulturpflanze, die Menschen bauen die schon seit Jahrtausenden an, man kann Öl daraus machen, Papier und Kleidung, diese Pflanze heißt Hanf. Und schau mal, diese Kakteen hier, die heißen San Pedro, San Pedro kommt auch aus Amerika. Man darf sich nicht pieksen, aber das sind freundliche Kakteen. Sehr freundliche Kakteen.

Ich wusste nicht, was freundliche Kakteen sein sollten, aber Mutters Augen leuchteten und sie sah so aus, als würde der Eismann gerade klingeln.

– Und hier, sagte sie, das hier ist Traumkraut, Calea ternifolia, davon bekommt man ganz schöne Träume. Aber es schmeckt ganz bitter. Guck.

Sie riss ein Blatt ab und hielt es mir vor den Mund.

– Aber nur ganz vorsichtig mit der Zunge drangehen, sagte sie.

Es war tatsächlich sehr bitter und ich spuckte aus.

– Geh, nimm dir ein wenig von dem Waldmeister, um den Geschmack aus dem Mund zu bekommen. Und das hier, sagte sie dann, das ist die letzte, mit der ich dich heute bekannt mache, das hier ist Mohn.

– Klatschmohn, sagte ich, denn das kannte ich.

– Ja, sagte sie, der Klatschmohn. Aber das hier ist ein anderer, der klatscht nicht, der schläft.

Sie lachte und strich mir wieder über das Haar.

– Wie blond du bist, sagte sie, dabei war sie selber blond.

– Möchtest du mir ein bisschen helfen, geh mal nach da vorne und hol den Schlauch, die Pflanzen brauchen Wasser.

Sie setzte mir eine Kappe auf, die mir zu groß war, zog sich einen Liegestuhl in den Schatten und dirigierte mich dann, wo ich gießen sollte, während sie rauchte und Bier aus einer Dose trank.

– So, sagte sie schließlich, mir ist warm, du darfst mich nass spritzen.

Ich wusste nicht, was ich tun sollte. Sie stand auf, nahm mir den Schlauch aus der Hand und fing an, mich lachend vollzuspritzen. Ich konnte nicht reagieren und blieb wie angewurzelt stehen. Mutter ließ den Schlauch fallen, kreischte auf und rannte weg. Da erst traute ich mich, nahm den Schlauch, hielt den Daumen vorne ans Ende, rannte ihr hinterher und spritzte sie nass.

Sie schien sich zu freuen, sie blieb stehen, drehte sich um und breitete die Arme aus, sie schrie:

– Das ist viel zu kalt.

Doch sie lachte.

Sie war anders als die anderen Erwachsenen, die ich kannte, vielleicht mochte Oma sie deswegen nicht so gerne.

Später zogen wir uns aus, Mutter band uns Handtücher um und wir legten uns zusammen auf den Liegestuhl und sie streichelte meinen Kopf und meine Arme, während unsere Sachen in der Sonne trockneten. Mutter roch ein bisschen wie Kuchen, obwohl sie geraucht hatte.

– Hattest du einen schönen Tag hier in meinem Garten?, fragte sie, als wir uns wieder anzogen.

– Ja, sagte ich.

– Wollen wir das noch mal machen?

– Ja.

– Weißt du auch, warum es so schön ist? Weil alle Pflanzen hier freundlich sind. Und warum sind sie freundlich? Weil ich freundlich zu ihnen bin. Kannst du noch alle Namen, weißt du, welche Pflanzen hier sind? Behalt es für dich, sagte sie. Verpetz die Pflanzen nicht, dann bleibt das hier auch ein schöner Ort. Versprochen, ja? Nicht die Pflanzen verpetzen.

Ich nickte. Es war tatsächlich ein schöner Tag gewesen, ich mochte die Gerüche, den von dem falschen Jasmin, vom Waldmeister und den Geruch meiner Mutter nach Kuchen mit viel Vanille.

Sobald sie am Steuer saß, veränderte sich ihr Gesicht, es war jetzt nicht mehr so rund, sondern wieder eckig. Vielleicht weil wir in einem eckigen Auto saßen, vielleicht weil wir um ein paar Ecken fahren mussten und sie mich dann wieder bei meiner Oma abliefern würde. Vielleicht weil sie so viele leere Kartons und Schachteln im Auto hatte. Vielleicht weil sie ihre Pflanzen zurücklassen musste.

Sie hielt vor dem Haus und sagte:

– Ich steige nicht mit aus. Möchtest du nächste Woche wieder mitkommen?

– Ja, sagte ich.

– Ich hole dich ab, sagte sie, am Samstagmorgen, neun Uhr, richte der Oma einen Gruß aus und sag ihr Bescheid. Kriege ich noch einen Kuss? ... Dann vielleicht nächste Woche.

Ich war schon ausgestiegen, hatte aber die Tür noch nicht zugeschlagen, da sagte sie:

– Ouasim.

Ich drehte mich um. Zuerst dachte ich, sie würde vielleicht weinen, aber dann sagte sie:

– Ich freue mich auf nächste Woche.

Ich freute mich auch, aber das sagte ich nicht.

Das war unser erster gemeinsamer Tag seit sehr langer Zeit gewesen.

Als sie angerufen hatte, hatte Oma mir den Hörer gegeben und war dann neben mir stehen geblieben.

Ihre Stirn hatte so ausgesehen, wie sie aussah, wenn Opa abends nicht nach Hause kam oder erst, nachdem ich schon schlief.

– Du kannst gehen, hatte sie gesagt, aber sei vorsichtig, deine Mutter kann nicht gut auf sich aufpassen.

Aber Mutter konnte schon Auto fahren.

Sie hatte nicht wie Oma geklagt, wie viel Arbeit der Garten machte, sie hatte keine Handschuhe getragen und nicht auf den Löwenzahn geschimpft.

– Wie siehst du denn aus?, wollte Oma wissen, als ich reinkam.

– Wir waren im Garten, sagte ich. Da haben wir gearbeitet.

– Und deine Mutter hat im Liegestuhl gelegen und dir zugesehen, ja? Geh mal ins Bad und zieh die dreckigen Sachen aus.

Am nächsten Samstag durfte ich trotzdem wieder mitfahren. Und am übernächsten Samstag auch. Einen ganzen Sommer lang holte meine Mutter mich jeden Samstagmorgen mit dem Auto ab und wir fuhren in ihren Garten. Ich las dort Comics, trank selbstgemachte Limonade und Waldmeisterbrause, wir spielten Memory, machten Kopfstände und nachdem wir zusammen im Garten gearbeitet hatten, erzählte Mama mir Geschichten, die sie Gartengeschichten nannte. Buddha war unter einem Baum erleuchtet worden. Adam und Eva hatten sich mit Feigenblättern bedeckt. Jesus hatte einen Feigenbaum verflucht. Adonis' Mutter hatte sich nach seiner Geburt in einen Myrrhe-Baum verwandelt. Parvati hatte Shiva den Hanf gezeigt.

Der Kaffee war entdeckt worden, weil die Ziegen ihn so gerne fraßen. Sie erzählte, von den Kakaobohnen, die bei den Indianern früher so etwas wie essbares Geld gewesen waren. Wie der Wind Teeblätter in kochendes Wasser geweht hatte, weil er den Menschen Tee schenken wollte. Wie eine Frau, die sich umbringen wollte, Traubensaft getrunken hatte, den alle für giftig hielten, weil er zu Wein geworden war.

Sie erzählte viele Geschichten, von Trichterwinden und Engelstrompeten, von Lianen und anderen grünen Gefährten, wie sie sie nannte. Ich verstand vieles nicht, aber ich mochte, wie rund ihr Gesicht wurde, wenn sie erzählte, und ich mochte es, die Clematis anzuschauen, während ich zuhörte. Die Worte und die Geschichten waren ineinander verschlungen wie die Triebe der Kletterpflanze und auch wenn ich sie nicht richtig verstand und auseinanderhalten konnte, ich wusste doch, in welche Richtung es ging.

Einen Sommer lang war ich jeden Samstag im Schrebergarten meiner Mutter, ein grüner, heller, klingender Sommer. Als die Schulferien kamen, durfte ich sogar zweimal die Woche mit meiner Mutter mitfahren, obwohl mein Opa dagegen war. Ich lauschte an der Tür und hörte wie Oma sagte:

– Es ist ihr Kind, was auch immer sie getan hat, es ist ihr Kind und wir sollten ihr nicht den Umgang verbieten, das wäre nicht recht.

An den verabredeten Tagen wartete ich immer schon vor dem Fenster und wenn das alte Auto meiner Mutter in unsere Straße einbog, rief ich tschüss und rannte los. Wenn sie mich wieder absetzte, kam sie manchmal mit rein und trank noch einen Kaffee mit Oma.

– Warum spricht Opa nicht mit dir?, fragte ich sie einmal.

– Weil er mich liebt, sagte meine Mutter. Weil er mich liebt. Nur auf die Menschen, die man sehr liebt, kann man so böse sein, dass man nicht mehr mit ihnen spricht. Das verstehst du vielleicht noch nicht, aber du wirst es verstehen, wenn du größer bist. Versprochen.

Aber ihr Gesicht war ganz eckig geworden und ich fragte nicht mehr, was ich noch fragen wollte. Nämlich warum Oma und Opa immer Wasi zu mir sagten, als sei mein Name Wassily. Auch die Lehrer nannten mich so. Die Einzige, die Ouasim zu mir sagte, war meine Mutter. Aber irgendwie war das auch schön. Als sei es unser Geheimnis. Obwohl es ja in meinem Ausweis stand.

Jedes Mal auf der Rückfahrt wurde das Gesicht meiner Mutter eckig, doch wenn ich sie zum Abschied küsste, dann lächelte sie. Einen Sommer lang lag mein ganzes Glück in diesem Garten, aus dem alles zu kommen schien. Auch die Geschichten meiner Mama. Ich brauchte keinen Fußball, Kai, Jürgen und Zoran konnten auch ohne mich spielen, ich brauchte kein Fahrrad, ich musste nicht im Maisfeld Verstecken spielen, es reichte, mit meiner Mutter im Garten zu sein, eine Wasserpistole und einen Gartenschlauch zu haben, Mamas Duft in meiner Nase und ihre vielen Wörter in meinen Ohren.

– Es geht in dieser Welt nicht um uns Menschen, sagte Mama, es geht um die Pflanzen. Sie wollen sich überall verbreiten und wir helfen ihnen dabei. Der Kakao und der Tabak und der Tee, sie wollten sich alle in der ganzen Welt verbreiten, aber alleine konnten sie nicht über die Ozeane, also haben wir ihnen geholfen. Verstehst du, auch wenn sie keine Augen haben, die Pflanzen wollten was sehen von der Welt, sie wollten nach Spanien und nach Marokko und nach Frankreich. Wir haben dem Pfeffer und dem Zimt geholfen, den Tomaten und den Chilis. Wir glauben, wir nutzen die Pflanzen, aber in Wirklichkeit nutzen sie uns. Sie bringen uns dazu, Felder anzulegen und Gärten, sie bringen uns dazu, sie zu beschützen, und wenn wir sie gut behandeln, sind sie freundlich zu uns und nähren und kleiden uns. Die Welt gehört den Pflanzen, nicht den Menschen, das darfst du nie vergessen. Und die Pflanzen hier im Garten, die gehören nicht mir, die gehören nur sich selbst. Die benutzen mich, damit sie einen schönen Platz haben.

Das sahen wohl nicht alle so. Als die Blätter anfingen, ihre Farbe zu ändern, saß ich einen ganzen Samstag am Fenster, doch Mama kam und kam nicht. Oma versuchte sie anzurufen, doch sie ging nicht ans Telefon.

– Sei nicht traurig, Wasi, sagte Oma. Das musste früher oder später passieren.

– Wer weiß, welche Suppe sie sich dieses Mal wieder eingebrockt hat, brummte mein Opa.

Kräutersuppe, wollte ich sagen, aber ich war damit beschäftigt, nicht zu weinen.

Sie kam nicht, nicht an dem Tag und auch an den folgenden Samstagen nicht. Sie ging nicht ans Telefon und rief nicht mehr an. Wir wussten nicht, was passiert war. Eines Tages stritten Oma und Opa dann, Oma weinte und Opa schrie sie an, sie hätte noch mal Glück gehabt, es sei verantwortungslos gewesen, mich mit ihr allein zu lassen, und das solle ihr eine Lehre sein und er habe keine Tochter mehr. Ich fragte mich, ob er auch deshalb so laut brüllte, weil er meine Mutter so sehr liebte. Und dachte daran, dass Mama mich den ganzen Sommer über nicht angeschrien oder geschimpft hatte.

Das nächste Mal, als ich Mama sah, war es schon Winter. Wir waren einem Raum ganz ohne Pflanzen und Fenster, ihr Gesicht war noch eckiger als sonst und ihre Augen waren ganz dunkel. Sie kniete auf den Boden und nahm mich in den Arm. Sie hielt mich ganz fest und ich wunderte mich, dass sie nicht mehr nach Kuchen roch. Bevor sie mich los ließ, flüsterte sie mir ins Ohr:

– Den Garten kann uns keiner nehmen. Du kannst in deinem Kopf immer dorthin zurück.

Heute weiß ich, warum ich die Geheimnisse des Gartens nicht weitererzählen durfte, ich weiß, warum meine Mutter die Pflanzen als Gefährten bezeichnete, ich weiß, warum meine Großeltern mich Wasi nannten, ich weiß, warum mein Großvater nicht mit meiner Mutter gesprochen hat, und ich ahne, warum mein Vater meine Mutter attraktiv gefunden haben muss. Ich weiß heute, dass sie kein leichter Umgang ist, ich verstehe so vieles besser als damals, sehe die Dinge anders. So viel hat sich geändert seitdem, aber eine Sache ist gleich geblieben: Wenn jemand redet von diesem Gefühl mit dem großen Namen, dann denke ich als Erstes an den Garten und an diesen einen Sommer, an die Pflanzen und die Art, wie meine Mutter sie angesehen hat. Daran, wie sie gesagt hat, Opa würde nicht mit ihr sprechen, weil er sie so liebt. Wenn die Rede von Glück ist, dann denke ich auch an den Garten.

Nach diesem Sommer sind noch so viele Dinge geschehen, die sich niemand wünscht, nach diesem Sommer ist noch so viel geweint und geklagt worden, wir haben noch so viel geliebt und so viel verletzt. Doch alles, was nach diesem Sommer passiert ist, war nicht mehr ganz so schlimm. Wir hatten einen Garten, so wie es meine Mutter gesagt hatte, wir hatten einen Garten.

Kein Grund

Meine Mutter ist schon fremdgegangen, fiel mir ein, als ich das Herz sah. Als würde das etwas erklären. Sie ist fremdgegangen, aber ich fand das ja schon schlimm, als ich es noch gar nicht begriffen habe. Ich war gerade in der Grundschule und wenn wir ihn auf der Straße trafen oder ihn mal besuchten, dann fand ich Onkel Walter immer irgendwie eklig. Er war nicht mein Onkel, und ich wollte nicht, dass er mich anfasste oder mir die Hand gab oder auch nur mit mir redete. Ich nahm auch die Süßigkeiten nicht an, die er mir anbot. Walter mochte ich einfach nicht, ohne dass ich mir damals erklären konnte warum. Zwanzig Jahre später erst hat mir meine Mutter erzählt, dass sie damals eine Affäre mit ihm gehabt hatte. Davon habe ich als kleines Mädchen nichts gemerkt. Oder eben doch, es aber nicht verstanden. Mein Vater wird auch seine Liebschaften gehabt haben, da bin ich mir sicher. Ich bin so aufgewachsen, könnte ich sagen, das ist das Milieu oder wie auch immer, ich bin ein Produkt meiner Umwelt, irgendein Therapeut würde mir vielleicht was erklären, aber das würde ja nichts ändern.

Die Regeln sind für die Menschen. Es gibt Dinge, die tut man einfach nicht. Aber nicht jeder Mensch ist für die Regeln geschaffen, die andere schon aufgestellt haben. Ich kann es nicht erklären. Dinge geschehen. Wie diese Sache mit Andreas eben.

Andreas ist groß und dürr, hat eine lange Nase und eine Brille mit kreisrunden Gläsern. Er sieht ein wenig aus wie ein Studierter, aber er ist Erzieher. Ausgerechnet er. Der hat sich ja auch nicht an die Regeln gehalten.

Wir hatten schon mal Blicke getauscht, in die man etwas hineinlesen könnte, aber eigentlich hab ich nie gedacht, dass es da eine Gefahr besteht.

Vielleicht hat das ja auch mit seinem Beruf zu tun, aber Andreas konnte gut zuhören, ich hatte das Gefühl, er ist wirklich da, bei mir. Ich glaube, auch die anderen Frauen wird das angezogen haben, ich habe ja all seine Liebschaften in den letzten Jahren mitbekommen. Und auch, dass er gerne jammert und den Arsch nicht hochkriegt. Ist ja nicht so, dass ich Andreas nicht kannte. Aber er konnte dir das Gefühl geben, dass er dich versteht, welchen emotionalen Irrgarten er auch immer hörte, er hat dir das Gefühl gegeben, sich auch schon mal darin verlaufen zu haben.

Wahrscheinlich waren Jonathan und Andreas auch aus diesem Grund seit Jahren beste Freunde. Andreas kannte zwar keine Auswege, aber die kennen ja meistens nur Therapeuten und die sind nie in dem Irrgarten gewesen, habe ich das Gefühl. Die haben ein Raster im Kopf, in das sie alles einordnen. Vielleicht bin ich nur neidisch, vielleicht hätte ich auch gerne einfach nur eine Erklärung, die plausibel klingt. Muss ja nicht die richtige sein.

Jonathan war auf Geschäftsreise, eine Woche in Litauen, und Andreas und ich sind ins Kino. War nicht das erste Mal, dass wir hinterher noch Wein trinken gegangen sind. Und es war auch nicht das erste Mal, dass ich einen anderen Mann geküsst habe, seit ich mit Jonathan verheiratet bin. Der eine Psychologe, zu dem ich mal gegangen bin, meinte, ich müsse mich immer wieder meines Wertes versichern, mir würde es einfach an Selbstvertrauen mangeln. Vielleicht hat er ja Recht, woher soll ich das wissen? Aber es fühlt sich nicht so an. Ich kann diesem Drang nicht widerstehen, der Aufregung, dem Herzklopfen, dem fremden Geschmack, meiner Neugier. Ich wusste, wie Andreas nackt aussieht, er ist Jonathans bester Freund, in den letzten Jahren gab es die eine oder andere Gelegenheit, ihn zu sehen. Ich wusste, wie er riecht. Aber woher hätte ich wissen sollen, wie er schmeckt? Wie ein Nachthimmel, der voller Brombeeren hängt.

Er schmeckte gut und seine Zunge, mit der hätte er tanzen können.

Es war auch nicht das erste Mal, dass ich mit einem anderen Mann geschlafen habe. Ich gebe nichts mehr auf diese ganzen Erklärungen, warum das so ist. Mittlerweile habe ich meine eigene Theorie. Es gibt Menschen, die können monogam leben, und es gibt Menschen, die können das nicht. Punkt. Mehr gibt es da nicht. Das ist wie: Manche Menschen haben lange Arme, andere kurze. Das ist halt so. Das kann man nicht erklären, das ist wie die Sonne oder Gott oder das Universum. Es ist einfach da und es schert sich einen Dreck darum, ob du es verstehst oder nicht.

Das ganze Leben hat Abgründe, das Einzige, was einen davor rettet runterzustürzen, sind die Grenzen, die man zieht und dann Moral nennt. Ich war noch nie gut darin, Grenzen zu ziehen.

Andreas war der erste andere Mann, mit dem ich in unserem Bett geschlafen habe. Und das Erwachen war böse. Böse. Zuerst konnten wir uns nicht in die Augen sehen, immerhin hatten wir beide Jonathan betrogen. Aber dann, erklär es dir, wie du möchtest, vielleicht brauchten wir Trost, vielleicht wollten wir vor diesem schlechten Gewissen fliehen, wenn auch nur kurz, dann haben wir noch einmal miteinander geschlafen, während ich schon hören konnte, wie die Kleine sich unten Frühstück machte.

Und abends, als sie schlief, gleich noch mal. Obwohl mich mein Gewissen den ganzen Tag gebissen hatte, als wollte es mich mit Haut und Haaren fressen.

– Das geht nicht, habe ich Andreas dann in der Nacht gesagt, das geht einfach nicht. Wir müssen das lassen.

– Ja, hat er gesagt. Und dann nach einer Pause:

– Es wäre sicherlich einfacher, wenn er sich mehr für dich interessieren würde.

Da hätte ich vielleicht etwas ahnen können, aber ich war zu verwirrt von der ganzen Situation.

– Sag nichts gegen Jonathan, sagte ich immerhin.

Er verstand es nicht, warum wir zusammenlagen, aber ich verstand es ja genauso wenig. Ich war zufrieden mit Jonathan. Ich hätte nichts geändert, nicht an ihm. Es ist schwer, fürchte ich, es ist schwer, mit mir zusammen zu sein.

An dem Tag, als er wiedergekommen ist, habe ich es Jonathan erzählt. Wir standen im Schlafzimmer, es war früher Abend, die Kleine sah unten fern und ich wollte nichts erreichen, ihn nicht milde stimmen oder so. Ich mag fremdgehen, aber ich bin nicht hinterhältig oder berechnend. Die Tränen waren echt. Vielleicht war es auch nur die Erleichterung.

Man kann alles irgendwie erklären, aber man weiß nie, wann man zufällig mal richtig liegt.

Jonathan war wie versteinert. Sein Mund ging auf und zu, seine Augen wurden glasig, aber es kamen keine Worte und keine Tränen.

Das schaffen wir auch noch, dachte ich, das schaffen wir auch noch. Das ist zwar die größte Scheiße, durch die wir je mussten, aber es wird gut werden. Gut. Am Ende. Wird. Alles. Gut.

Und dann sah ich aus dem Fenster. Da war ein riesengroßes Herz aus Pappe auf dem Rasen. Darauf stand: Miriam, ich liebe dich, Andreas.

Da dachte ich an das mit meiner Mutter. Ich wollte es verstehen, aber da gibt es nichts. Dinge geschehen. Und die, die geschehen sind, als Jonathan hinter mich trat und das Herz sah, die will ich gar nicht erzählen.

Dinge geschehen und manchmal hast du das Gefühl, du sinkst und sinkst, immer weiter, tiefer, dunkler und es gibt keinen Grund, nirgends.

Oben auf dem Dach und hinterher

Irgendwann war es so weit. Die Lichter bewegten sich. Die Straßenlaternen, die erleuchteten Zimmer hinter den Fenstern, die Leuchtreklamen, der Eingang eines Kiosks. Alles bewegte sich, auch der Asphalt unter meinen Füßen. Mein Herz schlug: heftig. Das Blut floss durch meine Adern: schnell. Mein Atem ging: schwer.

Aber das ist nur eine Redensart, mein Atem ging nicht schwer, er war tief, tief, als würde ich die Luft vom Meeresgrund holen, und er war leicht, als würde man Drachen steigen lassen. Meine Rippen: weit und weich. Meine Beine bewegten sich, das konnte ich sehen, aber sie bewegten sich nur, weil der Boden unter meinen Füßen nach hinten verschwand. Irgendwann war es so weit, alles geschah von selbst. Die Lichter bewegten sich, das Ziel rückte immer näher und ich musste nichts tun, als auf derselben Stelle zu bleiben, damit ich weiterkam. So fühlte es sich an. Es kostete keine Mühe.

Eigentlich war ich mit dem Fahrrad unterwegs gewesen. Eine Sommernacht, Menschen, die es nicht in den Häusern hielt und hier und da, wie immer, Scherben auf den Straßen. Und wie immer in den ungünstigsten Augenblicken: ein Platten. Fahrrad abschließen. Zu Fuß weiter. Ich lief.

Ich wusste, dass die anderen nicht lange auf mich warten würden, um hochzusteigen. Auch Treya nicht. Sie würde nie über eine Scherbe fahren und zu spät kommen. Treya passierte so etwas nicht.

Ich wusste, ich würde die Treppen allein steigen müssen, aber dennoch rannte ich. Ich wollte nichts verpassen.

Und irgendwann war es so weit, dass die Lichter sich bewegten, der Boden unter meinen Füßen und alles war so leicht und einfach, sogar Flugträume waren anstrengender.

Mit einem Mal stand ich vor dem Rohbau. Ich sah auf die Uhr, zwanzig Minuten zu spät. Ganz oben waren sie wahrscheinlich noch nicht. Ich holte tief Luft, das Blut hämmerte jetzt in meinen Schläfen, als wolle es mir eine Geschichte erzählen über Lichter, die an mir vorbei zogen. Ein paar Sekunden lauschte ich der Geschichte, dann kroch ich durch das Loch im Zaun.

Fünfundzwanzig Stockwerke. Der Schweiß legte sich auf meine Haut, als würde er eine direkte Verbindung zwischen mir und der lauen Luft der Nacht herstellen. Fünfundzwanzig Stockwerke ohne Treppengeländer, fünfundzwanzig Stockwerke nur erleuchtet durch die Öffnungen, in die später mal Fenster eingesetzt werden sollen, fünfundzwanzig Stockwerke ohne Taschenlampe.

Das erste Mal hatten wir Muskelkater bekommen. Ben hatte gemault und etwa ab dem fünfzehnten Stockwerk hatte er uns, die Idee, die Welt, dieses Hochhaus, die Stadt und die Lichter verflucht. Doch als wir endlich mit zittrigen Beinen oben standen, hatte es auch ihm die Sprache verschlagen.

Das zweite Mal hatten wir auch Muskelkater bekommen, weil wir so schnell wie möglich hochwollten. Jetzt ließ ich mir Zeit. Um so schneller schien ich oben zu sein.

Auf dem Dach:

– Hi, da bist du ja endlich.

– Oh, Mann, ich hatte einen Platten.

– Setz dich, trink einen Schluck.

Treya gab mir den Tetrapak und mir rann der Saft kühl die Kehle hinab.

Die Stadt lag uns zu Füßen. Samstagnacht. Alles in Bewegung. Bahnen, Fahrräder, Fußgänger, jeder wollte irgendwohin. In den breiten Straßen bewegten sich die Autos, als wollten sie ihre Lichter extra für uns spazieren führen. Der Mond war honigfarben, so sehr, dass ich ihn fast schon riechen konnte.

Wir saßen da und eben noch war dieser Mond links am Himmel gewesen und schon blickte er von vorne auf uns. Ich sage doch, alles bewegte sich. Und wir schwiegen die meiste Zeit. Ich versuchte nicht mal, ein Gespräch mit Treya anzufangen.

Wenn du fünfunzwanzig Stockwerke hochsteigst, um die Aussicht zu bewundern, dann redest du dir oben nicht den Mund fusselig. Dann schaust du hin, du schaust genau hin. Und trotzdem verpasst du jedes Mal den Zeitpunkt, an dem der Grauschleier am Horizont auftaucht wie eine Ankündigung. Heute war es die Ankündigung, dass bald der Himmel in Blut getaucht sein würde, und wir ließen die Farben in uns hineinfließen. Was hatten wir auch Besseres zu tun?

Doch an dem Morgen war irgendetwas anders als sonst. Vielleicht war es, weil ich gelaufen war und dann auf einmal alles von selbst passierte. Vielleicht waren die Götter uns gnädig. Vielleicht hatten wir wenig genug geredet. Vielleicht gab es auch einfach keinen Grund.

Wir stiegen die Stufen runter, sieben Menschen an einem Sonntagmorgen, wir stiegen die Stufen hinunter und vielleicht waren unsere Schritte synchron, ich habe nicht darauf geachtet, aber sie waren weich und federnd.

Manchmal öffnet Bewegung einen Raum. Du streitest dich mit jemandem und gehst dann genervt zum Basketballspielen. Irgendwann tun die Hände, was sie sollen, die Füße tun, was sie sollen, dein Herz, deine Lunge, alles erfüllt seine Aufgabe, alles funktioniert ohne einen Umweg über den Kopf und plötzlich lösen sich dein Ärger und deine Wut einfach auf. Die Erregung verpufft in diesem Raum, der sich geöffnet hat.

Oder du kommst gut gelaunt zum Fußball und nachdem ein Gegenspieler dich umgenietet hat, bricht ein Zorn aus dir hervor, von dem du nicht mal ahnst, woher er stammt.

Die Bewegung öffnet einen Raum und dort verschwinden manche Sachen und andere tauchen einfach auf. Die Bewegung öffnet einen Raum, das wissen auch die Yogis, die versuchen sich in diesen Raum hineinzudehnen und sich dann darin aufzulösen. So habe ich es zumindest immer verstanden.

Wir stiegen die Treppen hinab im Licht des neuen Tages, wir stiegen die Treppen herab ohne ein Wort und als wir unten ankamen, blieben wir stehen und sahen uns an.

Wir waren alle gemeinsam in diesem Raum. Der Weg hinauf hatte uns aufs Dach geführt. Und der Weg hinab auf irgendeine Weise aus der Welt hinaus. Wir sahen uns an und ich glaube, keiner wagte zu atmen. Wenn die ganze Nacht lang Magie durch deine Augen in dein Inneres gekommen ist, dann kann man sich vielleicht einfach fünfunzwanzig Stockwerke tiefer bewegen und ist in der Magie drin. Für wenige Sekunden schwang etwas, das uns zusammenhielt. Alle.

Und dann brach es. Niemand könnte erklären, warum, aber einer nach dem anderen verschwand aus dem Raum, so wie Lichter in Fenstern einfach ausgehen. Zuletzt waren nur noch Treya und ich übrig.

Klar, ihr könnt jetzt glauben, dass das alles Unsinn ist, was ich hier erzähle, Schwingungen, Magie und Räume, die sich öffnen und so. Aber anders kann ich es mir nicht erklären. Oder versteht jemand von euch, warum ich mich auf einmal so warm und glücklich fühlte, als hätte mir ein Engel ins Herz gepisst.

Es geschah plötzlich, so wie man sich manchmal daran erinnert, wo man seinen Schlüssel hingelegt hat, den man schon seit zehn Minuten sucht. Auf einmal weißt du es.

In dem Moment, in dem nur wir beide in dem Raum waren, wusste ich mit einem Mal, dass das klappen würde mit Treya und mir.

Die Wege des Herrn

Schicksal, natürlich glaube ich an Schicksal. Weißt du, mein Sohn, wenn du so ein Leben gehabt hättest wie ich, dann würdest du auch an Schicksal glauben, du könntest dich gar nicht dagegen wehren.

Da hinten habe ich sie das erste Mal gesehen, genau auf diesem Platz hier. Das Lokal da vorne war damals noch ein Hotel, eins der besten unserer Stadt, İzmir Palas hieß es, frag mich nicht warum, schau mal, wo Izmir ist und wo wir hier sind, das ganze Land liegt zwischen uns. Aus Sehnsucht, vielleicht haben sie es aus Sehnsucht so genannt.

Alles ist aus Sehnsucht entstanden, die Namen, die Lieder, die Gedichte, die Romane, wenn du dich umblickst, vielleicht ist alles aus Sehnsucht entstanden, weil die Menschen immer geglaubt haben, es gäbe irgendwo noch ein anderes Leben, in dem sie nicht die Trennung ertragen müssen.

Damals war dieser Platz noch gepflastert und glaub mir, mein Sohn, noch heute vermisse ich das Geräusch der Hufe auf dem Stein. Es war laut, lauter als die Autos heute sind, aber wenn ich heute daran denke, war es Musik. Und damals war es auch schon Musik, das sage ich nicht, weil ich heute so alt bin.

Mein Sohn, was sich nicht geändert hat, sind ja die Lieder, sie hören sich anders an heute, aber die Lieder sind trotzdem gleich geblieben, diese Lieder, in denen sie singen von der Liebe, die einschlägt wie ein Blitz, dieser eine Blick, der dein ganzes Leben verändert, dieser Moment, in dem die Trennung endlich aufhört. Diese Lieder, wo der Anblick des Geliebten reicht, um ein ganzes Leben zu ertragen.

So war es auch bei mir. Ich habe sie gesehen, genau dort drüben, wo jetzt der Kassettenladen ist. Sie kam mir mit ihrer Mutter entgegen und wir haben uns in die Augen gesehen, nur kurz, sehr kurz. Aber in diesem einen Moment hat sich die ganze Welt verändert. Als würde sie auf einmal kopfüber stehen und ich allen Halt verlieren. Mir ist heiß geworden und kalt und ich hatte das Gefühl, als würde alles loslassen, dann wurde es warm in meinem ganzen Körper, als würde die Sonne in Wellen über mich kommen. In einem Moment hat sich alles verändert, als würde dir Gott neue Augen schenken.

Auf einmal wusste ich, wovon sie in den Lieder singen, wenn sie von der Liebe erschlagen wurden.

Ich war gerade vom Militär zurück und dieser Blick, er hat mein ganzes Leben verändert.

Es war ja nicht alles so wie heute damals, sie hat schnell zu Boden geschaut und was hätte ich tun sollen, sie war mit ihrer Mutter unterwegs. Ich bin zum Friseur gegangen, dort drüben, wo jetzt wieder ein Friseur ist, aber das ist ein ganz anderer. Ich bin zum Friseur gegangen und habe mir den Lehrling dort geschnappt und gesagt: Da vorne geht eine Frau mit ihrer Tochter, folge ihnen unauffällig und finde heraus, wo sie wohnen. Los, mein Sohn, habe ich dem Kleinen gesagt, los, es wird nicht zu deinem Schaden sein.

Ich war erschlagen von der Liebe, aber ich war nicht dumm. Und der Kleine ist aus dem Laden und ich habe mich in den Sessel gesetzt und habe mich rasieren lassen. Hätte der Friseur mir die Kehle durchgeschnitten, es hätte mir nichts ausgemacht. Ich wusste, ich würde diese Frau heiraten. Diese und keine andere.

Das ist eine übermäßige Freude, ein übermäßiger Stolz, ein übermäßiger Hochmut, der Herr möge die Menschen vor solchen Gefühlen bewahren. Das sage ich jetzt, wo ich alt bin, aber damals war es, als würde meine Seele mit warmen Wassern gewaschen, ich war rein und hell, mein Sohn, rein und hell, ich habe geleuchtet von innen.

Nach der Rasur bin ich dort gesessen und habe einen Tee getrunken und eine Zigarette geraucht, den Geschmack werde ich mein ganzes Leben nicht wiederfinden, dieser Tee und diese Zigarette. Und dann kam auch schon der Kleine und hat mir gesagt, wo sie wohnt.

Zu Hause hat meine Mutter gleich gemerkt, dass etwas passiert ist, aber sie hat nur gelächelt und nicht gefragt und nichts gesagt. Auch sie war glücklich. Abends habe ich es dann meinem Vater erzählt. Dass wir dahin müssen und um ihre Hand anhalten. Dass ich nicht weiß, wie sie heißt, wessen Tochter sie ist, nur wo sie wohnt.

Aber wir konnten ja nicht einfach an die Türe klopfen und sagen, dass wir ihre Tochter wollen.

– Mach dir keine Sorgen, hat mein Vater gesagt, es reicht, wenn du es wünschst, ich werde schon einen Weg finden.

Zuerst konnte ich nicht schlafen, ich erinnere mich noch genau, ich hatte ja neue Augen, aber dann habe ich geträumt von Brautkleidern, die weich wie Sahne waren.

Meine Füße haben den Boden nicht berührt die nächsten Tage, ich habe nicht gegessen und nicht getrunken, als hätte jemand ein Licht in meinem Inneren entzündet und ich habe nur von dieser Flamme gelebt.

Mein Vater hat einen Weg gefunden und dann saßen wir dort und ich habe die Mutter gar nicht wiedererkannt, aber das hat mich nicht gewundert. Wenn die Liebe einschlägt wie ein Blitz, dann vergisst man alles andere. So sagen sie doch immer. Ich habe mich auch nicht gewundert, dass sie den ganzen Abend nicht erschienen ist und ihre Schwester uns den Tee serviert hat.

Ihr Vater hat nicht mal gezögert, er hat sie uns direkt als Braut versprochen. Das hat mich auch nicht gewundert, ich habe gedacht, sie hat mich ja auch gesehen, sie wird das Gleiche gefühlt haben wie ich.

Es war also alles schon beschlossene Sache, als ich sie das erste Mal gesehen habe. Es war als würde die Welt erneut kopfüber stürzen, aber auch dieses Mal ist sie nicht auf den Füßen gelandet. Ich war wie gelähmt. Ich konnte gar nicht denken. Sie hat damals geglaubt, ihr Anblick hätte mich so erschlagen, sie hat geglaubt, ich würde mich so fühlen, wie ich mich auf der Straße gefühlt hatte, beim Anblick der Anderen.

Als würde man das Gehirn mit Eis einreiben, so taub ist alles geworden in meinem Kopf und ich habe lange gebraucht, bis ich endlich begriffen habe, dass der Lehrling damals einer anderen Frau mit ihrer Tochter gefolgt sein musste.

– Wir können jetzt nicht mehr zurück, hat mein Vater gesagt, ein Mann, ein Wort. Das ist eine Frage der Ehre. Meine Mutter hat geweint und ich habe auch geweint, tagelang, sobald mein Vater aus der Tür war, habe ich geweint. Aber so war es. Aysun und ich haben geheiratet.

Ich will dich nicht anlügen, mein Sohn, zwei oder drei Jahre habe ich auf der Straße immer die Augen offen gehalten, ob ich die Andere nicht noch einmal sehe. Aber es ist nie passiert, dabei ist das hier doch nicht Istanbul, es ist eine kleine Stadt. Zwei oder drei Jahre hat mich die Sehnsucht zerrissen, nicht jeden Morgen aufs Neue, sondern auch im Schlaf, zwei oder drei Jahre, das mag dir viel vorkommen, aber sieh mich an, was sind da schon zwei oder drei Jahre?

Fast sechzig Jahre sind wir jetzt verheiratet, was zählt es da, dass ich die erste Zeit verpasst habe? Dass ich nicht gemerkt habe, dass die Trennung schon längst aufgehört hat, dass Gott mir eine Frau geschenkt hat, wie ich sie mir nicht wünschen könnte, einfach weil der Mensch nicht gut genug wünschen kann. Sechzig Jahre, ein Leben für das ich dankbar bin. Mein Sohn, wenn du das erlebt hättest, würdest du auch an die Vorsehung glauben. Natürlich gibt es ein Schicksal. Was es nicht gibt, was es nicht gibt, ist die Liebe auf den ersten Blick, die sich erfüllt. Das hat Gott mich gelehrt. Doch er lehrt jeden Menschen etwas anderes, du musst die Augen offen halten für deine Lektion, mein Sohn, mehr gibt es in diesem Leben nicht zu tun, du musst die Augen offen halten für deine Lektion.

Keiner weiß mehr

Irgendwo sitzt ein Therapeut in seiner Praxis, starrt auf die Tür und wartet auf einen Patienten wie mich. Auf jemanden, der seinen Zorn nicht unter Kontrolle bekommt, jemanden, der nicht nur mit Geschirr schmeißt, sondern auch Möbel zerstört. Jemanden, der viel und zwanghaft redet, der nicht treu sein und keinen Job länger als zwei Jahre hat, jemanden, dessen Frau ihn verlassen hat. Und sein bester Freund auch, als er erfuhr, warum die Frau auf und davon ist. Jemand, der sich dauernd Klamotten kauft und CDs zuhauf, mehr als man anziehen oder hören kann.

Irgendwo sitzt ein Therapeut und wartet darauf, mir meine Verfehlungen zu erläutern, mich über meine unbewussten Motive aufzuklären, ein Netz zu spinnen aus meinem Leben, ein Netz, das ein Muster ergibt, welches zeigt, warum die Dinge bei mir immerzu verkehrt laufen und Glück eine hohle Phrase ist.

Ein Netz spinnen, um mir dann Auswege zu zeigen, mich zu heilen, mir zu helfen, wieder ganz zu werden.

Nicht mehr jeden Tag durch einen hüfttiefen Schlamassel zu waten, den man Leben nennt, weil man kein besseres Wort dafür kennt. Irgendwo sitzt ein Therapeut, der mein Leben erklären und ihm einen Sinn unterjubeln kann.

Vielleicht wird er auf den Rändern meiner Vergangenheit rumkritzeln wollen und mir eröffnen, wie was zusammenhängt. Der frühe Tod meiner Mutter, diese traumatische Erfahrung, gerade für ein Kind von elf Jahren, das so plötzlich und endgültig verlassen wird. Daher diese Angst, sich an eine einzige Frau zu binden, daher diese ständige Fremdgeherei. Eine Frau, auf die ich mich vollkommen verlasse, könnte mich auch verlassen, gehen wie meine Mutter.

Als würde das erklären, warum ich mit Esther geschlafen habe, während Marc nach dem Motorradunfall im Krankenhaus lag. Als würden Männer mit lebenden Müttern nicht die Frau ihres Freundes flachlegen. Als würden da nicht zwei zugehören.

Als würde das ein Licht darauf werfen, warum ich Sarah einen Tag nach der Geburt unseres Sohnes betrogen habe, als sie noch im Krankenhaus lag.

Er würde vielleicht auch im Hier und Jetzt bleiben wollen, von dem in diesen Ratgebern immer die Rede ist. Dabei gibt es sowieso nichts anderes als Hier und Jetzt. Deine Gedanken an die Zukunft, das Abschweifen, die Erinnerungen, dass du mir zuhörst, alles findet im Hier und Jetzt statt. Es gibt nichts außerhalb. Ich verstehe nie, wohin diese Leute gelangen wollen, sie müssten doch sehen, dass sie schon längst da sind.

Egal, vielleicht würde er nicht stochern im Dunkel meines Gedächtnisses, da ist kaum ein Schmerz, wenn ich an die Zeit damals denke, als Mutter den Schlaganfall hatte. Doch dann sagen sie immer, ich hätte den Schmerz nur verdrängt. Sie besitzen anscheinend eine Taschenlampe für meine Seele.

Vielleicht ist es auch wieder so einer, der mir erklärt, dieses ständige Reden sei ein Ausdruck meines Bedürfnisses nach Aufmerksamkeit. Tief in meinem Inneren sei ich verunsichert und brauche Bestätigung.

Das ist ein Problem, das so ziemlich jeder haben dürfte, der sich freiwillig auf eine Bühne stellt, aber die scheinen ja auch alle irgendwie damit klarzukommen.

Vielleicht könnte der Therapeut meinen Jähzorn erklären und mir Methoden anbieten, ihn im Zaum zu halten. Zum Beispiel bis zehn zu zählen, bevor ich die Tasse schmeiße. Doch wenn ich bis zehn gezählt habe, reicht die Tasse nicht mehr, dann koche ich so, dass ich den ganzen Schrank gegen die Wand trümmern kann.

Egal was für Methoden sie haben, es ist so, als würde dir jemand vorschlagen, kurz vor dem Orgasmus noch ein wenig fernzusehen. Es gibt leichtere Arten, schlechten Sex zu haben.

Natürlich ist es mir auch peinlich, aber mir ist lieber, ich brauche jedes zweite Jahr eine neue Einbauküche, weil ich mal wieder ausgetickt bin, anstatt mich zu biegen, dass ich das Gefühl habe, ich breche.

Und ich weiß auch nicht, ob es besser ist, so wie Sarah zu sein. Immer zu behaupten, alles sei in Ordnung, und innerlich einen Hass zu züchten, der zu einem Monster wird, das alles bestimmt. Wenn ein Stuhl hinüber ist, ist mein Zorn auch fast schon verflogen. Ich schmolle nicht wochenlang und bestrafe niemanden, indem ich tagelang kein Wort rede. Meine Gewalt ist nicht subtil, aber sie ist auch nie gegen Menschen gerichtet.

Der Therapeut würde wohl verstehen, dass ich noch Groll hege gegen meine Exfrau. Dabei ist es nicht so. Wie ich es auch drehe und wende, Sarah hat es richtig gemacht. Ich würde mich auch verlassen, wenn ich könnte.

Ich hege keinen Groll, ich versuche nur etwas zu verdeutlichen.

Doch dann reden sie immer von Verdrängung, vom Unbewussten, von tieferen Schichten, zu denen ich keinen Zugang habe. Ich widerspreche und sie diagnostizieren daraufhin einen Widerstand gegen die Therapie. Das geht dann hin und her, bis ich irgendwann irgendetwas gegen die Wand pfeffere, weil sie mir auf Teufel komm raus nicht glauben wollen. Und dann sehen sie sich bestätigt, da sehe man nun den Groll, er käme an die Oberfläche. Auf die Idee, dass sie ihn ausgelöst haben, kommen sie nicht.

Es liegt wahrscheinlich im Wesen der Therapie, die Wirklichkeit des anderen zu verzerren. Oder im Wesen des Zusammenlebens.

Als ich sechs Jahre alt war, habe ich schon geschnarcht und sie steckten mich ins Krankenhaus und ließen mir die Polypen rausnehmen. Da habe ich mir dann auch das Schlüsselbein gebrochen, weil Marc und ich immer so durch die Gänge getobt sind und ich irgendwann gegen den Türrahmen gelaufen bin.

Es war toll im Krankenhaus, immerhin habe ich Marc dort kennengelernt.

Später habe ich ein Bild gemalt und es gab keine weißen Stifte und man hätte sie auf dem Papier sowieso nicht gesehen. Es war so, wie ich auch nie wusste, welche Farbe man für die Haut von Menschen nehmen sollte, alle waren immer irgendwie falsch.

Und weil ich nicht wusste, wie ich die Laken und das Kissen und die Decke vom Krankenhausbett malen sollte, habe ich sie eben schwarz gemacht.

Und als meine Mutter das Bild sah, daran erinnere ich mich genau, sagte sie:

– Oh, das muss ja echt schlimm für dich gewesen sein, wenn du die Laken schwarz malst.

Sie weinte ein wenig und ich konnte ihr das mit dem weißen Stift und den fehlenden Farben nicht erklären. Und schnarchen tue ich auch immer noch.

Irgendwo sitzt ein Therapeut und starrt auf die Tür und wartet auf einen Patienten wie mich. Er würde wahrscheinlich seine Freude daran haben, mit mir zu arbeiten, mir zu helfen und mich zu verändern. Aber warum sollte ich ihm vertrauen? Nicht mal meine Mutter hat mich verstanden. Und da war ich sechs.

Vertrauen kann doch nicht aus der Ausweglosigkeit kommen.

Es versteht jeder sowieso nur, was er will und urteilt nach dem, wie es aussieht.

Wenn ich bei jedem Job nach spätestens zwei Jahren rausfliege, dann muss es ja an mir liegen, an meiner Unfähigkeit, Autoritäten zu akzeptieren und mich unterzuordnen, an meinem unkooperativen Verhalten, an meiner sozialen Inkompetenz.

Aber keiner der achtzehn Chefs, die ich hatte, taugte was. Ja, das sieht so aus, als würde ich die Schuld immer bei den anderen suchen. Bei profilierungssüchtigen, machtgeilen Gimpeln, die nicht nur ihren Job nicht können, sondern auch nicht die geringste Anstrengung unternehmen, ihn mal zu lernen.

Es ist alles wie früher, nichts ändert sich im Leben, außer dass man immer älter wird und dieselben Dinge immer komplizierter werden. Bernd war unser Trainer beim Basketball und es kann immer nur einen geben, der Entscheidungen trifft, klar. Wir hatten uns dauernd in den Haaren, ich kann doch nicht meinen Mund halten, wenn ich sehe, wie jemand etwas falsch macht. Als er dann acht Wochen ausfiel wegen eines Bandscheibenvorfalls, habe ich gecoacht und gespielt. Und wir haben bis auf eins jedes verdammte Spiel gewonnen, sind vom Tabellenende in die Mitte vorgerückt und kaum war er zurück, hatten wir wieder einen Disput. Der Ball ist ihm so in die Fresse geflogen, dass beide Lippen geplatzt sind. Danach durfte ich nicht mehr spielen.

Und so ist es immer noch mit all diesen Möchtegernchefs, die haben keinen Schimmer von nichts und sobald sie merken, dass jemand mehr drauf hat als sie, wollen sie einen so schnell wie möglich los werden. Die sind da nur gelandet, weil sie sich verstellen können, weil sie bis zehn zählen und schon längst vergessen haben, wie es ist, aufrecht zu gehen. Niemand steht auf und sagt mal seine

Meinung. Und wenn du es tust, hast du gleich schlechte Karten. Wenn du ihnen zu unbequem bist, interessiert es nicht, wie gut deine Arbeit ist. So sieht es nämlich aus.

Aber was man sieht, ist nur die Anzeige wegen Sachbeschädigung, was dahinter steckt, ahnt niemand. Ich hatte keinen Ball dabei und ein Schreibtisch und ein Fenster sind nicht die Welt. Wenn du sie nicht bezahlen musst von Geld, das du nicht hast.

Aber möchte deswegen jemand über mich richten?

Wenn es einen Gott gibt, liebt er mich genauso wie alle seine anderen Geschöpfe. Es ist doch nicht einer mehr wert als der andere, das ist doch nur eine Lüge, die Fanatiker verbreiten, die sich für religiös halten.

Der, der mehr Schmerz verursacht, steht doch nicht auf einer anderen Stufe. In Gottes Augen sind wir alle gleich. Wir sind alle am Wunder des Lebens beteiligt. An diesem grandiosen Rätsel, an dem ich nicht heftiger, aber schlimmer scheitere als die anderen.

Was soll das sonst für eine Vorstellung von Gott sein, wenn er nicht alles umfasst? Diese Religionsführer verkaufen uns seit Jahr und Tag ihre kindlichen Vorstellungen von einem Schöpfer. Er muss doch unser Fassungsvermögen übersteigen, er muss doch außerhalb unserer Wahrnehmung und Wertvorstellungen existieren, wieso sollten wir ihn sonst Gott nennen?

Es gibt keinen Menschen, kein Geschöpf, keine Pflanze, keinen Pilz, keinen Stein, keinen Tropfen Wasser, den Gott nicht liebt. Das muss ich mir jeden Tag sagen. Jeden Tag.

Irgendwo sitzt ein Therapeut und wartet auf einen Patienten wie mich, aber ich kann nicht an seine Tür klopfen. Und es gibt auch keine anderen Türen mehr, an die ich klopfen könnte. Es geht nicht weiter, in keine Richtung, die Wände kommen jeden Tag näher, es ist nicht mehr zum Aushalten und da ist kein Mensch, an den ich mich wenden könnte. Ich kann nicht aufhören, mit dem Kopf gegen die Wand zu rennen.

Zu allem Überfluss habe ich Erinnerungen an die Vergangenheit und meine Zukunft besteht nur noch aus Bildern des Scheiterns.

Noch einmal die Weite

Sie saß schon da, ein beschlagenes Glas Weißwein vor sich, und das Erste, was er bemerkte, war, dass sie zugenommen hatte. Lucia stand auf, um ihn zu begrüßen, die Umarmung war nur flüchtig, doch er ließ seine Hand noch kurz auf ihrem nackten Oberarm, spürte das Fleisch und irgendetwas in seinem Magen machte eine Bewegung, die er nicht hätte beschreiben können. Als er sich setzte, merkte er, dass er entgegen seinen Erwartungen verlegen war.

– Wie geht's?, fragte Ricardo.

– Gut, sagte Lucia, gut.

Und er wusste nicht, ob es die Wahrheit war. Er suchte in ihren Augen, sie machte sich eine Zigarette an.

– Es ist lange her, sagte sie, nachdem sie den ersten Zug genommen hatte.

– Sehr lange.

Die Kellnerin kam und Ricardo bestellte ebenfalls Weißwein. Vielleicht hätten wir uns sofort auf dem Zimmer treffen sollen, überlegte er, aber das hatte er nicht vorschlagen wollen.

– War es schwer, mich zu finden?, fragte sie.

– Leichter, als ich dachte, sagte er.

Es hätte unmöglich sein können und ich hätte dich dennoch gefunden. Das sagte er nicht.

– Schön, dass du gekommen bist, murmelte er.

Sie nickte lächelnd.

Er hatte nicht damit gerechnet, dass sie nicht auftauchen könnte. Doch er konnte nicht sagen, was genau sie dazu bewogen hatte zu kommen, Mitleid, Verständnis, Neugier, irgendetwas. Oder auch nur eine Anziehungskraft, der sie sich beide nicht entziehen konnten.

– Du hast aufgehört zu rauchen?, wollte sie wissen, nachdem sie angestoßen hatten.

Ricardo nickte.

– Vor zehn Jahren schon.

Lucia lächelte, gequält irgendwie. Vielleicht traute sie sich nicht zu sagen: Das wäre doch ein guter Zeitpunkt wieder anzufangen. Ricardo sah zu, wie sie noch einen Zug nahm, und erinnerte sich daran, wie sie schmeckte. Nach Lucia hatte er immer gerne Frauen geküsst, die rauchten. Er mochte diesen dunklen, schweren Geschmack. Ein Geschmack wie eine verborgene Tür, die aufging wie Münder und hinter der es nichts gab, an dem man sich festhalten konnte.

Ellen hatte nie geraucht. Aber das hatte Ricardo nicht gestört. Nicht im Geringsten. Ellen hätte er auch geheiratet, wenn sie gehinkt hätte, ein Pferdegebiss gehabt, keine Brüste oder keinen Arsch. Ellen hätte er auch geheiratet, wenn sie geschmeckt hätte wie saure Milch. Ellen und er waren ein Team. Daran hatte er nie gezweifelt.

Ricardo merkte plötzlich, wie aufmerksam Lucia sein Gesicht betrachtete. Er holte seine Gedanken zurück.

– Damals war es eine gute Entscheidung, mit dem Rauchen aufzuhören. Hätte ich geahnt ... ich hätte nicht aufgehört. Wofür auch?

Sie sah ihn immer noch unverwandt an, als würde sie etwas in seinem Gesicht suchen. Wahrscheinlich hatte sie sich informiert.

– Es ist noch nicht so weit, dass ich unwillkürlich grimassiere, sagte er.

– Es tut mir leid, Ricardo.

– Mir auch. Ich hatte mich damit abgefunden, dass das Schicksal Guido ausgesucht hat und ich verschont bleibe.

Gesichtsgulasch, hatte sein Bruder gesagt, als er anfing, Grimassen zu ziehen, die sich seiner Kontrolle entzogen.

Ricardo lächelte, weder traurig, noch heiter, noch gekünstelt. Ein Lächeln.

– Man kann es sich nicht aussuchen, sagte er.

– Bist du deswegen hier?, fragte er nach einer Pause. Weil es dir leidtut?

Sie sah auf die Tischplatte, doch brauchte keinen Atemzug für die Antwort.

– Nein.

Er konnte es hören. Sie war aus demselben Grund da. Das schmeichelte seiner Eitelkeit, aber es zeigte ihm auch, wie hoffnungslos es war, sich dagegen zu wehren.

Sie blickte hoch und sie sahen sich in die Augen. Es waren nicht ihre Augen, die ihn angezogen hatten. Es waren nicht ihre Augen, an die er sich erinnert hatte, als er zwei Wochen lang Abend für Abend dasaß und ins Feuer starrte. Ellen hatte sich oft neben ihn gesetzt, doch manchmal war sie im Schlafzimmer. Er sah sie nie weinen, aber ihre Augen waren einige Male geschwollen gewesen.

Es waren auch nicht ihre Hände oder Brüste, ihr Hintern oder Humor oder Mut, es war nicht der dunkle, geheimnisvolle Geschmack ihres Mundes. Es war etwas anderes. Dem er sich jahrelang erfolgreich entzogen hatte. Aber kurz vor Schluss holte es ihn ein, kurz vor Schluss, als gäbe es jetzt nichts Wichtigeres.

– Nein, ich bin nicht hier, weil es mir leidtut. Hinterher werde ich es vielleicht bereuen. Aber das zählt nicht.

Er spürte einen Stich, konnte aber nicht sagen, wo er herkam. Lucia war mutiger als er, war es schon immer gewesen.

– Hast du es deiner Frau erzählt?

Ricardo schüttelte den Kopf.

Da kam der Stich vielleicht her. Aber es wäre niemandem geholfen gewesen, wenn sie gewusst hätte, was er hier tat.

– Hast du es erzählt?, fragte er.

Lucia nickte. Ricardos Rücken richtete sich auf und er sah sie mit großen Augen an.

Sie sagte nichts, machte aber eine wegwerfende Handbewegung.

Sie nannte ihre Freundinnen Schätzchen, lachte kreischend und gekünstelt, wenn sie angetrunken war, konnte im Zug nicht gegen die Fahrtrichtung sitzen, kaufte sich neue Stiefel, obwohl sie kein Geld hatte, schaute im Kino die Filme, die alle sahen, und hatte hinterher keine eigene Meinung dazu.

– Was hat er gesagt?

– Ich habe ihn gefragt, ob er jemandem einen letzten Wunsch abschlagen würde.

– Du hast ihm nicht den wahren Grund genannt.

– Was ist denn der wahre Grund?

– Dass … dass du auch wolltest.

Lucia sah ihn so an, dass er sich fühlte, als hätte er doch noch etwas zu verlieren.

– Ich verstehe es nicht. Also konnte ich es ihm auch nicht erklären.

Vielleicht war es keine gute Idee gewesen, sich hier unten zu treffen, er wollte nicht mehr reden, deswegen waren sie nicht da.

– Verstehst du es?, wollte sie wissen.

Immer wenn er an Lucia dachte, sah er sie nackt. Sie hatten sich zusammen Filme angesehen, sie waren Auto gefahren, waren essen gegangen, bummeln, aber Lucia konnte er sich immer nur nackt vorstellen. Eine grenzenlose Nacktheit, die er nicht beschreiben konnte. Sie hatte ihn in jeden Winkel gelassen. Als er zwanzig war, hatte er eine Freundin gehabt, die er fickte, immer wieder und wieder und jedes Mal wurde er verzweifelter, weil er spürte, dass er nicht in sie eindringen konnte.

Bei Lucia war es das Gegenteil. Wo er dunkle Ecken vermutet hatte, waren nicht mal Wände. Manchmal hatte er Angst gehabt, sich zu verlieren und nie wieder herauszufinden.

Doch sobald sie bekleidet waren, war Lucia einfach eine Frau, die nicht über Rot ging, weder barfuß noch in Flipflops Auto fuhr, eine Frau, die niemals ihre Serien verpasste und sich auskannte in Klatschspalten von Zeitschriften, deren Namen er noch nie gehört hatte. Angezogen funktionierte es nicht.

Aber daran dachte er nie. Vor allem nicht, als er nach der Nachricht ins Feuer starrte. Wenn er Lucia sah, sah er sie nackt. Und Abend für Abend, Nacht für Nacht war in ihm der Wunsch gewachsen, sie noch ein letztes Mal zu sehen, nackt. Noch ein letztes Mal diese Weite zu fühlen, bevor es zu Ende ging.

– Ich weiß nicht, ob ich es verstehe. Irgendwie schon. Irgendwie auch nicht. Hast du so etwas noch mal erlebt?

Lucia schüttelte den Kopf.

Er konnte sich nicht erklären, warum sie bei ihm offenbar das Gleiche fühlte wie er bei ihr.

– Wir sind irgendwie irgendwo gelandet, von wo es kein Zurück mehr gibt, sagte sie. Niemals. Wir werden uns nicht mehr los.

Niemals. Was für ein Wort. Für einen Moment dachte er nicht daran, dass er bald sterben würde. Er dachte nicht daran, dass die Wahrscheinlichkeit, dass er und sein Bruder beide diesen Gendefekt hatten, fast null war. Er dachte nicht an Ellen und seine beiden Söhne.

Er hatte sich einige Male verloren, verloren in Lucia, und sie hatte sich auch verloren in ihm. Die Kraft, die ihm alle Orte entzogen hatte, alles Denken und alle Grenzen, war stärker als sie beide. Wenn sie nackt waren. Und nur wenn sie nackt waren. Sie hatten sich verloren auf eine Weise, dass ihre gesamte Existenz nichtig wurde. Und das wollte er vor seinem Tod noch mal erleben.

Opfer

Schorsch ist tot und der Kleine von den Kanaken lebt.

Es ist echt nicht zu fassen, wir saßen einfach nur am Baggersee, hatten zwei Kästen Bier mit, ein paar Dosen, Zigaretten, einen Ghettoblaster und wollten uns eigentlich nur einen antrinken und ein bisschen Spaß haben. Bei dem Wetter muss man aufpassen mit dem Bier, das wird ja schnell warm, also haben wir erst mal die Dosen geext.

Da waren ein paar Schnitten, die sahen gut aus, aber die hatten keinen Bock, sich zu uns zu setzen. Und die Oberteile haben sie auch anbehalten. Aber egal, wir hatten genug Bier, die Sonne knallte uns auf den Schädel und Olaf legte *Mädchen* ein und drehte lauter, um die Zicken zu ärgern: *Ob blond, ob schwarz, ob rot, ob braun, ich lieb alle Frauen, ich lieb es alle vollzusauen, ob dick, ob dünn, ob groß, ob klein, ich tue ihn jeder rein, ich liebe jede Schweinerei.*

Sie packten ihre Sachen und legten sich ein Stück weiter weg, wir lachten, Roger hatte einen Sonnenbrand auf dem Kopf und stellte den Kasten ins Wasser.

Es waren ja die ersten heißen Tage, das Wasser war noch ganz kalt, aber wir haben deswegen nicht langsamer getrunken, sondern schneller. Langsam trinken bringt's nicht, egal bei welchem Wetter. Das erinnert mich immer daran, wie wir mal in Holland am Strand getrunken haben, billige Plörre, die hat keinem geschmeckt und keiner wollte es zugeben, aber alle haben langsam gemacht. Und dann bin ich nach zehn Dosen aufgestanden und konnte immer noch geradeaus gehen und habe gerafft, da ist was schief gelaufen.

Halb betrunken ist wie ... wie diese Schnitten früher, bei denen du zwar unter den Pulli durftest, aber wenn du die Titten auch noch rausholen wolltest, haben sie einen Riesenaufstand gemacht.

Es hätte ja alles gut werden können, wir hätten das Bier getrunken, hätten dagesessen, bis es dunkel wird, hätten mitgegrölt, Schnitten angebaggert, wären nach Hause gewankt, hätten unterwegs noch ein paar Straßenlaternen ausgetreten.

Jeder hat eben seine eigene Vorstellung von Spaß, oder? Und wenn man uns in Ruhe lässt, tun wir ja auch keinem was.

Und die Leute, die sich darüber aufregen, dass wir ihnen die Laternen löschen, sieh sie dir an, diese Leisetreter, Scheißefresser. Sie lügen und buckeln, nur damit sie einen warmen Platz für ihren Arsch haben. Sie halten sich in dieser verlogenen Dreckswelt an alle Regeln, als würde dadurch alles gut und richtig werden. Sie fragen nicht, wer die Regeln eigentlich aufgestellt hat: Wichser ohne Moral, die es einen Scheiß interessiert, wie wir gelebt haben und leben, wie es bei uns im Viertel abgeht und dass die Sonne nie für dich scheint, wenn du Beton siehst, Beton hörst, Beton fühlst und Beton riechst und alles immer nur nach unten zieht.

Und was tun die Leute? Sich fügen, immer schön fügen, damit ihre kleine beschissene Welt nicht aus den Fugen gerät, damit es ja nur keine Probleme gibt. Im Kindergarten, in der Schule, auf der Arbeit, immer schön nach der Pfeife von Pfeifen tanzen.

Aber das zieht halt nur so lange, wie du etwas zu verlieren hast, das man kaufen kann.

Es hätte alles gut werden können, wir legten schon Geld zusammen für den dritten Kasten, wir waren gut drauf an dem Tag. Und dann kamen diese Kanaken.

Die können sich ja nicht mit einer Picknickdecke und einem Grill irgendwohin setzen. Nein, die haben ihre

Kombis bis obenhin vollgepackt, Fressalien ohne Ende, Schüsseln, Geschirr, Schlauchboote, Gaskocher, Schwenkgrill, Dreirad, Volleyball, Radio. Und dann diese Tapeziertische. Die kommen immer gleich in Herden und machen sich breit, als würde der See ihnen gehören.

Und bei uns kriegen die Leute die Krise, nur weil wir manchmal ein bisschen lauter sind. Aber über die regt sich niemand auf. Das sind Kanaken, wenn man über die etwas Böses sagt, ist man ja gleich ein Nazi. Also halten die meisten einfach ihren Mund, obwohl die genauso genervt sind wie wir. Das mein ich, immer schön fügen, bloß nicht aus der Reihe tanzen, immer politisch korrekt bleiben.

Denen hat doch keiner gesagt, komm, baut den Tapeziertisch unter diesem Baum in unserer Nähe auf. Der See ist doch groß, die hätten ja auch woanders hingehen können. Aber so mussten wir die Musik eben lauter drehen. Das ist deren Sprache und so, aber das hört sich doch beschissen an, mal ehrlich, dieses Ützgemützge, und dann immer so laut und schnell, das kann man sich nicht mal antun, wenn man zehn Bier drinnen hat.

Und überhaupt, warum müssen die immer türkisch sprechen, wir sind hier in Deutschland, wenn sie schon hier wohnen, können die ruhig mal die Sprache lernen. Es nervt ja schon, wenn man in einen Irish Pub geht und die reden englisch mit dir, weil das irgendwie cool ist, so echt und ursprünglich. Aber wir sind hier verdammt noch mal in Deutschland und bloß weil wir zur Abwechslung mal ein paar Kilkenny kippen, haben wir noch lange keinen Bock, uns auf Englisch zuschwallen zu lassen.

Keine Ahnung, wie viele Familien das waren, die da aufliefen. Die hatten wahrscheinlich selber auch keinen Überblick. Männer, Frauen und dann Kinder, überall, wo du hinblickst, Kinder, die kreischen und kein Wort Deutsch können. Ich verstehe ja nie, wieso die so viele Kinder haben.

Die Mamas sind dick und fett, die watscheln nur noch, die können ja gar nicht richtig gehen. Die stehen den ganzen Tag in der Küche, kochen und fressen.

Und wenn du mal vorm Puff stehst und guckst, die Hälfte der Männer, die da reingeht, kommt nicht aus Deutschland. Die meisten von denen sehen aus, als hätten sie so eine Mama zu Hause, über die sie nicht mehr drüberwollen. Und dann ist mir irgendwie nicht klar, wo die ganzen Kinder herkommen.

Wenn ich so etwas erzähle, glauben die Leute gleich, ich sei ein Rassist. Aber tu's mal, stell dich mal vor den Puff und guck mal, wer da so reingeht. Die Hälfte sind Kanaken, das denke ich mir ja nicht aus, das ist ja so.

Aber gegen Kanaken darfste halt nix sagen und wenn's die Wahrheit ist.

Die Bullen lassen die ja auch in Ruhe. Da kann der Kombi überladen sein, wie er will. Und wenn der Boden schon aufsetzt, acht Kinder und vier Erwachsene auf dem Rücksitz sind, zwei Gaskocher im Handschuhfach und die Musik aus dem Fenster dröhnt. Das interessiert keinen. Die schlachten zu Hause in der Wanne Schafe, das weiß man, das sind ja nicht bloß Geschichten.

Aber es passiert nie was. Die dürfen hier machen, was sie wollen. Doch wehe, wir treten mal eine Straßenlaterne aus oder wecken um Mitternacht ein paar Spießer, dann nehmen sie uns gleich mit zur Wache. Auf uns dürfen sie rumhacken, nur weil wir Glatzen haben, wenn es um uns geht, können die sich benehmen wie Nazis und es ist okay.

Und diese Mamas sind doch scheinheilig. Ich habe mal drei von denen gesehen, wie die sich bei Woolworth Tangas gekauft haben. Immer schön verhüllt mit Kopftuch und langem Mantel auf der Straße, aber darunter Tangas. Das hat doch mit Religion nichts zu tun, oder? Die wollen sich nicht anpassen, das ist alles.

Und kommen und bauen ihre Tapeziertische direkt neben uns auf. Das musste nicht sein. Der See ist groß und wir waren zuerst da.

Als dann der Ball bei uns gelandet ist, hat Schorsch den geschnappt, in die Luft geworfen und Volley genommen. Das Ding ist mitten im See gelandet. Aber die haben nichts gesagt. Einer hat einfach den Ball zurückgeholt und die haben weitergespielt. Die haben so getan, als wären wir gar nicht da.

Dann waren auf einmal die Männer verschwunden, keine Ahnung, von uns hat keiner mitgekriegt, wie die gegangen sind. Schorsch hat dann gesagt: Vielleicht holen die Verstärkung. Und wir haben alle gelacht. Wir hatten keine Angst vor ner ordentlichen Keilerei. Schorsch war sogar richtig heiß drauf. Der arbeitete seit Wochen an seinem Roundhouse-Kick und wollte den mal auf der Straße ausprobieren, glaube ich. Aber dazu ist es gar nicht mehr gekommen.

Vielleicht waren die auch nicht Verstärkung holen, sondern im Puff, wer weiß das schon.

Auf einmal hörte man so Schreie vom See. Ungefähr von da, wo der Ball gelandet war. Inka oder so, hat eins der Kanakenkinder gebrüllt. Und dann Hilfe. Aber dann hatte es wohl auch schon Wasser geschluckt und man konnte sehen, dass es sich an eine Matratze klammerte, in der kaum noch Luft war. Der Kleine hat wie panisch gestrampelt und die Mamas sind mit wackelnden Hintern ans Ufer gerannt und haben aufgeregt geschnattert. Von denen konnte wohl keine schwimmen. Ich mein, was machen die am Baggersee, die hätten ja auch in den Wald gehen können, oder?

Schorsch ist aufgestanden, der hatte schon ne ganz rote Birne, wie immer, wenn bei ihm alle Lampen an sind. Und der ist losgelaufen und ist mit einem Kopfsprung ins Wasser.

Herzschlag, haben sie später gesagt. Der muss sofort tot gewesen sein. Irgend so ein Student im vierzigsten Semester hat dann den Kleinen gerettet.

Wie gesagt. Schorsch ist tot und der Kleine von den Kanaken lebt. Was hat der da mitten auf dem See gemacht, wenn der nicht schwimmen kann? Und warum ist keine von den Mamas ins Wasser? Oder eins von den anderen Kindern? Warum mussten die sich in unserer Nähe breit machen? Und wohin waren die Männer, war doch dumm von denen, dass sie ihre Frauen und Kinder allein lassen. Verdammt, Schorsch ist tot. Aber es ist immer noch so, wie die meisten es nicht verstehen, weil sie keine Ahnung haben, was dieses Leben hier für uns bedeutet, es ist alles, was wir haben, und deshalb ist es immer: Einer für alle, alle für einen.

Wir werden Schorsch rächen.

Der Blick. Dieser erste Moment, wenn zwei Menschen sich in die Augen sehen. Manchmal passiert etwas. Alina muss an den Bildband denken, letzte Woche Mittwoch in Madrid, morgens.

Rocío war nicht nach Hause gekommen und Alina machte sich Kaffee, nahm sich den Bildband aus dem Regal, den einzigen, den Rocío besaß, und setzte sich in den Sessel. Da waren nackte Frauen und Männer, manchmal Transsexuelle, dazwischen Garagentore, Lebensmittel und Portraitaufnahmen, auch von Prominenten. Halberigierte Penisse, gespreizte Beine, angedeuteter Oralverkehr, sie hätte nicht erwartet, dass Rocío so etwas besitzt, aber es überraschte sie auch nicht wirklich.

Es war keine Pornographie, nicht das, was Alina darunter verstand. Da waren Gesichter und man konnte etwas in ihnen lesen, das keine imitierte Lust war. Da war eine Leichtigkeit in den Bildern, als sei Sex ein Spiel, eine harmlose Freude. Sie blätterte immer langsamer, versank in den Aufnahmen. Dieses Gefühl, das sie nie ganz verließ: Da ist noch etwas, das ist so groß, dass es dir den Atem rauben und das Leben schenken kann.

Es könnte so leicht sein.

Sie saß im Korbsessel und dachte an Rocío und den Mann von gestern Abend, der sie mit seinen dunklen Haaren und seiner dunklen Haut an einen Zigeuner erinnert hatte. Alina stellte sich vor, wie sie sich gegenseitig auszogen, miteinander spielten.

In dem Bildband konnte man eine Frau sehen, nackt in einer Wohnung, die nicht ihre war, so schien es Alina. Diese Frau war nackt in einer fremden Wohnung und sie schien sich so frei zu fühlen, wie es Alina nicht mal angezogen möglich war, wenn sie jemanden zum ersten oder zweiten Mal besuchte.

Sie malte sich aus, wie seine Haut sich anfühlt und Rocíos, wie die beiden eine Tür öffnen, hinter der es keinen Raum gibt, sondern nur Weite. Wie sie zusammenbleiben in dieser Weite. Welchen Geruch seine Achseln absondern, wie sein Mund nach Bier schmeckt, Bier und Gras, wie Rocíos Hand runterlangt, wie sie seinen Schwanz umfasst, als wäre er ein eigenes Wesen, wie er ihre Brüste ansieht, als wären sie ein Bild, wie von außen nichts über die Schwelle dringen kann, wie sie ineinandergeraten, dass es fast wie Zufall aussieht, etwas, das passieren kann, wenn die Tür sich öffnet, sich öffnet, als würde man einen Fotoband aufklappen.

Alina stellte sich die beiden vor, das Pochen verlangte nicht nach ihrer Hand und auf einmal war da das Geräusch des Schlüssels. Sie klappte das Buch zu, blieb aber sitzen, als Rocío im Türrahmen erschien, sie versuchte einen Widerschein der Nacht auf ihrem Gesicht zu erkennen.

Der Blick. Auch dieser Mann hatte dunkle Haare und dunkle Augen, aber seine Haut war viel heller und sein Gesicht gezeichnet. Verlebt hätte Alina dazu gesagt, aber gewusst, dass es nicht das richtige Wort war. Vielleicht hatte er sein Gesicht verspielt, deswegen sah es so aus.

Die Blicke. Es wurden mehr und Alina merkte, dass etwas geschah. Vielleicht verlor sie den Halt. Sie musste an den Bildband denken, wenn sie ihn ansah. Doch nach dem vierten, fünften Mal, dachte sie an nichts mehr. Oder an das, woran man nicht richtig denken konnte. Das, was hinter den Bildern war, hinter den Augen.

Als sie noch in Göttingen zusammen gewohnt und studiert hatten, hatte Rocío mal gesagt: Wenn seine Augen mich interessieren, ist mir egal, was er redet. Und wenn sie mich nicht interessieren, kann er der größte Charmeur sein, ist mir genauso egal.

Auch damals war sie oft mitgegangen, häufiger als alle, die Alina sonst kannte, und natürlich häufiger als sie selbst. Manchmal war sie dann morgens nach Hause gekommen, rosig, überhitzt. Ihre Stimme war dann immer etwas heller als sonst, obwohl sie meistens mehr geraucht hatte, und sie redete schneller. Und es gab Tage, da sahen ihre Augen so aus, als sei sie dort gewesen. Wo es kein Innen und kein Außen mehr gibt.

Alina beneidete sie dann. Noch ein Satz Rocíos aus dieser Zeit war ihr in Erinnerung: Wenn du die Möglichkeit hast, dich zu amüsieren, und es nicht tust, ist das eine Sünde.

Ein Satz, den Rocío aus einem Film aufgeschnappt hatte, aber das wusste Alina nicht.

Sie amüsierte sich auch. Versuchte es.

Manchmal ist es einfach nur wie ein heißes Bad an einem Wintertag, sagte Rocío, als sie darüber redeten, über die Nächte und die Männer.

Aber für Alina war es nicht wie ein Bad, es gab keinen Bademantel, in den man sich hinterher hüllen konnte, und es war, als gelangten immer Tropfen unter die Haut. Tropfen wie Tücken.

Der Blick. Schon wieder. Er trug einen grauen Anzug, aber nicht so einen, wie Geschäftsmänner ihn tragen, einen legeren Anzug, seine Haare waren zerzaust, Alina hatte Lust hineinzugreifen. Er stand mit dem Rücken an die Bar gelehnt da, ein Glas in der Hand, und schaute Alina an, wie er vielleicht schon viele Frauen angesehen hatte. Aber das machte keinen Unterschied. Seine Augen waren seine Augen. Und eine Sünde war eine Sünde.

Alina drehte den Kopf wieder weg, nickte zu dem, was ihre Freundin gerade gesagt hatte, und versuchte herauszufinden, was gerade das Thema war.

Nach dem Studium hatte Rocío ein Praktikum in einem Verlag in Madrid gemacht. Ihre Eltern stammten aus einem Dorf in Andalusien, doch Rocío war vorher noch nie länger als sechs Wochen in Spanien gewesen. Nach dem Praktikum fand sie eine Arbeit beim Fernsehen und blieb in der Stadt.

Alina fragte sich, ob Rocío in Madrid glücklicher war als in Deutschland. Ob sie hier unglücklich gewesen war. Warum sie sich ein anderes Leben gesucht hatte.

Als Alina ihre Freundin nach anderthalb Jahren endlich besuchte, wie sie es sich immer wieder vorgenommen hatten, schien nichts verändert. Das war Rocío, wie Alina sie kannte, sie redete etwas lauter, aber das war alles. Vielleicht redete sie auch etwas schneller, doch das kam Alina möglicherweise nur so vor, weil sie nicht so gut Spanisch konnte.

Sie gingen gemeinsam aus in Chueca und Lavapies, standen in der Sommernachtsluft vor Bars, redeten, lachten, vergaßen und tranken, rauchten und überließen ihre Hüften der Musik. Drei Abende hintereinander gingen sie im Morgengrauen gemeinsam nach Hause. Beim vierten Mal war Alina allein und bis zur Dämmerung dauerte es noch einige Zeit.

Er saß auf den breiten Treppen, die zu den Toiletten hinunterführten. Mit einer Kopfbewegung forderte er sie auf, sich neben ihn zu setzen. Nachdem er ihr eine Zigarette angeboten und angezündet hatte, nahm er sich selber eine und nickte, als er den Rauch ausstieß, als hätte sie gerade etwas gesagt. Er schien ruhig, als würde er nur eine Rolle in einem Film spielen, in dem solche Dinge geschehen.

Nachher konnte Alina nicht mehr sagen, was sein erster Satz gewesen war und ihren wusste sie auch nicht mehr. Kontakt entsteht an den Grenzen, hatte sie mal gelesen, aber wie hieß das, was geschah, wenn die Grenzen sich auflösten.

Etwas später bestellte Alina Wasser, hielt das Glas in der Hand und sie standen so dicht nebeneinander, dass sie seinen Geruch einatmen konnte.

Es könnte so leicht sein.

Seine Hände berühren sie wie sein Geruch. Wie beim Riechen gibt es kein Innen und Außen. Sie erinnert sich auch deswegen so gut an Gerüche, weil sie eindringen in den Körper, weil man das Gesicht nicht abwenden kann und die Hand nicht wegziehen.

Berührung wie ein Duft oder Musik. Seine Haut an ihrer, seine Hand, die ihren Bauch hinuntergleitet, das Wesen zwischen seinen Beinen, sein Kopf zwischen ihren Brüsten, sein kleiner Hintern in ihren Händen, ihr Mund zwischen seinen behaarten Beinen, seine Finger in ihren Locken.

Als würden sie in einem Film spielen, in dem solche Dinge geschehen.

Doch wenn man aufhört zu spielen, kann man nicht einfach so zurück in sein Leben. Und diesen Blick mitnehmen, den Rocío früher manchmal hatte.

Es könnte so leicht sein.

Weißt du, sagte Rocío, als sie nach der vierten Nacht in einem Café saßen und frühstückten, an dem Mittwoch, an dem Alina sich den Bildband angesehen hatte, weißt du, manchmal macht man einfach nur die Sachen, die man gemacht hat, als man mal glücklich war.

Sie tunkte ihren Toast in den Kaffee und machte sich, noch während sie kaute eine Zigarette an.

Er roch wenigstens gut, sagte sie.

Mehr hätte Alina am nächsten Morgen auch nicht sagen können. Aber da war nicht mal jemand, um ihr zuzuhören.

Drei Schwestern

Ich war mal mit ihrer Schwester im Schrank, das war mein ersten Gedanke, als ich sie wiedererkannte. Wir spielten Wahrheit oder Pflicht und wenn die Reihe an mir war, nahm ich Wahrheit, da konnte man im Notfall lügen.

Das ging einige Runden ganz gut, Bernd küsste Anja auf den Mund, Richard gestand, dass er jeden Tag wichste, Marion bat vom Fenster aus einen erwachsenen Mann zu uns hochzukommen, doch er hatte wohl Besseres zu tun. Dirk trank eine Dose Cola, obwohl er Cola nicht ausstehen konnte, und Andi gab zu, dass er für Saskia schwärmte und wurde ganz rot dabei.

Er wusste, dass Lea es ihrer Schwester erzählen würde und ich begriff nicht, warum Andi nicht gelogen hatte. Saskia würde sich in der ganzen Siedlung über ihn lustig machen.

– Auf wen die Flasche zeigt, der muss mit mir in den Schrank.

Das war nicht ganz nach den Regeln, aber Lea hatte es gesagt und niemand widersprach. Die Flasche drehte und drehte sich und am Ende zeigte sie auf mich. Meine Beine schienen verknotet zu sein, als ich aufstand. Mit jeder anderen hätte ich mich auch unwohl gefühlt, aber vor Lea hatte ich Angst. Sie war die mittlere der Duranski-Schwestern und vor denen hatte jeder Respekt.

Saskia, die älteste, war siebzehn, stämmig, mit einem großen Busen und einer dreckigen Lache. Sie hatte ein plattes Gesicht und niemand hätte sie hübsch genannt, aber viele fühlten sich irgendwie angezogen von ihr. Ein Typ mit langen schwarzen Haaren und einer roten Lederjacke holte sie oft mit seinem Motorrad ab.

– Der ist doch nicht mein Freund, lachte Saskia, ich häng nur mit dem rum, weil der cool ist. Wenn ich keinen Bock mehr auf den habe, dann seht ihr den hier nie wieder.

Der Typ war wirklich cool. Wenn er von seinem Motorrad abstieg, den Helm abnahm und die Haare schüttelte, wünschte ich, ich könnte später auch mal so cool sein und sei es nur für einen Tag. Er holte ein Päckchen Zigaretten aus der aufgenähten Tasche am Ärmel seiner Jacke, klopfte eine Zigarette raus, machte sie mit einem Zippo an und es sah nicht aus, als würde er auf Saskia warten, sondern als würde er dort hingehören, als müsste er vor Block C stehen und rauchen.

Saskia ließ ihn warten, aber das schien ihm nichts auszumachen. Es dauerte, bis sie aus der Tür kam, hautenge Hosen, weites Sweatshirt, sie hatte lange dünne Haare, die ihr bis zum Kinn gingen und eine Selbstgedrehte zwischen den Fingern. Sie lachte. Wenn ich das am Telefon gehört hätte, hätte ich sie für einen Mann gehalten.

Früher hatte sie sich immer mit Jungs geprügelt und es dauerte selten lange, bis sie auf dem Brustkorb ihres Gegners saß und ihm mit den Fäusten ins Gesicht schlug, bis er aufgab.

Es hieß, sie würde gut blasen, aber ich kannte niemanden, der tatsächlich schon mal seinen Schwanz in ihrem Mund gehabt hätte.

Lea war gerade vierzehn geworden, ich hatte nie gesehen, dass sie sich prügelte, aber sie hatte eine große Klappe und vor niemandem Angst. Die meisten Schimpfwörter hatte ich von ihr gelernt und wenn wir mal ins Kaufhaus gingen, für Schokolade, Spielzeug, Frauenunterwäsche, Batterien oder was sonst gerade anstand, war sie immer diejenige, die uns anstachelte loszuziehen.

Sie und ich, wir beide sind nie erwischt worden, ich, weil ich vorsichtig und ängstlich war, manchmal kam ich auch mit leeren Händen raus. Warum Lea nie erwischt wurde, habe ich bis heute nicht begriffen.

Im Gegensatz zu Saskia war Lea fast schon gutaussehend. Zwar war sie dünn und hatte noch überhaupt keine Titten, aber ihre kurzen blonden Haare waren gelockt und ihre Augen waren von einem Grün, das damals unnatürlich auf mich wirkte. Später habe ich Flüsse gesehen, die die Farbe von Leas Augen hatten.

Einmal habe ich im Kaufhaus einen Slip für sie mitgenommen und mir zu Hause einen drauf gewichst, dass sie ihn trägt.

Sina war nur ein Jahr jünger als Lea, hatte aber als Einzige der drei dunkle Haare und dunkle Augen, obwohl sie angeblich alle vom selben Vater stammten. Sie war weder laut, noch prügelte sie sich. Die meiste Zeit hielt sie den Mund, aber sie hatte so eine Art dich anzuschauen, als wüsste sie alles über dich und könnte sich nicht dazu herablassen, dich zu verachten. Mit dreizehn wirkte sie, als wüsste sie mehr als wir alle, sie trank, kiffte und man erzählte sich, dass sie auch schon Heroin auf Alufolie geraucht hatte. Damals hätte ich es nicht in Worte fassen können, aber wir hatten Angst, wir hatten Angst, dass ihre Einsamkeit auch uns verschlucken könnte, so fern schien sie allem zu sein.

Die Duranski-Schwestern, sie waren über die Siedlung hinaus bekannt. Man erzählte sich, dass der Vater früher ein erfolgreicher Architekt gewesen sei. Die Mutter hatte irgendwann, als Saskia noch nicht in der Schule war, einen esoterischen Fimmel bekommen und ihren Mann dazu überredet, ihr gesamtes Hab und Gut dieser Sekte zu überschreiben. Ein Jahr hatten sie in so einer spirituellen Kommune in Portugal gelebt. Als ihr Führer sich von einem Tag auf den anderen auf und davon machte, waren sie zurück nach Deutschland gekommen. Doch anstatt wieder in seinem alten Beruf zu arbeiten, hatte der Vater angefangen fernzusehen und Bier zu trinken. Einmal habe ich beim Bäcker gehört, wie die Mutter über ihren Mann sagte: Einen anderen hätte ich nicht genommen.

Viel später erst glaubte ich zu verstehen, warum das so war.

Die Duranskis waren anders. Den Vater bekam man selten zu Gesicht, aber die Mutter legte viel Wert auf ihre Kleidung und Figur. Nie hat sie jemand ungeschminkt gesehen und wir fragten uns, wie sie solche Töchter haben konnte, die sich nachlässig kleideten und sich benahmen, als wollten sie betrunkene Fernfahrer beeindrucken.

Die anderen Frauen aus der Siedlung mochten Frau Duranski nicht. Die hält sich für etwas Besseres, sagten sie.

Damals bin ich mit Lea in den Schrank gegangen. Wir hatten einen Teil der Kleidung rausgeworfen, Lea hatte zuerst mich reingeschoben, war dann selber reingekommen und hatte die Tür zugezogen. Es war sehr eng, roch nach Waschmittel und ich versuchte den Körperkontakt zwischen uns zu minimieren und war erleichtert, weil man mir meine Angst im Dunkeln nicht ansehen konnte.

Lea machte die Tür noch mal auf und rief raus:

– Eine Taschenlampe.

Irgendjemand reichte eine rein, Lea zog die Tür wieder zu und ohne die Lampe anzumachen griff sie mir an die Hose, machte den Knopf auf und zog den Reißverschluss runter. Dann streifte sie mir Hose und Slip nach unten. Ich wagte nicht, mich zu bewegen. Sie knipste die Taschenlampe an und hielt sie mir zwischen die Beine.

Bestimmt eine halbe Minute standen wir so da. Ihr Blick. Ich fühlte mich, als würde mir jemand Flüche auf die Eier schreiben. Ich weiß bis heute nicht, wie ich das überlebt habe.

Natürlich wusste ich, dass nichts, gar nichts passieren konnte. Aber keiner der Jungs hätte mit mir tauschen wollen. Mit einer Duranski im Schrank. Mein Schwanz fühlte sich an, als wäre er noch nie steif gewesen.

Lea lachte, dann schaltete sie die Lampe aus, kurz fühlte ich ihre Lippen neben meinem Mund, dann zog sie mir Slip und Hose hoch.

– Zuknöpfen musst du selber, sagte sie.

Ich hoffte, dass niemand es gehört hatte.

Daran musste ich denken, als ich Sina sah. Zwanzig Jahre später im Aufzug eines Hotels in Madrid. Ich erkannte sie sofort, als sie einstieg, aber ich konnte es nicht glauben. Sie sah gut aus und ihr Blick wirkte viel weicher als früher. Sie hätte irgendeine einsame, attraktive Frau sein können, nichts schien darauf hinzuweisen, dass sie eine der Duranski-Schwestern war.

Lea war gerade mal zwei Jahre nach der Sache im Schrank zu einem Typen nach Hamburg gezogen. Mehr wusste ich von ihr nicht.

Saskia hatte jahrelang in der Drogerie in der Siedlung gearbeitet und eines Tages nicht mehr. Ich wusste nicht, was sie heute machte.

Und nun Sina. Kurze Zeit hatte es so ausgesehen, als würde sie Abitur machen, aber dann hatte sie die Schule geschmissen, hing mit ein paar kiffenden Lesben ab und spielte Fußball in der Regionalliga.

Ich hätte sie gerne gefragt, was sie hier tat. In Madrid, im Aufzug, im Hotel. Da war kein Erkennen in ihren Augen und ich starrte bloß, grüßte nicht mal. Ich fragte mich, wie es wohl gewesen wäre, wenn ich im Schrank einen Ständer bekommen hätte. Doch das hatte ich mich schon oft gefragt. Und auch, was aus den Duranski-Schwestern geworden war.

Ich hätte Sina fragen können. Ich hätte mich getraut, das ist es nicht. Wir wären auf einen Kaffee gegangen und hätten einfach geredet. Ich weiß nicht, was mich abgehalten hat. Einige Tage habe ich der Gelegenheit nachgetrauert und beim Frühstück lange rumgetrödelt in der Hoffnung, sie noch mal zu sehen.

Aber ich glaube, letztlich war es besser so.

Die drei Duranski-Schwestern. Eine Zeit lang waren sie die kriegerischen Größen der Siedlung. Und damit des ganzen Lebens. Man hatte Respekt vor ihnen. So möchte ich mich immer an sie erinnern.

Ein anderes Ende

– Nächste Woche Freitag machen Tina und Dirk wieder eine Party, ich soll euch auch einladen.

Jetzt sieht es so aus, als hätte schon dieser Satz den Abend Richtung Unheil gelenkt. Wir hatten den großen Vorspeisenteller bestellt und der Kellner hatte auf einem Tablett viele Schalen gebracht, getrocknete Auberginen, Minzjoghurt, Oliven, gewürzten Schafskäse, Falafel, Avocadocreme, Taboulé, sauer Eingelegtes, dicke Pasten, verschiedene Salate und Saucen. Wir hatten gegessen, geredet, gelacht und nun, als die meisten Schalen abgeräumt waren, hatte ich die Einladung von Tina und Dirk weitergegeben.

– Au ja, sagte Ben, Tina und Dirk, das wird bestimmt gut. Wollen wir dahin?

– Ja, sagte Pat. Aber nicht, dass du am Ende wieder betrunken bist.

Das war so, als würde man sagen, lass uns ins Kino, aber schau dir den Film nicht an. Als würde man sich müde ins Bett legen und sich vornehmen, nicht einzuschlafen. Einen Porno gucken, aber nicht wichsen.

Bei Tina und Dirk standen Teekannen, Flaschen und Schüsseln, auf die Tina Zettel geklebt hatte. In ihrer fast kalligraphischen Schrift konnte man darauf die Namen der Cocktails lesen, fertig gemixt, nur noch eingießen. Vielleicht zweimal im Jahr feierten sie so eine Party, räumten das Wohnzimmer aus und wenn am Ende jemand geradeaus aus der Tür gehen konnte, schien es ihnen, als sei der Abend ein Reinfall gewesen.

Mich ließen sie in Ruhe, gar nicht trinken ging gerade noch so, aber wenig trinken war kaum möglich.

Ich hielt die Luft an, weil Ben einige Sekunden zögerte, bevor er antwortete:

– Ich kann versuchen, mich zurückzuhalten.

Ich war schon dabei wieder zu entspannen.

– Aber wenn ich mich richtig erinnere, warst du diejenige, die letztes Mal Probleme hatte.

Wieder hielt ich die Luft an. Als könnte das helfen, das fragile Gleichgewicht zu halten, bloß nicht atmen. Pat brauchte nicht lange für eine Antwort:

– Kann ja sein, dass ich ausnahmsweise über die Stränge geschlagen bin, aber du machst das ja jedes Mal.

Pat war auf der letzten Feier von Tina und Dirk aggressiv geworden, weil niemand von diesen Ignoranten, mit denen sie sprach, in der Lage war, die Größe dieses Films zu sehen, der damals gerade aktuell war. Irgend so ein Mist, der im Feuilleton hoch gelobt wurde und jetzt rückblickend bei keinem bleibenden Eindruck hinterlassen hatte, wahrscheinlich nicht mal bei Pat, aber das hätte sie wohl kaum zugegeben.

Währenddessen hatte Ben sich aus den bestehenden Cocktails neue gemixt und ich hatte das Gefühl gehabt, Pat sei ihm peinlich, weil sie alle, die den Film nicht großartig fanden, zu Vollidioten erklärte, weil sie sich gerne stritt, wenn sie betrunken war, und niemandem die Chance ließ, das Thema zu wechseln, weil sie alle zwei Minuten von vorne anfing, ohne es selbst zu merken.

Wenn Ben in einer größeren Runde zu einem Monolog ansetzte, bei dem er dann den Faden verlor, konnte man immer genauso sehen, wie sehr Pat wünschte, er würde endlich den Mund halten. Manchmal verdrehte sie die Augen, sogar wenn die Gefahr bestand, dass Ben es sah.

Jetzt hielt ich fast zehn Sekunden die Luft an. Das war ein Fehler, der Abend hätte womöglich immer noch ein anderes Ende nehmen können, wenn ich versucht hätte, dezent das Thema zu wechseln.

– Immerhin finde ich aber den Weg nach Hause und kotze auch nicht dem Taxifahrer ins Handschuhfach.

– Ich hatte Magendarmgrippe.

– Und wolltest die Viren mit Alkohol killen.

– Ach, darüber diskutiere ich doch jetzt nicht.

Es entstand eine Pause, dieses Mal hielt ich nicht die Luft an, sondern fühlte mich atmend unbehaglich.

– Und habt ihr jetzt eigentlich *Shortbus* gesehen?, fragte ich.

Irgendetwas in mir glaubte noch, wir könnten drum herum. Doch die Luft an unserem Tisch war geladen, sie wollte kaum in meine Lungen. Da war ein Glitzern in den Augen, in Pats und in Bens, ein Drang am Ende Recht zu behalten, koste es, was es wolle.

– Ja, sagte Pat, den haben wir uns gestern Abend ausgeliehen. Ben hat zwei Tüten Chips gegessen dabei.

Und war die Luft erst mal in meinen Lungen, wollte sie nicht wieder raus, weil es ihr draußen zu ungemütlich war. Eigentlich wusste ich es doch besser, oder? Oder.

– Ja, und?, sagte Ben.

– Du lässt dich gehen in letzter Zeit. Von deinem Bauch will ich ja gar nicht mehr reden, aber du kriegst richtig Nierenfett da hinten.

– Ach ja?

– Ja.

– Und wie fandet ihr den Film?

Der Versuch, ein Unheil zu vermeiden, führt nur zu noch mehr Unheil. Ich begriff auf einmal, dass sie sich noch nicht darüber unterhalten hatten. Und ich wusste, es war sowieso die falsche Frage gewesen.

– Ich fand ihn gut, sagte Pat, nicht, dass mich so was anturnen würde, aber diese Sexszenen waren irgendwie …

schon geschmackvoll. Und nicht so aufgesetzt. Es wirkte richtig natürlich, nicht so steril wie in Pornos.

– Als würdest du Pornos gucken.

– Nein, man muss die nicht gucken, um zu wissen, dass die kalt und unerotisch sind.

– Wenn du meinst ... Sonst schimpfst du immer auf Leute, die sich eine Meinung bilden, ohne eine Ahnung zu haben.

– Ich habe genug Ausschnitte gesehen, um eine Meinung zu haben.

Sie wandte sich an mich, als würden ihre Worte Ben ohnehin nicht erreichen.

– Ich mochte dieses Surreale, wie der Film immer tiefer und tiefer in etwas abgedriftet ist und den Zuschauer mitgenommen hat. Natürlich war der Sex nur ein Mittel, um die Aufmerksamkeit der Zuschauer zu bekommen, aber es war gut eingesetzt, mit künstlerischem Anspruch.

– Es ist komisch, sobald du Leuten irgendetwas als künstlerisch wertvoll verkaufen kannst, steigt es gleich im Wert. Ein paar Zeichnungen, die völlig hohle Geschichte von einer Frau, die nicht kommen kann, und dann in so einen Club geht, anstatt klein anzufangen, und ein völlig beschissenes Happy End. Aber verklickere den Zuschauern, es sei Kunst, und dieses Arthouse-Publikum wird dich lieben, egal wie sehr du es verbockst.

– Boah, bei dir kann wirklich keiner bestehen, alles machst du nieder, ich habe schon gar keine Lust mehr, mich mit dir über Filme oder Bücher zu unterhalten, weil du immer so negativ bist. Mit dir rede ich über so etwas gar nicht mehr.

Es stimmte, es gab wenig, was in Bens Augen Bestand hatte. Das war schon immer so gewesen. Aber hätte Ben den Film gut gefunden, hätte sie ihn nicht gemocht. Das

stimmte genauso. Warum hatte ich überhaupt damit angefangen, warum fragte ich nach einem Film?

– Wenn dir irgendetwas nicht passt, verweigerst du
gleich die Kommunikation, sagte Ben.

Ich glaube, den Satz hatte ich auch schon von ihr gehört.

Vielleicht hätte ich Markus verfluchen sollen. Aber das
wäre nicht fair.

– Ben ist dein Freund, hatte er gesagt, seit, was, über
fünfzehn Jahren? Und wie lange sind die beiden zusammen, fünf Jahre? Sie gehört dazu, zu ihm, dann kannst
du nicht immer nur mit ihm was machen. Sie ist ein Teil
von ihm.

Ich könnte Markus verfluchen, aber so einfach ist das
Leben nicht.

Eine Zeit lang lud niemand Pat und Ben ein, weil sie
bekannt dafür waren, dass sie sich in aller Öffentlichkeit
lauthals stritten. Sie sollten dankbar sein, dass Tina und
Dirk sie dennoch auf der Party haben wollten. Sie gehörten
zu diesen Paaren, bei denen die meisten sich fragen, was
sie eigentlich zusammenhält. Gefühle, glaube ich, Gefühle
halten die Menschen beieinander. In vielen Gefühlen verheddert man sich. In der Liebe nicht, glaube ich.

Pat und Ben? Ich denke, es ist einsam, wenn du niemanden hast, dem du die Schuld geben kannst, von dem
du etwas verlangen kannst, an den du Ansprüche stellen
kannst, jemanden, dem du etwas beweisen musst. Jemanden, den du hassen kannst, ganz nah bei dir.

Seit sie zusammen waren, hatte ich an Ben Seiten kennengelernt, die mir nicht gefielen, doch Markus hatte
Recht, diese Seiten, die Frau, sie gehörten dazu. Er war
mein Freund. Du kannst das eine nicht ohne das andere
haben. Er war mein einziger Freund außer Markus.

– Ich verweigere die Kommunikation?, sagte Pat. Das
ist ein Spruch, das meinst du nicht ernst. Das sind meine

Worte, die du mir nun um die Ohren schlagen willst. Und weißt du, warum das meine Worte sind: weil du immer nur auf dem Sofa sitzt und den Mund nicht aufmachst, mit dir kann man stundenlang reden, es geht in ein Ohr rein und zum anderen wieder raus.

– Du musst es ja wissen.

– Und überhaupt, du wolltest den Film gucken.

– Na und, habe ich dann nicht das Recht, den Film scheiße zu finden? Nur weil ich ihn ausgesucht habe.

– Du darfst immer die Filme aussuchen.

Sie waren mittlerweile lauter und ich überlegte, ob ich auf die Toilette gehen sollte. Wir bekamen schon Blicke von den Nebentischen. Es wäre wohl besser gewesen, ich wäre gegangen. Es gab so viele Dinge, die einen Unterschied gemacht hätten, jetzt, wo ich darüber nachdenke. Aber jetzt, jetzt ist es zu spät.

– Du kennst ihn doch schon lange, wandte sich Pat jetzt an mich, sag doch auch mal was.

Ich zuckte zögerlich mit den Schultern.

– Es ist doch wahr, er ist wie ein Kind, er will immer nur seinen Willen haben. Alles muss so sein, wie es ihm passt, sonst ist der Herr nicht glücklich. Und wenn's nicht läuft, wer ist schuld? Pat. Komm, sei doch mal ehrlich, dein Freund Ben kann ein richtiges Arschloch sein, wenn ihm was nicht passt, oder?

Nie, nicht mal an einem entlegenen Ufer meines Verstandes wäre mir eingefallen, dass sie so etwas tun könnte. Mich auffordern, Partei gegen Ben zu ergreifen.

Ich hatte sie nie gemocht, vom ersten Tag an nicht. Und als ich nicht gleich antworten konnte, weil ich so baff war über diese Wendung, legte sie sich so richtig ins Zeug.

– Ein Schwätzer ist das. Der Film ist scheiße, das Buch taugt nix. Ben weiß, wie die Welt funktioniert, deshalb betreut er auch Grundschüler bei den Hausaufgaben, weil er so schlau ist, ein richtiger Intellektueller. Mit Nierenfett und Brille. Aber wenn es drauf ankommt, ist er ein ganz leiser, du würdest dich wundern.

Ich sah, wie Ben schrumpfte. Zuerst fielen nur die Schultern nach vorne, doch dann schien ihm jemand das Sitzkissen weggezogen zu haben.

– Schau doch, sagte Pat zu mir, wie er dasitzt, der Herr, ein Häuflein Elend, könnte man meinen, so klein wie seine Grundschüler. Da ist nämlich nichts hinter, hinter seinem Gelaber, gar nichts. Aber das weißt du ja, du kennst ihn ja schon länger als ich. Und dennoch, du würdest dich wundern ...

Sonst wusste Ben sich zu wehren, die beiden schenkten sich nichts, doch jetzt schien eine Grenze überschritten, die ich nicht bemerkt hatte und der Schmerz schien über ihn hinauszuwachsen.

Pat saß links vor mir. Und ehe ich mich versah, war mein Handrücken in ihrem Gesicht. Es wäre noch schlimmer gekommen, wenn Ben nicht sofort mein Handgelenk gepackt hätte und mich angesehen.

Ich hatte vieles über Ben gelernt, seit er mit Pat zusammen war, aber diesen Blick kannte ich nicht. So viel Schmerz und Ergebenheit hatte ich noch nie gesehen, bei niemanden. Als könnte er fast schon darüber lächeln, dass es keinen Ausweg gibt. Ein Lächeln, das dir sagt, dass du keine Ahnung hast, dass du nicht mal ahnst, wie sehr sich jemand verheddert hat in einem Dunkel, das keine Schattierungen mehr hat.

Ich wünschte, diese Geschichte hätte ein anderes Ende, aber es war geschehen, ich hatte zum ersten Mal in meinem Leben eine Frau geschlagen und Ben würde sich wohl entscheiden müssen, ob er mich wiedersehen wollte oder mit Pat zusammenbleiben. In Gefühlen verstrickt man sich, manchmal so sehr, dass nur noch die Wahl zwischen Schmerz und Einsamkeit bleibt, aber man das eine von dem anderen nicht mehr unterscheiden kann.

Lass fallen

Manchmal wünsche ich, ich könnte einmal in meinem Leben so cool sein wie Uwe damals.

Selbst wenn wir anderen im Sommer die T-Shirts auszogen und mit nacktem Oberkörper arbeiteten, Uwe hatte immer ein Hemd an, ein langärmeliges Hemd.

Es war wie immer, ich redete zwar mit den Leuten, aber keiner erzählte mir etwas von Belang, ich gehörte nicht richtig dazu. Es dauerte eine Weile, bis ich von selber begriff, dass es Narben zu verbergen gab.

Uwe war schlaksig und hatte ein faltenreiches, hageres Gesicht mit ausgeprägten Wangenknochen und eingefallenen Wangen, obwohl er damals kaum Mitte dreißig gewesen sei kann. Er sah verlebt aus, wie man manchmal sagt, einige der Jungs nannten ihn Mr. Hyde und versuchten ihn zu ärgern, was Uwe souverän ignorierte.

Ich mochte ihn gern, er war schon lange in dem Job und würde wahrscheinlich noch Jahrzehnte hier arbeiten. Rock 'n' Roll bietet keine Perspektive, möglicherweise nicht mal für die Stars.

Rock 'n' Roll, das war der Grund, warum die meisten hier landeten, die Liebe zur Musik, zur Lautstärke, zur Liveatmosphäre, der Backstagepass, die Nähe zu den Bands, der Hang zu ungesundem Lebenswandel und die irrsinnigen Arbeitszeiten, die nicht in die bürgerliche Welt passten.

Morgens um neun oder zehn waren wir da, entluden die Sattelschlepper, karrten Kisten, Boxen, Lichtanlage, Instrumente auf die Bühne, schoben das Mischpult in die Halle, schraubten, klopften, drehten, stapelten nach Anweisung der Roadies und gegen drei oder vier war es meistens so weit, dass die Band kommen und einen

Soundcheck machen konnte. Dann gab es für uns nur noch Kleinigkeiten zu erledigen, bis es Zeit war für den Einlass und wir Karten abrissen oder rumstanden und auf dies und das aufpassten.

Nach der letzten Zugabe ging es auf die Bühne und dann so schnell wie möglich abbauen und alles in den Truck laden. Vor eins warst du da fast nie raus.

Rock 'n' Roll. Es interessierte niemanden, auf welchen Drogen du bist, solange du diskret warst und noch arbeiten konntest.

Ein- oder zweimal habe ich Uwe ein Bier trinken sehen. Ich selber blieb fast immer nüchtern, die Arbeit machte mir Freude. Am besten war es, wenn ich mit Uwe oder zumindest in seiner Nähe arbeiten konnte. Er hatte einfach die Ruhe weg.

Es war ihm scheißegal, wie cholerisch irgendein Roadie war und wie nervig die Arbeit schon mal werden konnte. Selbst wenn wir nachts um halb drei noch im Truck standen und mit roten Gesichtern versuchten, Kisten irgendwo weit über Kopfhöhe zu verstauen, hatte Uwe noch einen lockeren Spruch auf den Lippen und niemand hätte ihm angemerkt, dass er schon seit siebzehn Stunden bezahlt wurde.

Fluchen, gegen Kisten treten, Drohungen ausstoßen gehörten zum Alltag, aber Uwe hörte ich nicht mal unflätig über Frauen reden. Er machte seinen Job, kicherte, wie nur Menschen kichern, die mal eine ganze Zeit lang vergessen hatten, wie es ist, nüchtern zu lachen.

Er drückte sich nicht vor Arbeit, aber er riss sich auch nicht drum. Wenn ich mich in seiner Nähe aufhielt, wusste ich, dass ich weniger schwer schleppen musste. Doch das war nicht der Grund, warum ich gerne bei ihm blieb, ich genoss einfach seine Gegenwart, er war ein angenehmer Umgang.

Eines Tages wurden wir für eine Motocross-Veranstaltung gebucht. Das hatte mit Rock 'n' Roll nichts mehr zu tun, aber alle brauchten wir Geld, und Sachen in eine Halle hinein- und später wieder rausschleppen, das konnten wir.

Es wurde mehr geflucht, getreten, geschrien, gezogen, geraucht als sonst. Viel mehr. Wir waren es gewohnt, mit Roadies zu arbeiten, die jeden Tag die gleiche Bühne aufbauten und wussten, was sie taten. Hier schien keiner eine Ahnung zu haben, wir bekamen dauernd widersprüchliche Ansagen und es gab mindestens vier übernächtigt wirkende Trottel, die behaupteten, sie seien der Chef. Die Stimmung war schlecht. Ich blieb in Uwes Nähe. Mir war klar, dass wir kaum vor sieben Uhr morgens hier rauskommen würden und dass das für mich nicht unter zwei Schachteln ablaufen würde. Es versprach eine beschissene Nacht zu werden.

Es gab insgesamt fünf Trucks und da nicht alle an die Laderampe fahren konnten, standen sie an einem Hügel. Keine Ahnung, wer den erfunden hatte. Truck Nummer eins oder fünf, je nachdem wem man glauben wollte, stand am weitesten oben. Dorthin trugen Uwe und ich Stahlstreben. Manchmal sieht es so aus, als ginge das ganze Leben nur bergauf.

Oben angekommen, erklärte uns der Fahrer oder was er sein mochte, dass die Streben in Truck Nummer drei gehörten.

– Drei, sagte Uwe und lächelte. Das ist der einzige, bei dem ihr euch mit der Nummer einig seid. Sicher, dass es drei ist?

– Absolut sicher.

Wir gingen wieder runter, während ich das Gefühl hatte, mein Griff würde sich lockern. Ich packte fester zu, ich wollte nicht um eine Pause bitten. Meine Unterarmmuskeln verkrampften sich, bis ich sie fast nicht mehr spürte, aber die Stahlstreben waren noch in meinen Händen, alles war gut.

Bei Truck Nummer drei sagte uns ein Mann:

– Das gehört nach oben, Truck Nummer fünf.

– Da waren wir gerade, der hat uns hierher geschickt, sagte Uwe.

– Der Depp glaubt ja auch, er sei Truck Nummer eins. Das ist schon richtig. Tut mir leid, Jungs, ihr müsst noch mal hoch. Sagt einen schönen Gruß von mir.

– Sicher?

– Ja.

– Gut, sagte Uwe, wir bestellen schöne Grüße. Das gehört zum Job ja dazu.

Aber er lächelte immer noch. Auf dem Weg nach oben spürte ich, wie die kalte Nachtluft den Schweiß auf meinem Rücken kühlte. Ich fröstelte und bat meine Hände und Unterarme, nicht zu versagen.

Oben sah uns der Mann erstaunt an.

– Hallo alter Freund und Kupferstecher, lange nicht gesehen. Wir sollen Grüße vom Kollegen unten bestellen, er sagt, das hier sei Truck eins und die Streben würden hier reingehören.

– Nein, verdammt noch mal, sagte der Mann, der aussah wie ein Student der Germanistik im achtzehnten Semester, ich weiß nicht, wo die hingehören, aber auf gar keinen Fall in diesen Truck.

– Wir tun die einfach mal rein und wenn sie nicht reingehören, dann wird sich eine Lösung finden.

– Nein, sagte der Mann und versperrte uns den Weg zur Rampe.

Uwe sah mich an und sagte:

– Lass fallen.

Ich hätte gezögert, doch sein Tonfall ließ das nicht zu. Scheppernd fielen die Streben zu Boden. Das Geräusch

war laut und unangenehm. Es war noch nicht ganz ver-
klungen, als Uwe schrie:

– Ihr könnt mich am Arsch lecken. Ich lasse mich von
euch Vollidioten doch nicht verscheißern.

Bei den Worten *Vollidioten* und *verscheißern* konnte
man im Schein der Straßenlaterne einen Regen aus
Spucketröpfchen sehen.

Dann wandte er sich an mich.

– Wir gehen.

Wir gingen den Hügel hinab ohne uns umzudrehen.
Es versprach wirklich, eine beschissene Nacht zu werden. Seit zwei Jahren arbeitete ich mit Uwe zusammen
und ich hatte ihn noch nie ausrasten sehen. Ich wusste
nicht, was ich sagen sollte, und fühlte mich schuldig, als
könne ich etwas für den Mist.

Als wir unten waren, stieß Uwe mir seinen Ellenbogen in die Seite und sagte:

– Dem haben wir's aber gegeben, oder? Ich lasse mich
von euch Vollidioten doch nicht verscheißern. Mann, hat
der blöd geguckt.

Er lachte.

Todesengel

Keine zwei Minuten stand ich an der Straße, da kam dieser dunkelblaue Renault Laguna Kombi. Und blieb stehen. Niemand kann seinem Schicksal entkommen.

Ich öffnete die Tür und beim Einsteigen kam mir ein Schwall kühle Luft entgegen, ich setzte mich auf die Rückbank ohne mich anzulehnen, damit der Schweiß an meinem Hemd trocknen konnte.

– Hallo, sagte ich.

– Guten Tag, sagte der Fahrer.

Ein Mann Mitte fünfzig mit dunklen krausen Haaren, die ein wenig an Stahlwolle erinnerten. Er hatte Hamsterbäckchen und trug eine Brille. Trotz der Klimaanlage hatte er Schweißflecken in den Achseln seines blauweiß gestreiften Hemdes.

– Wo geht es denn hin?, fragte er.

– Nicht weit, antwortete ich. Nicht besonders weit. Nur ein Stück die Straße runter. Verzeihung, wenn ich gleich so mit der Tür ins Haus falle, aber für dich geht es auch nicht viel weiter. Gestatten, dass ich mich vorstelle: Ich bin der Engel des Todes und deine letzte Stunde hat geschlagen, wie man so schön sagt.

Ich schaute auf meine Armbanduhr und bevor er reagieren konnte, fügte ich hinzu:

– Ganz so lange ist es nicht mehr, wenn wir es genau nehmen.

Er lachte. Wenn sie nicht wissen, wie sie sich angemessen verhalten sollen, lachen die Menschen. Asiaten häufiger als Europäer oder Amerikaner, aber dieses Lachen, das etwas überspielen will, ist ihnen allen gemein.

Im Rückspiegel suchte er meine Augen, ich blickte ihn an, ohne Regung, ohne Lächeln, ohne ihn damit erleichtern zu können, dass ich einen etwas ungewöhnlichen Humor hatte.

– Sie wollen mich auf den Arm nehmen.

– Keineswegs. Wir können uns ruhig duzen, in der kurzen Zeit, die wir miteinander haben. Ist schließlich eine intime Sache, der Tod.

Wieder suchte er meinen Blick im Rückspiegel. Das unnatürliche Grün der Augen, die er sah, hatte schon viele vor ihm irritiert. Das und dieser Blick, den sie häufig als kalt empfanden.

– Aha. Und wie werde ich sterben? Wird es einen Verkehrsunfall geben?

Wenn sie glauben, sie hätten es mit einem Verrückten zu tun, verhalten sich die Menschen so, als würden sie ihn ernst nehmen. Sie glauben, man beruhigt einen Verrückten, indem man so tut, als würde man seine Realität teilen.

– Nein, sagte ich, es wird ein Herzinfarkt sein.

– Ich bin erst zweiundfünfzig, sagte er, ich jogge jeden Morgen, ich war vor drei Monaten beim Arzt, um mich durchchecken zu lassen, ich habe keinerlei Beschwerden, ich bin kerngesund, warum sollte ich einen Infarkt bekommen?

Die Menschen klammern sich an die Logik, wenn sie sich mit unlogisch erscheinenden Tatsachen des Lebens konfrontiert sehen.

– Keine Ahnung, antwortete ich. Andere sterben noch bevor sie sprechen können. Oder noch früher. Jeder hat seine Frist und wird abberufen, sobald sie vorüber ist. Es gibt keine Logik dahinter. Eure Namen stehen geschrieben im Buch des Lebens und sie werden wieder daraus gestrichen.

Er schien sich ein wenig zu entspannen. In seinem Kopf kategorisierte er mich wahrscheinlich als harmlosen Irren und nicht als gefährlichen Verrückten.

– Wie ist denn mein Name, der gestrichen werden soll?, fragte er mit einem kleinen Unterton der Siegesgewissheit.

Jetzt lachte ich. Nicht, weil ich nicht wusste, wie ich reagieren sollte, sondern weil er glaubte, mich mit solchen Sperenzchen entlarven zu können.

– Ich weiß es nicht, sagte ich. Hast du eine Ahnung, wie viel Arbeit ich habe? Ich kann nicht alle Namen im Kopf haben. Ich bin nicht Gott, du darfst mich nicht verwechseln. Ich bin sein Diener, Azrael.

– Azrael?, sagte er. Engel des Todes. Das ist doch eine muslimische Glaubensvorstellung, damit habe ich nichts zu tun. Ich bin Christ.

Logik, Bildung, zur Schau gestelltes Verständnis oder Humor, nichts ist den Menschen zu billig, um die elementaren Fakten in Frage zu stellen.

– Ja, sagte ich. Ich hätte mich auch als Sensenmann vorstellen können. Oder als Schnitter. Als Gevatter Tod. Aber dann hättest du mich ja genauso wenig ernst genommen. Ich hätte mich als Shinigami vorstellen können. Die japanische Variante. Hast du schon mal ein Anime gesehen? Wer würde mir glauben, wenn ich behaupte, ich wäre eine Zeichentrickfigur? Es glaubt mir ja ohnehin fast niemand, bis ganz kurz vor Schluss. Namen sind nur Namen, sie ändern nichts. Deswegen weiß ich auch deinen nicht. Alle Menschen werden von einer Mutter geboren und alle Menschen sterben. Sie werden abberufen von einem nicht-menschlichen Diener des Herrn. Das sind die Fakten. Daran gibt es nichts zu rütteln, egal welcher Religion man angehört, egal wie viele Sünden man begangen hat, egal wie rechtschaffen man war. In der letzten Stunde erscheine ich, indem ich eine Gestalt annehme, und ich bin nur jenen sichtbar, denen der baldige Tod gewiss ist.

– Aha, sagte er.

Zustimmend wirken, wenn man nicht mehr weiter-weiß. Überlegen, wie man den Bekloppten wieder los wird. Einen Vorwand suchen. Das menschliche Repertoire an möglichen Reaktionen ist sehr beschränkt.

– Du glaubst mir immer noch nicht, stellte ich fest. Jetzt sind es noch etwa – ich schaute erneut auf die Uhr – acht-zehn Minuten. Damit das Ende dann doch nicht ganz so abrupt für dich kommt, möchte ich dir etwas demonst-rieren. Siehst du den Anhalter da vorne?

Dort, wo es auf dem Asphalt flimmerte, war ein Strich am Straßenrand.

Er kniff die Augen zusammen und nickte unmerklich.

Mein Hemd war nur noch leicht feucht, ich lehnte mich zurück.

– Lass ihn einsteigen, sagte ich. Wenn ich ein Mensch bin, wie du glaubst, wird er mich sehen können und mich für verrückt halten, so wie du es tust. Dann steige ich sofort aus und behellige dich nicht weiter. Versprochen.

Ich verschränkte die Hände über dem Bauch und schwieg über die andere Option.

– Was hast du schon zu verlieren?, fragte ich, als wir uns dem Anhalter näherten. Als ginge es nicht um sein Leben. Der Mann ging vom Gas und rollte von der Straße. Die Beifahrertür ging auf und der Anhalter stieg ein.

– Hallo.

– Hallo.

– Hallo.

Der Fahrer legte den Gang ein und fuhr los. Als er in den dritten hochschaltete, sagte ich:

– Frag ihn. Frag ihn, ob er mich sehen kann.

Der Fahrer lachte, während der Anhalter überhaupt keine Reaktion zeigte.

– Der Typ da hinten hält sich für unsichtbar, sagte der Fahrer.

Der Anhalter drehte irritiert den Kopf.

– Welcher Typ?

– Na, der da, sagte der Mann und deutete mit dem Kinn auf mich.

Der Anhalter sah den Fahrer verdutzt an.

– Wer?

– Der Mann auf der Rückbank.

Der Anhalter sah wieder in meine Richtung, aber durch mich hindurch.

– Sie wollen mich wohl auf den Arm nehmen?

Das Repertoire menschlicher Reaktionsmöglichkeiten ist sehr eingeschränkt.

– Nein ... Ja ... Nein ... Entschuldigung.

Ich beugte mich ein wenig vor, die Hände auf den Oberschenkeln. Ich konnte an seinem Haaransatz erste kleine Tröpfchen entdecken, die schnell größer wurden, sein Herz raste vermutlich und zusammen mit den Zweifeln kam fast ohne mein Zutun die Panik. Ich half dennoch nach.

– Die meisten glauben ebenso wenig wie du an Engel. Und seinen eigenen Tod kann sich niemand vorstellen. Ich kann dir leider keine Hoffnungen machen, das Ende ist nicht zu stunden. Ich kann dir nur Hinweise geben, um deinen Aufenthalt auf der anderen Seite des Jordans angenehm zu gestalten. Wie alle Menschen hast du gesündigt. Halte an, falle auf die Knie und bete. Bete zu deinem Gott und bereue deine Sünden.

Sein Hemd war jetzt trotz der Klimaanlage klatschnass. Wenn man Zweifel gesät hat und mit ein wenig Panik gegossen, muss man kaum noch etwas tun.

Es wirbelte Staub auf, als er am Straßenrand hielt. Er stieß die Tür auf und stieg aus. Rennen oder auf die Knie fallen, das war die Frage. Mehr gab das Repertoire nicht her. Er rannte.

Rafa rutschte auf den Fahrersitz und ich lehnte mich wieder zurück und nahm die Kontaktlinsen raus, während er die Kupplung kommen ließ. Das war schon der zwölfte Wagen diese Woche.

Kriminelle

Es fiel auf, als meine Cousine das erste Mal geheiratet hat. Fast die gesamte Familie war im Haus ihrer Eltern untergebracht und kurz bevor die Braut von der Familie des Bräutigams offiziell abgeholt wurde, gab es eine Diskussion. Mein Onkel wollte nicht, wie es von alters her Brauch war, ein rotes Seidenband um die Hüften seiner Tochter binden, als Symbol dafür, dass er sie als Jungfrau aus dem Haus gab.

Wahrscheinlich hat er sie ebenso wenig gefragt wie ich, aber man konnte davon ausgehen, dass er im Falle des Bandes etwas versprach, was er nicht halten konnte.

Weder Nehir, meine Cousine, noch Nail, der Bräutigam, legten Wert darauf und auch Nails Familie war es gleichgültig, doch mein Großvater sagte, man könne dieses Ritual nicht weglassen und so tun, als würde man eine Hure verheiraten. Mein Onkel willigte schließlich ein und ich dachte, dass dieser Brauch wohl in der nächsten Generation verschwunden sein würde. Und fragte mich, ob mein Großvater sich der Lüge über seine Enkelin bewusst war.

Spät am Abend, als die meisten Gästen schon gegangen waren, weinte Deniz, Nehirs jüngerer Bruder. Wahrscheinlich, weil seine Schwester jetzt aus dem Haus war. Er war berauscht und ich begriff nicht, warum die anderen so taten, als sei der Schmerz eines Betrunkenen weniger echt.

Ich sah, wie der Tanga der Trauzeugin sich unter ihrer fast durchsichtigen weißen Hose abzeichnete, und fragte mich, ob es nicht doch weniger als eine Generation dauern würde, bis in dieser Stadt alles anders war.

Nehir und Nail gingen ins Hotel und wir anderen, mein Großvater, meine Großmutter, ihre vier Kinder mit Partner und die zwölf Enkel gingen zu meinem Onkel. Wir verteilten uns auf die vier Zimmer, lagen auf Sofas, geliehenen Matratzen und Gästebetten.

In den folgenden Tagen würden die meisten von uns merken, dass ihnen etwas abhanden gekommen war, eine Uhr, ein Mobiltelefon, ein Ring, etwas Geld, eine Sonnenbrille. Mir fehlte ein Discman, was ich direkt morgens merkte, aber ich machte mir keine Gedanken darüber.

Einmal hatte ich eine Uhr verloren geglaubt. Ich war damals sechzehn und bei einer englischen Gastfamilie in Portsmouth. Die Uhr, die ich bei einer Fastfoodkette gekauft hatte, war auf einmal verschwunden. Am nächsten Tag sah ich sie am Handgelenk des achtjährigen Sohnes meiner Gasteltern. Ich hatte nichts Besseres zu tun, als das seinen Eltern zuzutragen. Obwohl Brian schwor, er habe die Uhr nicht gestohlen, sondern geschenkt bekommen, zwangen seine Eltern ihn mir die Uhr wiederzugeben. Zurück in Deutschland stellte ich fest, dass ich die gleiche Uhr nun zweimal hatte. Und es war mir zu peinlich, anzurufen und die Eltern über meinen Irrtum aufzuklären.

Mein Discman würde schon wieder auftauchen. Doch er tauchte ebenso wenig auf wie die anderen Gegenstände. Wir waren bestohlen worden. Auch wenn das nicht sein konnte, weil wir unter uns waren. Wer würde schon in der Familie klauen?

Einige Monate nach dieser Hochzeit kam einer meiner anderen Onkel für eine Messe nach Deutschland. Ich begleitete ihn nach Düsseldorf, um für ihn zu übersetzen und als wir nach einem langen Tag in seinem Mietwagen saßen, sagte er:

– Wenn du mir erklärst, wie ich von dir aus wieder auf die Autobahn komme, fahre ich dich nach Hause.

Das war mir lieber, als vom Bahnhof aus mit dem Zug zu fahren. Dieser Onkel hatte mir in den Sommerferien das Autofahren beigebracht, damals war ich vierzehn. Heute war er begeistert von dem Mietwagen und den Autobahnen in Deutschland.

Es war schon dunkel, als wir an dem Bordell vorbeifuhren, das auf dem Weg zu meiner Wohnung lag, ein achtstöckiges Gebäude mit Säulen im Eingangsbereich und Bildern, die wohl das Flair von römischen Orgien vermitteln sollten.

– Und das hier, das ist einer der größten Puffs in der Gegend, sagte ich.

– Soll ich dich zuerst zu Hause absetzen?, fragte mein Onkel.

Willst du mitkommen, war wohl die eigentliche Frage.

– Ja, sagte ich, ich bin müde, fahr mich doch eben noch die paar hundert Meter.

Vor der Haustür stellte er den Motor ab.

– Deniz hat bei mir im Laden gearbeitet, sagte er, ich glaube, er hat sich Geld aus der Kasse genommen. Hat dir nach der Hochzeit auch etwas gefehlt?

– Ja, mein Discman, sagte ich ohne nachzudenken.

Da erst erfuhr ich, dass die meisten etwas vermisst hatten hinterher.

– Deniz?

– Ja, sagte mein Onkel, wir glauben, dass es Deniz ist.

– Hat jemand mit seinen Eltern gesprochen?

– Nein. Bisher nicht.

Mir konnte es egal sein, der Discman war weg und würde wohl auch nicht wieder auftauchen. Deniz war jetzt knapp neunzehn und möglicherweise war das nur so eine Phase. Außerdem war ich zu weit weg, um mir über so etwas viele Gedanken zu machen.

Das nächste Mal, dass ich in die Türkei fuhr, war beim Tod meines Großvaters zwei Jahre später. Auch da machte ich mir keine Gedanken, obwohl ich mitbekam, wie über Deniz getuschelt wurde, der wohl mit seinem Studium der Betriebswirtschaft nicht gut zu Rande kam und sich mit zweifelhaften Leuten umgab. Es wurde geredet über die neuen Felgen an dem Auto, das sein Vater für ihn gekauft hatte.

Die Ehe zwischen Nehir und Nail lief wohl auch nicht so gut, aber das hätte ich schon vor der Hochzeit sagen können.

Ein anderer Onkel, ein angeheirateter, hatte seinen Posten bei der Polizei gewechselt. Früher war er als Kommissar mit Eigentumsdelikten beschäftigt gewesen und nun arbeitete er im Drogendezernat.

Das waren die Neuigkeiten und dass nach der Beerdigung wieder das eine oder andere fehlte, obwohl die meisten Acht gaben.

Erst als ich wieder zu Hause war, fragte ich mich, ob es wirklich Deniz gewesen war, ob er so dumm war, zu glauben, es würde nicht auffallen, ob seine Eltern davon wussten und jemand wenigstens mal unter vier Augen mit ihm gesprochen hatte.

Etwas mehr als ein Jahr später kam mein Onkel aus dem Drogendezernat mit meiner Tante nach Deutschland. Sie waren das erste Mal im Ausland und ich staunte, was sie alles kauften, Kleidung, Schuhe, Schmuck, Elektrogeräte, angefangen von einem Wasserkocher der Luxusklasse bis hin zu einem Blutzuckermessgerät für meine Großmutter. Als sie fuhren, hatten sie siebzehn Kilo Übergepäck. Und eine Golftasche. Die hatte mein Onkel gekauft, die billigste, die er hatte finden können.

– Eine Golftasche kostet bei den meisten Fluggesellschaften nichts oder nur eine kleine Pauschale, sagte er, das geht nicht nach Gewicht und die schauen eh nicht, was drin ist. Auf Dauer rechnet sich das.

Ich wusste nicht, was er mit auf Dauer meinte, aber konnte sehen, dass er sich, wie so oft, für äußerst gewieft hielt. Und irgendwie war er das ja auch, ich hatte noch nie von dem Trick gehört, obwohl ich viel häufiger geflogen war als er.

Im nächsten Jahr reisten die beiden nach Frankreich, wo er entfernte Verwandte hatte. Sie fuhren mit der Golftasche, nehme ich an.

In der Zwischenzeit häuften sich die Nachrichten, dass Deniz offensichtlich klaute, log und betrog. Er war nur wenige Jahre jünger als ich, aber wir hatten nie viel miteinander zu tun gehabt, ich fühlte mich seiner Schwester deutlich näher.

Ich begriff nicht so richtig, wie aus dem kleinen Jungen, der Angst vor Kühen hatte, ein Dieb geworden war. Aber ich konnte verstehen, wieso es zu keiner Konfrontation kam. Es wurde nur getuschelt, niemand sprach offen darüber oder beschuldigte ihn gar offiziell. Ein Dieb in der Familie. Was sollten die Leute denken?

Diese Angst abzuschütteln, würde wohl länger dauern, als den Brauch mit dem Seidenband zu vergessen.

Immer noch dachte ich an Brian und immer noch zog ich in Betracht, dass alles Verleumdung sein konnte, obwohl alle Hinweise dagegen sprachen. Besser spät als nie, dachte ich, ich sollte die Adresse meiner damaligen Gasteltern herausfinden und ihnen mitteilen, dass Brian mich damals nicht beklaut hatte.

Es blieb bei dem Gedanken. Es ist nicht der Wille, der zählt. Es ist die Tat. Sonst kämen wir alle in den Himmel. Und: Der Lohn einer guten Tat ist die gute Tat, pflegte mein Großvater zu sagen.

Einer Cousine fehlten Ohrringe, nachdem Deniz sie besucht hatte, einer anderen Geld und wieder einer anderen die Schokoladenvorräte. Man ging dazu über, Deniz nicht mehr allein in einem Raum und nichts offen herumliegen zu lassen. Doch keiner beschuldigte ihn.

Nehir und Nail trennten sich.

Es war das Jahr, in dem Nehir zum zweiten Mal heiratete, als es zum großen Auftritt kam. Mein Großvater war schon fünf Jahre tot, es war klar, dass meine Cousine nicht mehr Jungfrau sein konnte, und das Ritual mit dem Seidenband fiel weg.

Deniz hatte mittlerweile eine kleine Mietwagenfirma mit einem Teilhaber, über den es hieß, er würde Geld aus windigen Geschäften dort waschen. Ich wusste nicht, ob immer noch Dinge verschwanden oder niemand mehr darüber redete.

In dem ganzen Durcheinander von Personen während der Hochzeit wurde meiner früh verwitweten Cousine Derya ein goldener Armreif geklaut, den sie von ihrem verstorbenen Mann geschenkt bekommen hatte.

– Bis jetzt haben wir alle geschwiegen und beide Augen zugedrückt, sagte sie, als wir an dem Morgen nach der Hochzeit alle beim Frühstück saßen.

Ihre Stimme zitterte, sie wandte sich an meine Tante.

– Dein Sohn ist ein Dieb, sagte sie, und du weißt, dass er ein Dieb ist. Er hat den Armreif, den Atilla mir geschenkt hat. Wenn der Armreif nicht in zehn Minuten auftaucht, dann gehe ich zur Polizei. Mir ist jetzt alles egal, ich mache das nicht länger mit.

Schweigen. Schweigen und Entsetzen.

Ich sah Deniz an, der keinerlei Reaktion zeigte. Immer noch hatte ich Zweifel.

– Deniz, mein Sohn, sagte mein Onkel nach langen Sekunden, hast du Deryas Armreif oder weißt, was damit passiert ist?

– Ich weiß überhaupt nicht, wovon hier überhaupt die Rede ist, sagte Deniz.

– Lüge, schrie Derya.

– Ich könnte schon aus ihm herauskriegen, wo der Armreif ist, erbot sich mein Onkel, der beim Drogendezernat arbeitete.

– Schande über dich, sagte seine Frau zu Deniz' Vater, dein Sohn ist ein Krimineller.

Deniz sah zu Boden, schien aber weder verlegen zu sein, noch Angst zu haben.

– Ja, Schande über den, der solche Kinder hat, sagte eine andere Tante.

Es war das Frühstück nach der Hochzeit, man hätte eigentlich alles dafür tun müssen, um den Brauteltern am heutigen Tag diese Situation zu ersparen, zumal vor der gesamten versammelten Familie. Doch aus jedem Kopf ertönte nun eine Stimme, Lügner, Dieb, Verbrecher, schamlos, ehrlos, da schien sich einiges angestaut zu haben und es brach hervor, als würden alle alle Regeln vergessen.

– Ruhe, brüllte der Brautvater in das allgemeine Gerede hinein und Deniz stand einfach auf und wollte den Raum verlassen, aber mein Polizistenonkel packte ihn und stieß ihn zurück auf seinen Stuhl.

– Du bleibst schön hier, Freundchen.

– Ruhe, brüllte Deniz' Vater erneut, Ruhe, das sind doch alles bloße Verleumdungen, ich dulde so etwas nicht in meinem Haus.

Derya entgegnete, Deniz treibe sich bekanntlich mit dem Sohn des Metzgers herum und der habe schon mal gesessen, und schon wieder redeten alle durcheinander und Deniz' Vater stand jetzt auf und verließ türknallend das Zimmer.

Derya hielt ihr Mobiltelefon hoch und schrie:

– Ich werde jetzt die Polizei anrufen, diesem Verbrecher muss das Handwerk gelegt werden, das kann doch nicht ewig so weitergehen.

Deniz' Mutter stand auf und schrie zurück:

– Dann tu das, ich möchte dir nicht im Weg stehen. Aber hör mich vorher an, hört mich alle zwei Minuten an.

Deniz warf seiner Mutter einen Blick zu und jetzt konnte ich sehen, dass er Angst hatte. Seine Mutter stand aufrecht da, den Kopf erhoben, sie musste wissen, was ihr Sohn trieb, sie war eine Mutter.

– Es mag sein, dass Deniz etwas geklaut hat, sagte sie nun. Es mag sein. Aber was ihr alle hier gerade für einen Auftritt liefert, ist traurig. Ihr freut euch. So ist es doch. Ihr freut euch, dass da jemand ist, auf dem ihr herumhacken könnt, jemand, der ein Dieb ist, ein Krimineller, ein Gesetzloser. Was hat er schon getan? Was hat er gestohlen? Wer von euch ist arm geworden? Ihr tut so, als hättet ihr es mit einem Mörder zu tun. Wer von euch ist denn besser als er? Wir, die wir unsere Tochter bei der ersten Hochzeit mit einem Seidenband gegürtet haben? Du, der du jede Gelegenheit wahrnimmst, um zu käuflichen Frauen zu gehen, und damit auch noch herumprahlst? Du weißt, dass viele dieser Frauen aus der Ukraine kommen und ihren Eltern dort erzählen, sie würden hier kellnern. Und die Eltern tun in ihrer Not so, als würden sie das glauben. Mit solch gebeutelten Geschöpfen erlebst du Vergnügen. Wiegt ihr Schmerz nicht schwerer als die paar Scheine aus deiner Kasse, die du in einer halben Stunde in einer zweifelhaften Bar auf den Kopf hauen würdest? Nicht zu reden davon, wie sich deine Frau und deine Kinder fühlen und wie sie die Leute auf der Straße ansehen.

Ich habe die größten Eier, ahmte sie eine Männerstimme nach.

Oder du, Bewahrer des Gesetzes, der meinen Sohn auf einen Stuhl schiebt, als säße er schon auf der Wache beim Verhör. Glaubst du nicht, alle Welt weiß, woher das Geld kommt, glaubst du, wir sind zu dumm, um zu sehen, dass ihr mehr ausgebt, als ein Kommissar beim Drogendezernat verdient? Wie viele Menschen hast du auf dem Gewissen, wie viele arme Jugendliche verrecken an dem Zeug, das im Umlauf ist? An dem Gift, das deine Taschen füllt.

Im ganzen Land wird betrogen, gelogen, geklaut und bestochen und ihr habt hier meinen Sohn gefunden, den ihr peinigen könnt. Aber hat sich jemand mal für ihn interessiert, hat sich mal jemand gefragt: Was ist bloß los mit Deniz, dass er so geworden ist, er war doch ein Kind wie alle anderen auch. Hat sich mal jemand diese Frage gestellt, die mich Nacht für Nacht um den Schlaf bringt? Hat jemand versucht ihm zu helfen?

Ich sah kurz zu Deniz, der ganz rot geworden war, auf seiner Stirn schimmerten Schweißtropfen.

– Ich weiß, was Deniz tut, sagte seine Mutter nun, ich wünschte, ich wüsste es nicht, aber er ist mein Sohn und ich weiß, was er tut, und es tut mir leid.

Sie wandte sich an Deniz.

– Gib Derya den Armreif zurück.

Dann holte sie tief Luft. Man konnte nicht erkennen, wie weit es noch bis zu den Tränen war.

– Geht bitte, sagte sie, geht. Und wenn ihr Deniz mitnehmen und zur Polizei bringen wollt, dann tut das. Er ist mein Sohn, aber man kann seine Kinder nicht mit seinen Lieblingseigenschaften anfüllen, so geht das nicht. Ich habe mein Bestes getan, er ist mein Sohn und auch wenn er ein Dieb ist, er ist nicht schlechter als ihr.

Im Taxi auf dem Weg zum Flughafen nahm ich mir wieder vor, mich bei Brians Eltern zu melden. Und dachte an diese Geschichte von Nasreddin Hodscha, in der er nachts von einem Dieb beklaut wird. Die Nachbarn sagen am nächsten Morgen: Hodscha, wie konntest du das Fenster nachts auflassen? Wieso hast du dein Geld nicht besser versteckt? Nicht mal deine Tür war abgeschlossen. Wie kann man sein Geld auch einfach offen auf dem Küchentisch rumliegen lassen? Da musst du aber fest geschlafen haben, sogar ich habe nachts Geräusche aus deinem Haus gehört, aber ich dachte, das seist du selber. Wie konntest du auch nur überall rumerzählen, dass du etwas geerbt hast? Es war doch klar, dass dann so etwas passiert. Warum hast du nicht besser Acht gegeben?

– Ja, sagt der Hodscha, ihr habt wohl Recht. Den Dieb trifft wahrscheinlich nicht die geringste Schuld.

Endlich

Freitags drückt er die Schlummertaste am Wecker immer zweimal. Freitags denkt er, er schafft es nicht. Aufstehen, waschen, anziehen, Kaffee trinken, das ist kein Problem, auch während er im Auto sitzt, geht es noch, er kann sich auf die Nachrichten konzentrieren oder eines dieser Lieder mitsingen, falls er es kennt. Doch er weiß, sobald er durch das Tor getreten ist, werden sich die Stunden langziehen, dass er glaubt, das Wochenende sei nur eine Mohrrübe vor seiner Nase oder schlimmer: ein Garten Eden, der ihm auf immer versperrt bleiben wird.

Selbst wenn es einen Feiertag in der Woche gibt, ändert das nichts an seinem Freitagsgefühl, diesem dringenden Bedürfnis, zu Hause die Füße hochzulegen, eine Flasche kaltes Bier in der einen Hand und die Fernbedienung vom DVD-Player in der anderen, und an nichts mehr zu denken, das mit Arbeit zu tun hat. Sich als Belohnung für eine harte Woche einfach gehen lassen, Chips essen, vor dem zu Bett gehen die Zähne nicht putzen und den Flaschen kein Limit setzen. Diesen Freitagabend hält er sich frei, er mag auch mit niemandem ausgehen oder reden. Er kann sich freitags nicht mehr zusammennehmen, er fällt einfach vor dem Bildschirm auseinander, bis er sich nicht mehr spürt. Das hilft ihm. Bei der Aussicht auf eine neue Woche, bei der Aussicht auf die nächsten siebzehn Jahre, beim Überleben.

Wenn es freitags zur letzten Stunde klingelt, glaubt er jedes Mal, eine weitere Sekunde hätte er nicht ertragen. Von amoklaufenden Schülern hört man ja immer wieder, er wundert sich, dass keiner seiner Kollegen schon mal mit bloßen Händen einen ganzen Kurs erwürgt hat. Würde es aus irgendeinem Grund nur eine Minute später klingeln, er wäre in der Lage dazu.

Möglicherweise auch nicht. Er ist nicht so unreflektiert, das wirklich zu glauben. Vielmehr stellt er es sich so vor, dass man es nahezu immer noch bis zum Klo schafft, egal, wie groß der Druck auf der Blase ist oder wie sehr der Magen gerade erzählen möchte, was zu viel ist. Es geht gerade bis zur Kloschüssel, und immer hat man das Gefühl, eine weitere Sekunde hätte einem zum Verhängnis werden können.

Es geht gerade bis zum Klingeln. Stets versucht er die Fassung zu bewahren, doch das ist nicht immer einfach. Zwanzig Jahre arbeitet er in diesem Beruf, die letzten zwölf davon an dieser Schule und noch immer erschüttert ihn die Dummheit einiger Schüler.

Er stimmt sich nicht ein in die larmoyanten Klagen seiner Kollegen, dass alles von Jahr zu Jahr schlechter wird. Es hat schon immer Schüler gegeben, deren Geistesgaben zu wünschen übrig lassen, zu allen Zeiten. Was ihn schockt ist das Ausmaß der Hirnlosigkeit und die Vergeblichkeit dieses Berufs. Es gibt diese Trottel, aber warum müssen sie eine Schullaufbahn hinter sich bringen, man sollte ihnen einfach lesen und schreiben beibringen und sie dann hinter die Kasse eines Supermarktes setzen oder in die Uniform eines Paketdienstes stecken, mehr geistiges Potential besitzen sie einfach nicht. Aber nein, sie sitzen jeden Tag vor ihm und gehen ihm so auf die Nerven, dass er nicht weiß, wie er die Woche und vor allen Dingen die erste Hälfte des Freitags ertragen soll.

Das Klingeln fährt ihm in die Adern und er spürt, wie sich seine Nackenmuskeln lockern, ein Seufzer, ein ganz leiser, entfährt ihm, während die Schüler nach draußen strömen. Er nimmt seine Tasche, schließt ab und geht zügig ins Lehrerzimmer, wo noch ein Satz Klassenarbeiten liegt, die er zu Hause korrigieren möchte, am Samstag, in den Werbepausen.

– Wochenende, strahlt Jeanette ihn im Lehrerzimmer an.

– Ja.

Er versucht zurückzustrahlen und das gelingt ihm besser, wenn er sich vorstellt, wie ihre Brüste aussehen, wenn sie nicht so eingezwängt sind. Jeanette ist eine junge Kollegin, die die Schüler dort abholt, wo sie sind. So weit möchte er gar nicht hinunter in die Tiefgarage der intellektuellen Fähigkeiten.

Jeanette glaubt, dass man das Positive fördern muss und das Negative sich schon von selbst verlieren wird. Sie hat Geduld, Vertrauen, Energie und Einfühlungsvermögen. Mit einem Wort, sie hat Ideale. Sie ist noch jung, das wird sich bald verlieren, tröstet er sich, wohl wissend, dass er diese Ideale, wenn überhaupt, nur sehr kurze Zeit hatte, vielleicht während er Referendar war, für zwei oder drei Monate. Oder Wochen. Vielleicht redet er es sich auch nur im Nachhinein schön.

– Was machst du denn?, fragt Jeanette ihn.

– Am Wochenende?, sagt er, um Zeit zu gewinnen.

Sie nickt. Rücklings auf einem Bett liegend.

– Ach, nichts Besonderes. Ich habe hier noch einen Satz Klassenarbeiten – er hält sie hoch –, eine gute Flasche Wein aufmachen, ausschlafen, Zeitung lesen, vielleicht gehe ich ins Kino, in den Film von diesem aserbaidschanischen Filmemacher, ich habe den Titel gerade nicht parat.

– Ich auch nicht, aber der hört sich interessant an.

– Was hast du denn vor?

– Ach, ich wünschte, ich könnte mit dir tauschen, meine Mutter kommt vorbei. Du weißt ja, wie Mütter sind.

Sie lacht ein lautes, helles Lachen, scheint aber tatsächlich belustigt. Er stellt sich vor, wie er ihre properen Schenkel packt.

Weitere Minuten vergehen mit Geplänkel, doch innerlich drängt es ihn nach Hause. Dieser Wohlklang, wenn die Tür hinter dir zufällt und die Welt bleibt draußen. Jeanette redet und redet, während er sich vorstellt, wie ihre Hinterbacken rot werden von seinen Schlägen. Er weiß, dass die meisten Männer solche Phantasien haben, es aber niemals zugeben würden. Das ganze Leben lang läuft man mit der einen oder anderen Maske herum.

Als sie fertig ist, könnte er wissen, was für ein grandioses Knoblauchkaninchen Jeanettes Mutter zubereitet und dass sie eine Zwillingsschwester hat, die in Oslo wohnt, und dass die beiden Schwestern mal in Schaffhausen Peter Maffay begegnet sind, der auch im echten Leben sehr bodenständig und bescheiden wirkt. Doch er hat nicht zugehört, er hat nur auf eine Pause gewartet. Hätte er sie doch bloß unterbrochen und gesagt, er habe noch etwas Dringendes zu erledigen.

– Bis Montag dann, sagt er, lächelt mit den Lippen, klemmt sich die Arbeiten unter den Arm und geht.

Auf dem Parkplatz stehen kaum noch Autos, die meisten seiner Kollegen haben freitags nur vier oder fünf Stunden und er beneidet sie darum.

Er hat den Schlüssel schon in der Hand, er ist noch wenige Schritte von seinem Saab entfernt, dessen Tür gleich den Auftakt zum Wohlklang seiner Haustür bilden wird.

Er spürt eine Hand auf der Schulter und danach geht alles ziemlich schnell. Zwanzig, fünfundzwanzig Sekunden schätzt er hinterher, länger kann es nicht gedauert haben. Ein junger Mann, Anfang zwanzig, unrasiert, das Gesicht kommt ihm nicht mal bekannt vor, aber das kann auch täuschen. Zwei, drei Schläge, dann steht er mit dem Rücken zur Autotür, steckt Tritte ein oder noch mehr Schläge, das kann er schon nicht mehr genau sagen. Der Mann entkommt unerkannt, während er das Bewusstsein verliert. Eine Platzwunde an der Augenbraue, die genäht werden muss, Kieferschmerzen, eine gebrochene Rippe, Schürfwunden am Kinn wie von einem Ring.

Das Klingeln freitags erinnert ihn noch für die nächsten Jahre daran. Aber an nichts anderes.

Niemandes Rücken

Die anderen sind jetzt in der Kirche.

Wahrscheinlich verstehe ich nichts von Freundschaft.

Wenn man sich umhört, gibt es Freundschaften, die ein Leben lang halten. Oder auch nur zwei oder drei Jahrzehnte. Es gibt Menschen, die als Kinder zusammen im Sandkasten gesessen sind und später gemeinsam in einer Band spielen.

Männer sitzen nebeneinander, schweigen, klopfen sich auf die Schultern und würden ihr Leben für den anderen lassen, heute, morgen und in vierzig Jahren auch noch. Wenn man sich umschaut oder schlimmer noch Bücher liest oder Filme sieht, scheint es, als gäbe es Freundschaften, Freundschaften ohne jegliche Fragezeichen.

Das kenne ich nicht und wahrscheinlich bin ich kein guter Freund. Vielleicht sogar überhaupt keiner.

Ich weiß nicht mehr, wen wir abholen wollten und warum ich überhaupt dabei war. Gael und ich kannten uns kaum, ich bezweifle, dass ich zu dem Zeitpunkt überhaupt seine Telefonnummer hatte oder seinen Nachnamen wusste. Er kannte halt ein paar Jungs, die ich auch kannte, und man ging abends gemeinsam aus. Dass irgendwer von diesen Jungs mein Freund sei, habe ich damals schon nicht geglaubt.

Gael und ich saßen, warum auch immer, in Gaels blauem Käfer vor dem Bahnhof und der Zug desjenigen, den wir abholen wollten, hatte Verspätung. Ich war siebzehn, Gael achtzehn.

Wir redeten und es war ein erstes Mal für mich. Ich hatte nicht gewusst, dass es Menschen gab, echte, lebendige Menschen, die so dachten, empfanden und sprachen. Da war noch jemand, der sich einsam fühlte, getrennt von allem, verzweifelt von der Suche nach einer Frau, die verstand, immer nur kurz getröstet vom Alkohol, imstande Lügen zu schnell zu durchschauen und völlig verwirrt, wenn es darum ging, eine Richtung einzuschlagen.

Wir redeten. Das war nicht wie lesen. Der Zug hatte über zwei Stunden Verspätung. Danach redeten wir noch viel mehr. Jeden Tag. Gael war der Beweis, dass man seine eigenen Fragen nicht nur in Büchern wiederfand. Sondern auch in Menschen. Menschen, die man nie mehr missen wollte.

Wir fingen an zu studieren und nach meinem zweiten Semester zogen wir zusammen. Am Wochenende wurde draußen getrunken und unter der Woche meistens nur zwei, drei, vier Bier daheim in der Wohnung.

Ich eher zwei, Gael eher vier. Damals schon. Wenn du hier den Punkt setzt, hast du eine Geschichte über Freundschaft, über Vertrauen, über Gemeinsamkeiten und Glauben. Wenn du hier einen Punkt setzt, hast du eine Geschichte, wie auch ich sie über die Freundschaft kenne. Aber das Leben geht weiter.

Gael verliebte sich, nicht zum ersten Mal, aber zum ersten Mal in eine Frau, die ich nicht mochte. Obwohl das nichts zur Sache tut. Ich konnte sehen, dass es nicht gut ausgehen würde, ich konnte es wirklich sehen.

Ich habe versucht ihm Theresa auszureden, immer wieder. Wenn du mich fragst, war sie auf der Suche, verzweifelt auf der Suche nach Halt, das waren wir alle, aber sie war gleichzeitig immer auf ihren Vorteil bedacht.

Sie wurde schwanger. Wenn du mich fragst, um Gael zu binden, wenn du ihn fragen könntest, würde er sagen, es war ein Unfall.

Es war ein Fehler zu heiraten, das habe ich ihm oft genug gesagt. Vor der Hochzeit, wenn wir redeten, habe ich eigentlich immer nur noch gesagt, was er alles falsch macht.

Wahrscheinlich verstehe ich nichts von Freundschaft, sonst hätte ich zu ihm gehalten, spätestens nachdem die Entscheidung gefallen war. So stelle ich mir einen Freund vor.

Damals war ich in der Kirche, obwohl es mir verlogen vorkam, und auch auf dem Standesamt. Heute bin ich zu Hause und vielleicht mache ich es schon wieder falsch.

Nach der Hochzeit haben wir nicht mehr geredet, ich war einmal da, um mir die Kleine anzusehen, aber es war alles so merkwürdig und gezwungen und ich mochte Theresa noch weniger als vorher.

Drei Jahre hat es bis zur Scheidung gedauert und ich dachte, er würde danach mal anrufen, aber er hat es nicht getan. Ich auch nicht.

Wir hatten gemeinsame Bekannte. Gael studierte immer noch, jobbte in einer Kneipe, mehr wusste ich nicht. Und wollte es vielleicht auch nicht wissen.

Fünf Jahre nach der Scheidung rief er an. Wir trafen uns. Redeten wie damals im Käfer. Als ich genug getrunken hatte, sagte ich ihm, dass ich mich bei der Sache mit Theresa nicht gut verhalten hatte.

– Ist schon vergessen, meinte er.

Er sah schlecht aus, rauchte zwei Schachteln an dem Abend, wenn er hustete, hörte es sich an, als wollte seine Lunge raus, um Luft zu holen. Für jedes Bier, das ich trank, kippte er zwei.

Das nächste halbe Jahr trafen wir uns öfter. So lange, bis kein Zweifel mehr blieb. Gael trank zu viel. Viel zu viel.

Einmal fragte ich ihn, warum er mich am letzten Samstag in dem Imbiss einfach hatte stehen lassen und verschwunden war. Er konnte sich nicht daran erinnern, dass wir gemeinsam aus gewesen waren. Es war ihm peinlich und mir war es genauso peinlich, ihn mit meiner Frage in diese Situation gebracht zu haben.

Vier, fünf Flaschen Wodka die Woche waren normal, die Biere konnte man kaum zählen. Er richtete sich zugrunde, sprach aber wie viele Trinker vom Alkohol, als sei er ein großer Spaß.

– Gael, sagte ich einmal, Gael, glaubst du nicht, du solltest das Trinken ein wenig ...

Er unterbrach mich.

– Nein. Natürlich trinke ich zu viel, aber was bleibt mir denn sonst? Red mir das nicht kaputt bitte.

Einmal rief er mitten in der Nacht an und klagte und jammerte zwei Stunden lang und ich versuchte zu trösten. Auch daran erinnerte er sich hinterher nicht mehr.

Ich wollte kein Zuschauer sein auf dem Weg nach unten. Wenn es Drogen gewesen wären oder er ein Rock 'n' Roller, wenn ich dem Ganzen etwas Glamouröses hätte abgewinnen können, etwas, worüber ich schreiben könnte, vielleicht wäre es dann anders gewesen.

Es gibt doch immer diese Schreiber, bei denen es so klingt, als sei es cool, einen Junkie zu kennen, einen durchgeknallten Drogenkopf, einen, der keine zwei Sätze zustande bekommt. Als kenne man mit diesen Menschen das Leben, das wahre, echte, unverfälschte, diese beschissene Gossenromantik. So wie es in diesem Oliver-Stone-Film so aussieht, als hätte Jim Morrison ein tolles Leben gehabt und nicht sich selbst und allen um ihn herum wehgetan.

Mich schmerzte es, Gael so zu sehen, und deswegen legte ich auf, auch wenn er gleich sagte:

– Nicht auflegen, nicht auflegen, ich bin nicht betrunken.

Irgendwann hörten die Anrufe auf und die vier Mal, die ich ihn von weitem sah, wechselte ich die Straßenseite oder gleich die Richtung.

Zehn Jahre dauerte es, bis er dann wieder anrief und auf meinen Anrufbeantworter sprach, er würde mich gerne sehen und wenn ich keine Lust hätte, solle ich doch kurz sagen, warum.

Zehn Jahre, in denen viel schief gelaufen war für ihn. Er war aufgedunsen, die Haare waren fort, aber schlimmer noch, der Glanz in seinen Augen. Seine Knöchel waren geschwollen und die Finger gelb von den Zigaretten.

Fast vierzig, Hartz vier, ein abgebrochenes Studium, eine Tochter, die er fast nie sah, weil er sich vor ihr schämte.

– Ich hätte nie gedacht, dass ich mal so tief sinken kann, sagte er, aber das ist ja die Sache mit dem Sinken, es geht immer noch tiefer.

Die Züge waren alle abgefahren und nun stand er allein am Bahnhof Alkohol.

Ich habe es wieder falsch gemacht, dachte ich auf dem Heimweg, ich habe es falsch gemacht damals. Die Frage war nicht, ob ich ihm irgendwie helfen konnte, mit dem Trinken aufzuhören. Oder ob ich zuschauen wollte und ob mir das wehtat. Es ging darum, da zu sein. Und ich war es nicht.

Dieses Mal halte ich es einfach aus, dachte ich, ich werde mich nicht wieder abwenden. Es tut gut, mit einem alten Freund zu reden.

Er hatte viele Geschichten erzählt, von früher, vor zwanzig Jahren. Das meiste hatte ich schon vergessen und es fiel mir erst wieder ein, als Gael davon sprach.

– Ich habe seit Jahren nicht mehr an diese Sachen gedacht, sagte ich.

– Du hast ja auch etwas, um nach vorne zu schauen, sagte er.

Ich wollte da sein, mehr nicht. Ich wollte einfach mal da sein. Um nichts anderes geht es doch, oder? Jemand, der da ist. Vielleicht ist Freundschaft gar nicht mehr als nur das. Und es hat mich zwanzig Jahre gekostet dahinterzusteigen.

Doch vielleicht vertue ich mich schon wieder. Und hätte es auch nicht hingekriegt. Das werde ich nun nicht mehr herausfinden.

Gael ist mit 3,3 Promille durch die Windschutzscheibe geflogen und dann gegen ein Auto auf der Gegenspur.

Die anderen sind jetzt in der Kirche.

Sternschnuppen

Es war der Sommer, in dem ihre Haare in Flammen aufgingen. Es war der Sommer, in dem die Tage sich so sehr ähnelten, dass wir sie kaum auseinanderhalten konnten. Jeden Tag lagen wir am See, jeden Abend gingen wir ins Freiluftkino. Wenn wir uns später unterhielten und die Tage zurück ins Gedächtnis holen wollten, versuchten wir uns an die Filme zu erinnern.

Der Tag, an dem das Fahrrad geklaut wurde, das war doch der Tag, an dem du Drew Barrymore so schön prollig fandest, oder? Der Tag, an dem uns der Kuchen für Markus angebrannt ist, das war doch der Tag, an dem du in Javier Bardems traurigen Augen versunken bist. Und der Tag, an dem wir über den ganzen See geschwommen sind, das war doch der Tag, an dem Eminem *Sweet Home Alabama* gesungen hat? Und der Tag, an dem wir diesen Lachanfall im Bus hatten, das war doch der Tag, an dem ich für zwei kurze Stunden in Minnie Driver verliebt war?

Wir konnten die Tage kaum auseinanderhalten hinterher, vielleicht, weil sie sich so geglichen hatten, vielleicht, weil wir immer dasselbe getan hatten. Aber das war es nicht, glaube ich. Es war eher, als seien die Tage und Nächte ein Fluss gewesen, in dem wir mitgetrieben wurden. Die Tage und Nächte waren ein einziger langer Fluss und ich machte mir nie die Mühe, nach den Ufern zu sehen. Und sie wahrscheinlich auch nicht.

Hinterher waren diese vier Monate einfach nur der Sommer, den wir gemeinsam verbracht hatten, ein Sommer, in dem wir an die sechzig Filme gesehen haben müssen. Es war eigentlich albern zu glauben, wir könnten die Tage anhand der Filme auseinanderhalten.

Bei vielen Filmen saßen wir einfach nur nebeneinander, tranken Rum-Cocktails aus Flaschen und genossen die Luft, die Sommernachtsluft, blau, dunkelblau wie ein samtener Stoff, den Geruch der Wiese, die Tag für Tag gelber wurde, die Stimmen aus den Boxen und vielleicht, vielleicht auch die Bilder. Aber ich glaube, oft genug sahen wir nicht die Filme, wir blickten über die Leinwand hinweg in den Sternenhimmel. Ein oder gar zwei Sternschnuppen während eines Films waren keine Seltenheit.

Ich wünschte mir nie etwas in diesem Sommer und es fühlte sich so an, als würde ich es auch nie wieder tun. Bei jeder Sternschnuppe murmelte ich innerlich: Danke.

Ich konnte neben ihr sitzen, und an dem Abend, an dem Brad Pitt über und über tätowiert war, spürte ich, dass sie Hunger hatte. Ich stand auf und sagte ihr mit meinen Augen, dass alles in Ordnung war, und ging etwas holen. Oder zumindest war es das, was ich versuchte, ihr mit meinen Augen zu sagen, und es war wohl auch das, was sie darin gelesen hatte. Als ich mit einem Thunfischsandwich zurückkam, das ich ihr wortlos reichte, schien sie kein bisschen verwundert, und aus den Boxen kamen die Geräusche von Schlägen und übertönten das Zirpen der Grillen.

Nach dem Film, auf dem Heimweg, blieb sie kurz stehen und sagte: Danke. Und auch ich sagte *Danke*, und legte meinen Arm um ihre Schulter und wir gingen weiter durch die Nacht, in diesem Sommer, in dem in den Nächten oft Menschen auf den Straßen standen, in Hauseingängen tranken oder im Schein einer Straßenlaterne saßen und noch einen Joint drehten. Menschen, die wussten, dass diese Nacht noch etwas für sie bereithielt. Und sei es die Schlaflosigkeit.

Es war der Tag, an dem sich Sandra Bullock in Hugh Grant verliebte, oder der Tag, an dem sich Angelina Jolie in diesen Typen verliebte, dessen Namen ich immer vergesse. Naja, auf jeden Fall war der Film nicht der Rede wert, aber hinterher waren wir auf einer Party in einem feuchten, heißen Kellerloch und als wir rauskamen, schwitzend, erschöpft, waren unsere Körper getanzt worden, unsere Münder wurden noch gegrinst und gelächelt. In dieser Nacht waren die Straßen wie ausgestorben, wir waren später dran als sonst oder unser Frieden legte sich über die ganze Stadt, oder niemand hatte Lust, sich draußen herumzutreiben und nach Liebe zu suchen im Treibgut der Nacht.

So hatten wir die Straßen für uns und ich stelle mir gerne vor, dass es diese Nacht war, in der ihr Haar in Flammen aufging. Es kann aber auch jede andere gewesen sein.

Eine Nacht im Sommer, ein Zimmer, das Fenster geöffnet, die Laute, und der leichte Film auf unserer Haut, das war kein Schweiß, das war etwas, das wir absonderten, weil wir nicht in unsere Körper hineinpassten, das Licht der Kerzen, das warme Licht und ihr goldenes Haar auf dem grünen Laken.

Ich verstand zuerst überhaupt nicht, was passierte. Es erschien mir völlig normal, dass ich Feuer sah, wenn ich sie anblickte. Was sollte ich sonst sehen?

Und auch sie merkte es nicht sofort.

Wir verfielen nicht in Panik, ich schnappte das Kissen und erstickte die Flamme und wir machten einfach weiter. Als ich am nächsten Morgen aufwachte, roch ich uns, und ich roch auch noch die verbrannten Haare und ich sah sie an, auf der linken Seite waren die Haare nun kürzer als auf der rechten, und es hingen winzige schwarze Perlen daran. Sie würde lachen darüber, wenn sie es im Spiegel sah, und ich würde miteinstimmen.

So fühlte es sich an, als ich an jenem Morgen in diesem Sommer neben ihr erwachte, ihre Haut an meiner, ihr Atem ein verschlafenes Glück, so fühlte es sich an: als könnten wir von nun an über alle Missgeschicke lachen.

Das kam bei uns auch erst später

Als ich im Zug saß, fühlte ich mich wie ein Haus, das seit Jahrzehnten nicht mehr bewohnt ist. Ein Haus, das die Erben verkommen lassen, weil jeder Gedanke daran eine Belastung ist. Ein Haus, in dem nicht mal Kinder spielen, weil es keine Geheimnisse zu bergen scheint. Ich fühlte mich, als könne ein Balken in mir nachgeben und ich zusammenbrechen, ohne dass es jemand merkt. Da war ja niemand, und es war nicht mal Trauer in mir, die rausgewollt hätte, ich war müde, so müde und leer.

Wie ich es anstellte, es schien nicht zu funktionieren. Ich nahm mir mal das eine und mal das andere vor, meistens blieb ich meinen Vorsätzen sogar treu, aber es änderte sich nichts.

Nie wieder eine Fernbeziehung. Nie wieder eine Frau, die nicht weiß, was sie will. Nie wieder eine, die verzweifelt auf der Suche ist. Nie wieder eine, die auf der Bremse steht. Nie wieder jemand, der glaubt, sich selbst verwirklichen zu müssen. Niemanden, der alles unter Kontrolle haben muss. Niemanden, der sich im Nachtleben verliert.

Egal, was ich gelernt zu haben glaubte, es passierte jedes Mal wieder. Manchmal geht beim Spülen ein Glas kaputt und man weiß, dass man schuld ist, aber man kann einfach nicht nachvollziehen, wie es passiert ist. Man starrt auf die Scherben und weiß nicht, wie man sich gegen das nächste Mal wappnen kann. Oder man schüttet sich kochend heißen Tee in den Schoß und hat keinen Schimmer, wieso der Griff dieses eine Mal nicht der richtige war.

Ich legte den Sitz zurück und schloss die Augen. Schlaf, wenn du schläfst, fühlst du die Leere nicht, wenn du schläfst, vergisst du, wie nah dran du bist aufzugeben. Schlaf nahm mich mit ein kleines Stück.

Etwas holte mich zurück, ich konnte nicht sagen, was es war. Das Gefühl, dass der Schaffner kam, eine Durchsage, die gerade gemacht worden war, oder der Halt an einem Bahnsteig?

Wir fuhren. Wie lange war ich weg gewesen? Um die Benommenheit loszuwerden, rieb ich mit den Handflächen mein Gesicht und schüttelte leicht den Kopf.

Dann hörte ich die Stimme und zugleich war der Name da: Ayla. Ich beugte mich etwas zur Seite, um zwischen den Sitzen hindurchsehen zu können. Sie saß drei Reihen vor mir an einem Tisch und ich konnte nur ihren Hinterkopf und die blonden Haare erkennen. Jetzt redete ein Kind, das ich nicht sehen konnte:

– Ich möchte einen Kakao.

Ayla bewegte sich, holte wahrscheinlich Geld hervor, dann sagte sie:

– Hier, geh dir einen kaufen.

Ich war mir sicher, dass sie es war.

– Wo?

– Du musst einfach nur in diese Richtung gehen, dann kommt bald das Bordbistro.

Das Kind schien zu zögern, doch kurz darauf kam es an mir vorbei, einen Zehner in der Hand. Das Mädchen trug einen blauen Pulli, dessen Ärmel etwas zu lang waren, eine Jeans und weiße Turnschuhe. Sie mochte sechs oder sieben Jahre alt sein und sie wirkte, als würde es ihr keine Probleme bereiten allein im Bordbistro einen Kakao zu kaufen. Die Augen waren dunkel, die Augenbrauen kräftig, ihr Körper zierlich, es gab auf den ersten Blick kaum eine Ähnlichkeit, aber ich wusste, da vorne saß Ayla und das hier war ihre Tochter.

Ein seltsamer Schmerz stocherte in der Leere herum. Ayla. Ich sah mich vor fünfzehn Jahren mit meinen Eltern am Küchentisch sitzen.

– Warum nicht?, fragte meine Mutter.

– Weil ich sie nicht liebe.

– Woher willst du das denn wissen?

– Ich weiß es eben.

– Sie ist ein gutes Mädchen.

Ich sah sie an.

– Aha, woran erkennt man das denn?

– Sie kann kochen, einen Haushalt führen, sie kann –

Sie verstummte, als sie sah, wie ich die Augen verdrehte. Doch mein Vater sagte:

– Sie ist ein friedlicher, ausgeglichener Mensch und sie ist sehr wohlwollend und sensibel. Du bist so empfindlich, du brauchst jemanden, der wohlwollend und sensibel ist.

– Ich bin nicht empfindlich, außer wenn ich mir so etwas anhören muss. Was ihr euch vorstellt, ist vorbei, versteht ihr das nicht? Ayla, Ayla, Ayla. Heutzutage sucht man sich seine Partner selber aus, das ist nicht wie vor hundert Jahren. Die Leute heiraten, weil sie sich lieben, nicht weil die Eltern denken, dass sie gut zueinander passen.

– Du hast die eine oder andere Freundin gehabt, wir haben nichts dazu gesagt, du hast Erfahrungen gesammelt …

– … glaubst du nicht, dass es langsam Zeit wird?, schloss mein Vater die Frage an.

– Nein.

– Sie ist doch nicht hässlich oder doof.

Meine Mutter.

– Nein, ist sie nicht.

– Und ihr versteht euch doch.

Mein Vater sah auf seinen Teller. Wahrscheinlich würde er nun nichts mehr sagen.

– Aber ich liebe sie nicht, begreift ihr das nicht?

– Ach, Liebe, sagte mein Vater, den Blick immer noch auf dem leeren Teller, das kam bei uns auch erst später.

Er hatte keine Ahnung. Wie meine Mutter. Liebe, wo war denn da Liebe? Wenn meine Mutter von der Schule erzählte, hörte er ihr genauso wenig zu wie ihre Schüler. Und im Gegenzug kriegte er kaum mal den Mund auf, um zu erzählen, wie es auf der Arbeit war. Man brauchte sich doch nur anzusehen, wie sie abends vor dem Fernseher saßen, kein Körperkontakt, geschweige denn Zärtlichkeiten. Die Fernbedienung immer in seiner Hand. Wenn Fußball lief, fragte sie schon gar nicht mehr, ob er auf eine ihrer Serien umschalten konnte. Und er war eh nicht in der Lage, sich zu merken, wann die liefen. Und wenn es doch eine Serie war, die sie sahen, hatte er nur gehässige Kommentare übrig.

War es das, was sie Liebe nannten? Sie taten mir leid. Nie würden sie sich geborgen fühlen miteinander. Sie konnten doch nicht wollen, dass Ayla und ich auch so wurden.

Die Kleine ging wieder an mir vorbei, einen Pappbecher in der einen Hand, Chips in der anderen.

– Chips, sagte Ayla, wo kommen denn die Chips her, güzelim?

– Die habe ich auch gekauft.

Ich hörte Ayla einatmen.

– Es ist schöner, wenn du mich fragst. Du bist losgegangen Kakao kaufen.

– Ich wusste nicht, dass sie auch Chips haben. Und du bist ja nicht mitgekommen.

– War es weit?

– Nein.

– Dann hättest du zweimal gehen können.

– Aber du hättest ja gesagt.

– Kann sein.

– Warum muss ich dich extra fragen?

– Weil es sein kann, dass ich nicht genug Geld habe, oder dass ich Chips in der Tasche habe, dass wir bald da sind und es etwas zu essen gibt. Irgendetwas. Ich möchte Bescheid wissen, was du machst. Nächstes Mal, tamamı Selin?

– Nächstes Mal frage ich … versprochen.

Ich hörte, wie die Kleine die Chips aufmachte.

– Möchtest du?

– Danke, sagte Ayla, und ich wusste, dass sie lächelte, als sie sich eine Scheibe in den Mund steckte.

– Ich weiß gar nicht, wie du darauf kommst, es wäre wie vor hundert Jahren, hatte meine Mutter gesagt. Es gibt keine Ländereien zu vereinigen, keine Familien aneinander zu binden, keine finanziellen Interessen. Es geht nur um dich, wir wollen, dass du glücklich bist.

– Und woher wollt ihr wissen, was mich glücklich macht? Wie könnt ihr über mein Leben bestimmen?

– Wir wollen nicht bestimmen, wir wollen dir nur helfen. Ayla und du, ihr habt euch doch immer gut verstanden …

– Mama, da waren wir noch in der Grundschule. Falls es dir noch nicht aufgefallen ist: Ich habe nichts mit ihr zu tun, seit ich mir meine Freunde selber aussuche.

– Ja, aber das muss doch nichts heißen. Ihr könnt euch ganz neu kennenlernen.

– Nein, hatte ich gesagt, nein, nein und nochmals nein.

Ich hatte gebrüllt, ich hatte es an Respekt mangeln lassen und vielleicht hatte ich mich kurz darauf nur in Maren verliebt, um diesem Thema endgültig ein Ende zu setzen.

Maren, Yvette, Petra, die fünf Jahre mit Marita, bevor sie von einem Tag auf den anderen auszog, weil sie auf der Straße jemanden gesehen hatte, der genauso an den ersten Blick glaubte wie sie. Weil alles klar schien, als sie sich in die Augen sahen. Im Laufe von nur zwei Jahren war offensichtlich alles immer weniger klar geworden, bis sie sich schließlich trennten. Aber wenn es mit so einem Blick anfängt, kann es wohl nur bergab gehen.

Die Namen hatten sich geändert, mein Geschmack, meine Vorlieben, meine Empfindlichkeit, meine Ansprüche, die Frauen, der Sex. Immer gleich war die Verliebtheit, die Tore öffneten sich, die Grenzen verschwanden, ich lächelte jeden an, wachte früh auf, weil sonst der Tag nicht gereicht hätte, um meine Freude auszuleben. Der Gedanke an bessere Leben verschwand. Doch mittlerweile konnte ich gut auf dieses Gefühl verzichten. Es führte zu nichts. Nie. Nicht in meinem Leben.

Ich hätte Ayla gerne von vorne gesehen. Ich hätte nur aufstehen und zur Toilette gehen müssen, aber ich ließ es bleiben.

Meine Eltern hatten erzählt, dass sie einen Typen geheiratet habe, der irgend etwas Großes in einem Textilunternehmen war und viel im Ausland zu tun hatte. Sie mussten noch ein Kind haben, das älter war als Selin, aber ich wusste nicht, ob Junge oder Mädchen.

Zwanzig Minuten spähte ich zwischen den Sitzen durch, aber ich konnte nicht mal einen Blick auf Aylas Profil werfen. Eine Stimme sagte, dass wir in Kürze den Duisburger Hauptbahnhof erreichen würden. Ayla stand auf und ich sah ihr Gesicht, als sie ihre Jacke anzog. Keine Ahnung, warum es wehtat.

Als sie mit ihrer Tochter an mir vorbeiging, drehte ich den Kopf und schaut aus dem Fenster. Kurz darauf sah ich sie auf dem Bahnsteig. Die Scheibe spiegelte von außen, sie konnte mich nicht sehen. Meine Augen fühlten sich an, als wären sie starker Zugluft ausgesetzt.

Weniger als eine Stunde später schloss ich die Tür der Wohnung meiner Eltern auf. Sie waren seit Monaten in der Türkei. Ich bestellte eine Pizza und aß dann auf der Couch liegend bloß die Hälfte davon. Dann deckte ich mich zu, kuschelte mich in den durchgesessen Stoff, machte die

Augen zu und ließ mich von den Stimmen aus dem Fernseher berieseln. Die Wohnung erschien mir wie der einzige Ort, an dem ich sicher war.

Jeder schläft allein

Während sie schon längst eingeschlummert zu sein scheint, kann ich bei dem Schwachsinn nicht schlafen. Bis gleich, hat sie gesagt und vielleicht gelächelt dabei. Das ist zehn Minuten her. Ich lege meine Hand auf ihre Brust, doch sie reagiert nicht. Aber wenn ich aufstehe und diesen alten Kassettenrekorder ausmache, wird sie wahrscheinlich aufwachen.

Früher haben mein jüngerer Bruder und ich uns ein Zimmer geteilt. Irgendwann hatte er sich angewöhnt, zum Einschlafen eine Drei-Fragezeichen-Kassette zu hören. Immer dieselbe. Sie hatte ja immerhin zwei Seiten, auch wenn mein Bruder eindeutig lieber die B-Seite hörte. Schon nach zwei Wochen nervte mich die Kassette, aber selbst wenn Sami schon schlief, sobald ich den Stoppknopf drückte, wachte er wieder auf.

Justus Jonas, Peter Shaw und Bob Andrews waren die Wächter seines Schlafs und sobald sie verschwanden, war das Reich der Träume und des Vergessens Gefahren ausgesetzt. Und ein Alarmsystem informierte meinen Bruder darüber.

Ich lag damals da und wartete, bis die Seite zu Ende war. Ich konnte den Text mitsprechen, wenn ich wollte, aber unmöglich mit diesen Stimmen einschlafen.

Zwanzig Jahre später lag ich nachts im Bett einer Frau, die kaum jünger war als ich.

– Hast du was dagegen, wenn ich noch eine TKKG-Kassette einlege?, hatte sie gefragt. Ich höre die jeden Abend zum Einschlafen, ich glaube, ich kann nicht mehr ohne.

Was soll man da schon antworten?

Ich konnte es sogar verstehen. Bei anderen Leuten lief der Fernseher nebenbei, oder das Radio. Oder sie schalteten etwas ein, wenn sie rausgingen, so dass Stimmen in der Wohnung waren, wenn sie zurückkamen.

Ich konnte es verstehen. Es gab Zeiten, da schlief ich ein, während Henry Rollins redete. Der Wächter meines Schlafs. Als sei die Stimme eine Welle, auf der du sicher in ein unbekanntes Meer hineingleiten kannst. Die Welle begrub die störenden Gedanken in meinem Kopf. Ich konzentrierte mich auf die Stimme, folgte ihr, bis es nur noch die Stimme gab und danach selbst die nicht mehr.

Bis zum letzten Augenblick blieb meine Aufmerksamkeit draußen, bei jemand anderem.

Die Stimme war kein Ersatz für einen warmen Körper neben mir, aber sie ließ mich vergessen, dass da keiner war. Die Stimme half mir, nicht zu merken, dass da nichts war, woran ich vor dem Einschlafen gerne gedacht hätte.

Ich konnte das verstehen. Früher hatte ich mit Sami in unserem Zimmer gelegen, er an einer Wand, ich an der anderen, und ich hatte mir oft gewünscht, er möge sich diese Stimmbegleitung wieder abgewöhnen. Ich habe es ihm aber nur einmal gesagt und mich nie mit ihm darüber gestritten, sondern immer nur ins Dunkel gestarrt und gewartet. Ich wusste, warum er die Wächter brauchte.

Bei ihr weiß ich es nicht. Ich weiß nicht mal, ob ich es gerne herauskriegen würde. Alles, was ich weiß, ist, dass die Stimmen mich nicht ablenken. Abgesehen davon, dass ich gekränkt bin, macht diese Kassette mich auch noch traurig.

Stell dir vor, dir würde das passieren. Du gehst abends aus, nimmst dies und das oder trinkst was. Steigerst deinen Mut und deine Offenheit. Vielleicht aus Verzweiflung. Wahrscheinlich sogar.

Und auf einmal, als sei der Abend ein Instrument, das so gut gestimmt ist, dass es sich selber spielen möchte, passieren die Dinge. Ein Blick, ein Lächeln, ein Getränk und dann Worte, irgendwie die richtigen. Wir redeten und sie erzählte keinen Schmu, dass sie die Tochter von irgendjemand sei oder was auch immer. Sehr bald sagte sie:

– Weißt du, ich kannte mal jemanden, der auf einer Party zu einer Frau gesagt hat: Lohnt es sich, dass ich wegen dir hier noch rumhänge oder soll ich mir ein Taxi nehmen?

Sie lachte, ich wurde unsicher, aber nicht genug. Sie sah mich herausfordernd an.

– Ich rufe das Taxi, sagte ich.

Sie lachte wieder, legte eine Hand in meinen Nacken, streichelte mich kurz. Ich weiß nicht, warum ich mich das traute, es musste an dies und das liegen, ich sagte:

– Ich finde dich sexy. Du hast einen verdammt geilen Arsch in dieser Hose.

– Das ist gut, ich find dich nämlich auch scharf.

Wir küssten uns erst im Taxi.

Und später, viel später, fragte sie:

– Hast du was dagegen, wenn ich noch eine TKKG-Kassette einlege?

Kurz darauf sagte sie, bis gleich, und schob ihren Hintern an meine Hüften, während Tarzan einem Polizisten erklärte:

– Diese Dame ist überfallen worden von Bettelmönchen.

Diese Frau scheint zu wissen, was sie will und möglicherweise sollte ich mich darüber freuen. Vielleicht müsste ich nur wissen, warum sie diese Kassette braucht, und ich würde mich anders fühlen.

Draußen dämmert es schon und ich denke an Sami und an schale, leere Abende und Schlaf, der nicht kommt, um dich zu erlösen. Ich frage mich, ob ich gehen soll, bevor sie aufwacht, ich frage mich, ob der Sex, den man nicht hat, der bessere ist, ich frage mich, warum ich nicht glücklich oder zumindest erschöpft daliegen kann. Manchmal sieht es verdammt noch mal so aus, als gäbe es kein Mittel dagegen. Für keinen von uns.

Es gibt sie nicht. Es gibt keine Droge gegen Einsamkeit. Es gibt nur das Vergessen im Schlaf.

Papierpussy

Sie schläft.

Gerne würde ich glauben, sie schläft, weil sie Valium genommen hatte oder eine Lora, aber sie weiß wahrscheinlich nicht mal, was das ist. Ich hätte schon stutzig werden sollen, als sie mich vor der Tür hat warten lassen, weil sie noch aufräumen wollte, bevor sie mir ihre Wohnung zumutet. Aber ich habe mir vorgestellt, dass sie Spuren von einem anderen Kerl beseitigt. Oder sich Reizwäsche anzieht. Oder es hätte etwas mit Diskretion zu tun oder damit, dass sie einfach nur schräg war.

In der Küche haben wir getrunken. Auf dem Kühlschrank klebten magnetische Gewürzdosen mit durchsichtigen Deckeln, getrocknete Chilis, Kardamom, Senfsamen, Pfefferkörner. Außerdem hingen da Postkarten, die die Absender bestimmt für originell gehalten hatten. Auf einer kleinen Tafel an der Wand war mit Kreide eine Einkaufsliste geschrieben. Auf einem Regalbrett waren Kochbücher, vegetarische Küche, Ayurveda, Trennkost, Aufläufe, indische Gerichte, aber auch Bücher, die es zu Kochsendungen gab. Auf dem Tisch stand Olivenöl, eine Literflasche mit einem exklusiv wirkenden Etikett, außerdem waren da eine Pfeffer- und eine Salzmühle, Teelichter in bunten Haltern, der Rotwein und unsere Gläser.

Ich habe mich nicht zurückgehalten mit dem Alkohol, zur Not hatte ich noch eine Viagra einstecken, und sie hat erzählt von diesem Film, den sie gestern gesehen hatte. Wie toll diese Laiendarsteller waren und wie liebevoll die Ausstattung und wie passend die ausgewählte Musik.

Ihr Mund sah toll aus. Der Schwung ihrer Oberlippe. Die Unterlippe, die ganz leicht zu hängen schien. Ihre Lippen waren ungeschminkt, aber das Rot konnte durchaus mit dem Wein konkurrieren und ihre Zähne hatten mittlerweile einen leichten Stich ins Bläuliche. Ich ahnte schon, wie sie schmecken würde, ich sah meinen Schwanz schon zwischen diesen Lippen verschwinden. Warum sonst hatte sie mich mitgenommen?

Keine Ahnung, wie sie vom Kino zur Literatur kam, aber dafür weiß sie wohl kaum, wie wir von der Küche ins Schlafzimmer gelangt sind. Sie schmeckte so, wie ich es geahnt hatte. Sie schmeckte, als könnte man vergessen. Aber sie redete noch, sie redete von diesem Schreiber, dessen Namen ich noch nie gehört hatte und dann stand sie auf und ging aus dem Zimmer. Ob man solche Unterwäsche trägt, wenn die Möglichkeit besteht, dass der Abend nicht allein endet?

Ihr Gang war wackelig, aber der Arsch sah trotz des Frotteehöschens geil aus. Sie kam mit einem Buch wieder und begann mir eine Geschichte vorzulesen. Ihre Stimme leierte wie ihr Gang, es war schon längst an der Zeit, das Reden und Gehen einzustellen. Ich hörte kaum auf den Text, auch wenn ich mitbekam, dass es ihr wichtig schien.

Ich dachte, sie macht eine Kunstpause. Oder es ist eine Aufforderung. Ich nestelte an ihrem Schlüpfer, aber sie zeigte keine Reaktion mehr. Sie war eingeschlafen. Einfach so. Ich hätte auf Valium getippt, Oxy, Tilidin, und das wäre alles okay gewesen. Einfach weggenoddet. Kann ja passieren.

In ihrer Kommode war nichts und alles, was ich im Bad fand, waren ein paar Aspirin, Pillen zur Unterstützung der Darmflora und zur Linderung von Menstruationsbeschwerden. In der Küche und in ihrer Handtasche war auch nichts. Ich trank den Wein aus der Flasche und setzte mich in ihr Wohnzimmer. Gehen. Einfach gehen. Aber wohin? Zu Hause gab es genauso wenig zu holen wie hier. Nein, noch weniger.

Da sind Bücher von diesem Schriftsteller im Regal, über dem sie eingeschlafen ist. Einige. Vielleicht alle. Ich nehme eins, blättere, da sind unterstrichene Stellen. Bis zum Ende der Flasche schau ich mir diesen Schmodder an. Bekomme schlechte Laune. Gehe ins Schlafzimmer. Sie schläft. Sie schläft und wird auch nicht wach, als ich ihr den Slip ausziehe. Schlimmer als ein GBL-Koma, aber sie scheint tatsächlich nur vom Wein so ausgeknockt zu sein. Der bloße Anblick ihres Hinterns mit den Grübchen kann mir nicht durch die Nacht helfen.

Ich könnte ihren Kleiderschrank zerstören. Das Geschirr in der Küche aus dem Fenster werfen. Ihren Arsch mit einem Gürtel schlagen. Ihr die Haare rasieren. In den Flur kacken. Die Fliesen im Bad mit Blut beschmieren.

Irgendetwas. Nur irgendetwas, das nichts mit Romantik zu tun hat. Mit Euphorie, Poesie und dem Leben, wie sie es kennt und in den Büchern wiederfindet.

Ich beginne diesen Kerl zu hassen. Verdreht mit seinen weichen Worten unschuldigen Schnepfen den Kopf. Und sie glauben, er hätte etwas verstanden vom Leben. Er würde fühlen, wie sie fühlen.

Ach, wie einsam ich doch bin. Ach, wie kalt die Welt doch ist. Ach, wie man nur Schönheit entdecken kann, wenn man genau hinsieht. Ach, wie sich diese so plastisch geschilderten Gefühlswelten mit meiner überschneiden.

Geschreibsel so hirnlos wie die Liebe eines Gottes, der ohnehin nur in der Vorstellung existiert.

Ich gehe zurück ins Wohnzimmer, fahre ihren Rechner hoch in der Hoffnung, dort etwas zu finden. Etwas Dreck. Intime Aufzeichnungen. Nacktbilder. Einen Porno, den sie mit ihrem Ex gedreht hat. Als würde so eine Frau das machen. Wie konnte ich nur so danebengreifen. Als würde ein schöner Mund etwas zählen.

Da ist nichts auf dem Rechner, das mich interessieren würde. Gar nichts. Kurz überlege ich, ob ich ein paar Sachen runterladen soll und hier und da speichern. Ein Foto von einer heruntergekommenen Schlampe mit Sperma im Haar und einem Baseballschläger im Arsch, einfach zwischen ihre Urlaubsbilder kopieren. Einen Clip von einer russischen Nutte, die sich übergeben muss, weil sie ihn nicht so tief in den Mund bekommt, irgendwo zwischen diese putzigen Filmchen, auf denen man kleine Katzen sieht und Küken beim Schlüpfen.

Ich lese in ihren Mails, aber da ist von Spaziergängen die Rede, von Zugfahrten, ein artiges Dankesschreiben an eine Freundin, mit der sie ein paar Tage in Südtirol verbracht hat. Und eine Mail an diesen Schriftsteller. Wie toll seine Bücher sind. Wie sie sich darin wiederfindet. Verstanden fühlt. Getröstet. Sie ist keine zwölf mehr und dieser Typ eignet sich kaum als Bravo-Starschnitt, den man sich ins Zimmer hängt.

Er steht in der zweiten Reihe und kriegt nie auf die Fresse. Noch nie ein ernsthaftes Problem im Leben gehabt, aber dauernd jammern. Selbst Drogen nehmen klingt bei ihm nicht wie eine Fluchtmöglichkeit, sondern wie ein Zuwachs an Lebensfreude. Der ist noch nie mit zitternden Händen aufgewacht, der kann noch nüchtern einschlafen und morgens sein langweiliges Leben so klingen lassen, als hätte er weiß Gott was erlebt.

Ich gehe auf seine Webseite. Da sind Gästebucheinträge von noch mehr beeindruckten Frauen. Ach, wie ehrlich er doch ist, wie aufmerksam, wie gefühlvoll, wie gut er das Leben abbilden kann.

Hätte ich nicht vorher die unterstrichenen Stellen und ein paar andere Absätze gelesen, ich hätte glatt geglaubt, da ist was dran. Das waren wahrscheinlich solche Frauen wie die, die nebenan schlief, die solche Dinge schrieben. Mitte zwanzig, von mir aus auch älter, so gebildete Alternative, die nie ganz glücklich geworden sind in ihrem bequemen Leben, die getrieben sind von einer Sehnsucht so leicht wie eine sanfte Brise in der Abendluft, und der Herr Schriftsteller leckt mit seinen Worten ein wenig an der Arschritze dieser wohlbehütet aufgewachsenen Damen, die sich weiß Gott wie abenteuerlich vorkommen, weil sie schon mal eine Vorlesung haben ausfallen lassen oder verkatert auf der Arbeit erschienen sind. Die schon mal mit einem Fremden in der Kneipe geknutscht haben. Oder ihn sogar mit nach Hause genommen, um dann einzuschlafen. In einer Unterwäsche, die mehr über sie verriet als ihr Bücherregal. Für die Trauer ein Gefühl war, dem man sich hingeben konnte wie der Poesie. Frauen, die aus keinem Krieg kamen und weder sich selbst noch jemand anderen schon mal ernsthaft verletzt hatten. Frauen, die sich mit vollem Kühlschrank fragten, wie ihr Leben weitergehen sollte, und jeden Abend nach der Arbeit weinten, im Schoß die Katze und in der Hand das Weinglas.

Ich war hier falsch. Komplett falsch. Verzweiflung ist nicht, wenn du dich fragst, wie es nur weitergehen soll. Verzweiflung ist nicht, wenn du nach einem Ast suchst, um dich hochzuziehen. Es gibt hier keine Bäume verdammt, nicht mal Mikroben leben hier. Verzweiflung ist nicht, wenn du glaubst, etwas Besseres zu sein, weil du dir jeden Tag quälende existentielle Fragen stellst.

Ich hatte mir die Falsche ausgesucht. Wäre sie auf Benzos eingepennt, ich wäre geblieben. Und morgen Früh würden wir ficken. Wir würden um unser Leben ficken. Wir würden ficken, bis wir ein paar Sekunden lang alles vergaßen, selbst dass wir außer diesem Fick nichts hatten an diesem Scheißmorgen in einer Scheißwoche, in einem abgefuckten Monat, einem abgefuckten Jahr in einem Drecksleben. Bis wir ein paar Sekunden lang vergaßen, dass wir nichts hatten, an dem wir uns festhalten konnten, keine Bücher, keine Filme, keine Freunde, nicht mal uns, nicht mal in diesem Moment.

Ich musste gehen. In der Küche waren Möhren, Biomöhren.

Sie wachte nicht auf. Morgen Früh würde sie die Augen aufmachen und dieses Ding im Bett sehen, das bis dahin zwischen ihren Beinen rausgerutscht sein würde, und keine Ahnung haben, was geschehen war.

Ich war schon tiefer gesunken. Und ich erwartete noch Schlimmeres von mir.

Eines Tages wird
er nicht mehr kommen

Er ist Yogalehrer, auch wenn ich noch nie gesehen habe, dass er irgendwelche Übungen macht. Auch wenn er nie darüber redet. Sein Körper ist beweglich und fühlt sich fest an. Es ist ja nicht so, dass er sich hier nicht bewegt, nur Yoga ist das nicht.

Sonst übt er täglich, soweit ich weiß, aber wenn er hier ist, von, sagen wir, Freitagabend bis Sonntagnachmittag, dann macht er keine einzige Übung.

Mal kommt er alle paar Wochen, dann wieder monatelang gar nicht. Die längste Pause waren zwei Jahre. Da hatte er eine neue Freundin und wollte ihr treu sein. Ich habe viel geweint damals. Mir hat er immer erzählt, er möchte sich nicht binden.

Nach einem halben Jahr, in dem es mir nur noch schlecht ging, habe ich gedacht, das ist meine Chance, so kann ich endlich von ihm loskommen. Ich musste durch diesen Schmerz, musste mir vorstellen, wie glücklich er mit ihr ist, was für eine tolle Figur sie hat, wie gut sie aussieht und warum sie alles bekommt, was ich nie haben werde.

Wir haben in der Zeit einige Male gemailt. Nicht oft. Und als er durchblicken ließ, dass es nicht so gut lief, hat es nur noch mehr geschmerzt. Für sie war er bereit, auch Ärger in Kauf zu nehmen. Es war ihm ernst.

Damals habe ich mir geschworen, ihn nie wiederzusehen. Ich wollte endlich frei sein. Frei von dem Verlangen, seine Haut an meiner zu spüren, frei davon, mich nach seinen Lippen zu sehnen, nach diesen Händen, die meinem Körper zuflüstern, wenn ihm nach flüstern ist, und die ihn anschreien, wenn er richtig angepackt werden will. Seine Hände sind unglaublich weich und sie scheinen schon vor langer Zeit eine Verbindung mit meinem Körper gehabt zu haben. Als seine Hände noch keine Hände waren und mein Körper noch kein Körper. So wie diese Hände kann mich sonst nichts berühren.

Ich bin auch mit anderen Männern ausgegangen, um mich zu befreien, aber es hat nicht funktioniert. Ich habe bei ihnen gesucht, was ich bei ihm gefunden hatte. Aber sie hatten es nicht. Sie hatten es einfach nicht.

Nach den zwei Jahren, die wir uns nicht gesehen hatten, war er in der Stadt, zu irgend so einer Yogaveranstaltung. Wir hatten vorher gemailt. Abends sind wir ausgegangen, er hat Weißwein getrunken. Sonst trinkt er nie.

Das hat mich amüsiert, weil ich wusste, dass ich ohnehin mitgehen würde, und er war unsicher und nervös. Ich dachte, ich bin drüber hinweg, ich kann mit ihm ins Hotel. So wie man aufhört zu rauchen und sich dann eine Zigarette gönnt, weil man ja nicht mehr süchtig ist.

Es war nicht gut. Es war so, dass ich mir wieder vorgenommen habe, ihn nicht mehr zu sehen. Er war grob, hastig. Vielleicht hatte er ein schlechtes Gewissen, aber es war einfach nicht schön.

Ich kann nicht sagen, warum ich ihn nach dieser Nacht noch mal getroffen habe. In meinen Träumen habe ich uns so oft ineinandergeträumt und jetzt kann ich diese Träume nicht vergessen. Vielleicht kann er selber gar nichts dafür.

Und jetzt kommt er halt hin und wieder, wir haben Sex, er liegt auf dem Sofa und kifft, wir sehen gemeinsam fern und lachen bei den Komödien. Selber hat er keinen Fernseher, mit so etwas vergeudet er keine Zeit, aber bei mir ist es ihm eine willkommene Abwechslung.

Wir liegen auf dem Sofa und es fühlt sich gut an, auch wenn er kaum den Mund aufmacht. Dabei könnte ich ihm stundenlang zuhören, egal, was er erzählt. Er glaubt, er würde zu viel von sich preisgeben, wenn er redet. Dabei gibt er sowieso schon mehr preis, als ihm bewusst ist.

Nur weil er es mir nicht erzählt, glaubt er, ich wüsste nicht, dass das mit seiner Freundin längst vorbei ist.

Manchmal nimmt er sich vor, nicht mehr zu kommen. Ich spüre das.

Vielleicht ist er zu feige, um zu sagen: Ich werde nicht mehr kommen. Vielleicht würde er aber wirklich nicht mehr kommen, wenn er es erst mal ausgesprochen hat. Ich weiß es nicht. Es ist mir auch egal.

Selbst wenn ich glaube, es war das letzte Mal – er kommt wieder. Das ist mein Trost. Auch er hält es nicht ohne mich aus. Obwohl er mir leichter widerstehen kann als ich ihm.

Sieben Jahre geht das jetzt schon so. Manchmal wünsche ich, ich könnte jemanden finden, mich verlieben und glücklich werden wie alle anderen.

Oder zumindest unglücklich ohne dieses Warten.

Aber ich werde niemanden finden, so lange er in meinem Kopf ist. Ich habe oft genug versucht ihn zu verbannen. Aber was bleibt dann? Nur noch die Sehnsucht, ohne Richtung, ohne Ziel. Dann gibt es auch keine Tage mehr, an denen ich vergessen kann, wie sich die Leere in mir anfühlt, dann gibt es keine Vorfreude mehr. Dann muss ich in mich hineinsehen und mir eingestehen, dass es nicht läuft. Mein Leben. Da sind Löcher drin, so groß, dass nicht mal er sie füllen könnte.

Sieben Jahre. Alle sieben Jahre erneuert sich der Mensch, habe ich mal gelesen. Nach sieben Jahren steckt man in einer anderen Haut.

Es wäre an der Zeit, noch einige andere Sachen zu ändern. Sieben Jahre, in denen ich zur Stelle war, wenn er wollte. Mir Wochenenden freigeschaufelt habe, Freundinnen belogen, meine Schwester versetzt.

Sieben Jahre, in denen er wahrscheinlich keine sieben Stunden mit mir gesprochen hat und meistens bekifft war, wenn wir uns gesehen haben. Manchmal habe ich neben ihm auf dem Sofa gelegen, er hat an seinem Joint gezogen und über einen billigen Sketch gelacht, sein Sperma klebte noch in meinen Haaren und ich habe mir vorgestellt, seine Schüler könnten ihn jetzt so sehen. Ich habe mich gefragt, ob sie den Respekt verlieren würden.

Sieben Jahre. Ich kann nicht den Respekt vor ihm verlieren. Wahrscheinlich weil ich vor mir keinen mehr habe. Und es ist leicht, es ist verdammt leicht zu glauben, ich müsste mich nur mal zusammenreißen, es ist leicht zu glauben, dass ich mir das irgendwie ausgesucht habe. Es ist leicht zu glauben, man könnte alles einfach anders machen. Es ist leicht, besonders für die Besserwisser, die nie hier gewesen sind, wo ich bin. Der Mensch ist nicht edel, gut und stark.

Sieben Jahre. Zeit für ein Ende. Ich weiß. Aber ich kenne ihn, wie niemand sonst auf der Welt ihn kennt. Niemand. Würdest du so jemanden gehen lassen?

Damals habe ich meinen Hamster umgebracht.

Mein Bruder war in den Sommerferien ausgezogen und ich war aufs Gymnasium gekommen.

– Kleiner, so schlimm ist das nicht, hatte Frank gesagt, du wirst das Zimmer ganz für dich allein haben und du kannst mich besuchen kommen. Vier Jahre gehen schneller rum, als du glaubst. Und dann gehst du einfach auch.

Kein einziges Mal bin ich Frank besuchen gegangen, er war ja auch gleich ans andere Ende der Stadt gezogen. Hat sich einfach aus dem Staub gemacht.

Im Zimmer habe ich es nur ausgehalten, wenn die Musik ganz laut war. Abends bin ich rausgegangen, zu der Lokomotive auf dem Spielplatz am Bach. Da war um die Zeit nie jemand. Ich habe mich in die Lokomotive gesetzt, die Stöpsel in die Ohren getan, Zigaretten geraucht und auf den Bach geschaut. Meine Schulsachen habe ich meistens auch mitgenommen und meine Hausaufgaben dort gemacht.

Wenn ich die Hausaufgaben zu Hause gemacht habe, war meistens die Hälfte falsch. Oder noch mehr. Zu Hause war alles falsch.

Frank rief mich manchmal nachmittags an und fragte, ob ich fleißig Hausaufgaben machte und wie es in der Schule war.

– Du musst dich bemühen, Kleiner, sagte er, du hast es fast geschafft, du bist auf nem Gymmi, du bist ein helles Köpfchen, du musst deine Chance nutzen.

In der Schule sprach ich mit niemandem. In den Pausen saß ich immer auf derselben Bank, allein, die Musik laut gestellt. Ich sah die anderen nur, ich hörte sie nicht.

Ana hatte so schmutzigblonde Haare, die an den Wurzeln ganz dunkel waren, fast schon schwarz, dann wurden sie langsam heller. Sie setzte sich eines Tages neben mich und ihr Mund ging auf und zu. Ich nahm die Kopfhörer ab.

– Was hörst du da immer?

Ich gab ihr die Stöpsel und dachte, sie würde schreien, weil sie sich selbst nicht hörte. Sie würde schreien: leiser. Aber Ana sagte nichts, wippte leicht mit dem Kopf und schien in der Musik zu sein. Vielleicht war das der Beginn unserer Freundschaft.

Nein. Es war keine Freundschaft. Vielleicht war es nicht mal ein Beginn.

Am nächsten Tag hatte Ana auch Musik dabei und in der Pause saßen wir nebeneinander und sie hörte meine Musik und ich ihre. Hinterher redeten wir darüber. Vielleicht war Ana vorher in den Pausen auch immer allein gewesen, ich weiß es nicht.

Jeden Tag saßen wir in den Pausen zusammen auf der Bank und die anderen versuchten uns zu ärgern. Ana ist verliebt in Phillip. Phillip und Ana küssen sich heimlich.

Mir waren die anderen egal. Auch Ana schienen sie nicht zu stören und so gaben sie schnell auf.

Abends wurde es immer früher dunkel und ich musste mich mit den Hausaufgaben beeilen, bis ich mir eine Taschenlampe besorgte. Ich nahm auch noch einen von den Kosmetikspiegeln mit, darauf richtete ich die Lampe und es wurde hell genug in der Lokomotive, um Aufgaben zu machen.

Manchmal, bevor ich nach Hause ging, nahm ich die Stöpsel aus den Ohren, machte die Taschenlampe aus und hörte dem Bach zu, die Zigarettenspitze war ein kleiner rotgelber Punkt, den ich hin- und herwandern ließ. Das Wasser machte mich ruhig, ruhiger als die Musik, und wenn ich Glück hatte, an manchen Tagen, war es ganz leicht nach Hause zu gehen.

– Hast du ein eigenes Zimmer?, fragte ich Ana auf der Bank.

– Ja, sagte sie.

– Bist du gerne dort?

– Klar, sagte sie.

– Erzähl mir, wie es aussieht.

Und sie erzählte von ihrem Plüschaffen, den sie seit dem Kindergarten hatte, von den Postern an den Wänden, von ihrem Regal mit den Büchern, wie die Bettwäsche aussah und wie ihr Kleiderschrank. Ich fragte sie, ob sie eine Kommode hatte und einen Wecker, wo die Tür war und wo das Fenster und wie groß ihr Schreibtisch war und was sie für einen Computer hatte. Ana erzählte mir alles und wenn ich abends dem Bach zuhörte, stellte ich mir ihr Zimmer vor und wie es wohl wäre, dort zu sein.

Als sie mich ein paar Wochen später zu sich einlud, sagte ich, ich hätte Keyboardunterricht und könnte nicht kommen. Dabei hatte ich nur dreimal Keyboardunterricht gehabt. Frank hatte ihn mir bezahlt.

– Aber du musst schön zu Hause üben, Kleiner, hatte er gesagt.

Aber dann war das Keyboard kaputtgegangen und Frank wollte mir ein neues besorgen, aber dann ist er ja ausgezogen.

Das nächste Mal, als Ana mich fragte, sagte ich, ich müsse zu meiner Oma.

Mittlerweile ließ ich sie Hausaufgaben abschreiben, wir trafen uns schon vor der Schule, wir waren die Ersten, die da waren. Während sie abschrieb, schaute ich mir ihre Haare an und die kleinen silbernen Sternstecker, die sie in den Ohren hatte.

– Da ist ein Mädchen bei mir in der Klasse, Ana, sagte ich am Telefon zu Frank. Sie hört auch HipHop und auch ganz laut. Manchmal rappen wir sogar zusammen.

– Das ist ja toll, sagte er. Ist sie süß, diese Ana? Nein, nein, du musst nichts sagen. Wo wohnt sie denn?

Sofort stellte ich mir wieder ihr Zimmer vor. Und nannte meinem Bruder den Stadtteil.

– Schön, sagte er. Wie ist sie denn in der Schule, deine Freundin?

– Sie ist nicht meine Freundin.

– Natürlich nicht, Kleiner. ... Und?

– Ganz gut.

Ich glaube, sie hätte ihre Hausaufgaben auch allein machen können.

Ich wollte auch etwas wissen, aber ich wusste nicht genau, was es war, deswegen konnte ich auch keine Frage stellen.

– Ana ..., fing ich an und sagte dann nur: Sie kennt sogar Tua.

– *Komm, geh ein Stück mit mir, ich kann dir ein paar Sachen zeigen, lass versuchen wach zu bleiben, bis die Nacht vorbei ist*, rappte Frank. Da hast du dir aber eine ausgesucht. Pass gut auf sie auf.

Ich weiß nicht, warum es sich so anfühlte, als könnte ich losheulen.

– Wann kommst du vorbei?, fragte Frank. Am Samstag?

– Vielleicht, sagte ich.

– Du sagst immer vielleicht. Du warst noch gar nicht hier, nach dem Umzug. Du kannst auch Ana mitbringen.

– Vielleicht am Samstag dann, sagte ich.

– Ich gebe auch ne Packung Kippen aus.

– Mal sehen.

Nachdem wir aufgelegt hatten, drehte ich das Stück auf, das Frank gerappt hatte, Es regnet, und draußen regnete es wirklich und dieses kleine Mädchen mit der Momo-Stimme sagte am Ende vom Lied: *Dann ist es kalt geworden in einem. Man kann nichts und niemandem mehr liebhaben. Dann hört nach und nach sogar dieses Gefühl auf. Man fühlt gar nichts mehr. Man wird ganz gleichgültig und grau.*

Abends wurde es nun kalt, ich fror in der Lokomotive. Ich fror immer so lange, bis sich alles in mir zu einem winzigen Klumpen zusammenzog, dann ging ich nach Hause und wenn mir warm wurde, schlief ich ganz schnell ein.

Ich wollte Ana nicht zu mir einladen. Auch nicht, wenn meine Mutter nicht da war. Das war nicht mein Zimmer und ich hatte immer das Gefühl, die Wände würden Ana etwas verraten, das ich lieber für mich behalten wollte.

Zur Lokomotive wollte ich Ana mitnehmen. Dann wüsste sie auch, wo sie mich abends immer finden kann. Sie könnte immer vorbeikommen. Ich wollte sie mitnehmen, aber ich wusste nicht, ob das wirklich eine gute Idee war. Frank konnte ich nicht fragen, weil ich ihm nicht von der Lokomotive erzählen wollte.

Ana lud mich noch öfter ein und so fuhr ich eines Nachmittags mit der Straßenbahn zu ihr. Ihr Zimmer war fast genau so, wie ich es mir vorgestellt hatte, doch irgendwie fühlte es sich so an, als würde ich etwas Verbotenes tun. Als dürfte ich nicht dort sein.

Ana hatte tolle Boxen, aber sie durfte die Musik nicht so laut aufdrehen. Als ich Anas Mutter sah, dachte ich, auf der Straße hätte ich sofort gewusst, dass das Anas Mutter ist. Sie hatten genau die gleichen Haare, die gleiche Nase und den gleichen großen Mund, nur ihre Augen waren so braungrün und nicht dunkelbraun wie bei Ana.

Als ich ihre Mutter sah, wusste ich, dass ich Ana nie mit zu mir nehmen würde, egal, wie laut wir die Musik dort machen konnten.

Wir saßen auf ihrem Bett und als die Musik ausging, fing Ana an zu rappen und ich stimmte mit ein: *Weißt du, was ich dafür geben würde, dass ein Mensch mich versteht? Doch nein, ich find keinen. Guck mal, wie ruhig ich immer bleib, weil ich die Wunden niemals zeig, gehen diese Stunden nie vorbei, weil ich immer unten sitz und schweig, hab ich meistens meinen Kopf zu voll und bin teilweise im Unterricht verpeilt.*

Sie hat dabei meine Hand genommen, aber als wir nicht wussten, wie der Text weitergeht, hat sie losgelassen. Sie hat mich angesehen und gefragt:

– Sollen wir auch mal zusammen einen Text schreiben?

Ich habe den Kopf geschüttelt und wieder ihre Hand genommen. Die war ganz warm und ein wenig feucht.

Wie hätte ich einen Text schreiben sollen? Die Reime zu finden war nicht schwer, aber ich wusste nicht, warum die Rapper sich trauten, solche Dinge zu sagen.

Als ich später ging, sahen die Augen von Anas Mutter anders aus, und den Geruch und den Gang erkannte ich auch sofort, aber sie lächelte und sagte, ich solle mal wieder vorbeikommen.

Ich fuhr zur Lokomotive, draußen lag Schnee, der unter meinen Schuhen knirschte und es war, als würde ich weglaufen. Hatte Ana in der Schule irgendetwas gesehen, als ich auf der Bank saß? Warum hatte sie sich neben mich gesetzt? Warum hörte sie HipHop, das taten die anderen Mädchen doch auch nicht.

– Weißt du, hatte sie gesagt, als wir auf ihrem Bett saßen, es sind gar nicht die Worte in der Musik, sondern es ist etwas ganz anderes. Als wären die Worte wie kleine Autos, in denen etwas nach draußen fahren kann, was sonst ganz tief drinnen ist.

– Lastwagen, hatte ich gesagt, und sie hatte geantwortet:

– Ja, riesige Lastwagen, die fahren irgendwie von hier so hoch, und sie hatte ihre Hand auf ihren Bauch gehalten.

– Und auch wenn die Ladung des Lasters ganz dunkel ist, draußen scheint dann die Sonne.

Die Sonne schien, wenn man in der Musik war. Aber die Musik war auch so etwas wie die Lokomotive. Ich konnte dorthin. Sitzen, rauchen, Weingummi essen und dem Bach zuhören.

An dem Abend ahnte ich, dass ich Ana wirklich mitnehmen würde zur Lokomotive. Mir wurde schneller kalt als sonst, vielleicht weil ich mich auch freute.

Ich ging nicht mehr zu Ana. Ich erfand immer neue Ausreden. Vielleicht war ich vorher nicht gegangen, weil ich glaubte, ich würde dort nicht hingehören.

Wir hatten die Halbjahreszeugnisse bekommen, ich stand fast überall auf Zwei und Ana war nur ein bisschen schlechter als ich und Frank sagte, er wolle uns zum Pizza essen einladen, aber davon habe ich Ana nichts erzählt und Frank habe ich gesagt, sie dürfe nicht.

Frank und ich waren dann zusammen Pizza essen, er hatte mir eine CD mit MP3s gebrannt, lauter Sachen, die ich noch nicht kannte, und er hat mir eine Schachtel zugesteckt und hat gesagt, ich solle aber nicht so viel rauchen. Dann hat er von seiner Freundin erzählt und dass sie mich gerne kennenlernen würde und ich solle doch am Wochenende mal vorbeikommen. Ich könne ja Ana mitbringen. Ob ich denn jetzt richtig mit ihr gehen würde, hat er mich gefragt und ich habe gesagt:

– Wir hören nur Musik zusammen.

Und ich habe gelächelt, aber nur von innen, weil das ja irgendwie mehr war als miteinander gehen. Eine Sonne, in der man zusammen wohnen konnte. Nicht wie Franks kleines Zimmer, das bestimmt ganz unordentlich war und wo wir zu viert vielleicht nur geschwiegen hätten, bis einem die Ohren platzten.

Es war schon Frühling, als ich Ana mit zur Lokomotive genommen habe. Erst als wir dort waren, habe ich ihr erzählt, dass ich fast jeden Abend da bin und dass ich meine Hausaufgaben immer hier mache und alle neuen Stücke zuerst hier höre.

Danach waren wir noch fünf Mal dort. Ich kann mich an jedes einzelne Mal erinnern. Beim letzten Mal sagte sie:

– Hör mal, der Bach. Das ist auch wie Musik.

Sie nahm meine Hand und ich habe mich zu ihr gedreht und es war, als würde etwas wehtun, aber gleichzeitig war es schön. Es war schöner als Musik, dass wir dort nebeneinandersaßen.

Ich habe auf ihren großen Mund gesehen und wollte sie küssen. Ich hätte mich getraut. Einfach meine Lippen auf ihre legen. Ich hätte mich getraut. Echt. Aber dann hörte man es rufen:

– Ana.

Ich drehte den Kopf und konnte Anas Mutter sehen, sie schwankte, aber sie kam direkt auf die Lokomotive zu.

– Woher weiß sie, dass wir hier sind?, fragte ich Ana, doch noch bevor sie antworten konnte, bin ich aus der Lokomotive gesprungen und bin weggelaufen. Ich wusste nicht, wohin. Ich bin einfach gelaufen und ich habe mir gewünscht, ich würde so müde werden, dass ich einfach umfalle. Ich bin gelaufen und gelaufen, durch den Wald und über die Straßen, ich bin gelaufen, bis ich bei Frank war, und dann bin ich doch wieder zurück. Er wusste ja nichts von der Lokomotive.

Ich bin nicht umgefallen. Zu Hause habe ich den Hamster aus dem Käfig geholt, den hatte Mutter mir geschenkt, als ich aufs Gymmi kam, und der hatte immer noch keinen Namen. Sein Herz hat ganz schnell geschlagen unter den dünnen Rippen und ich habe zugedrückt, um zu sehen, ob die Rippen brechen. Aber dann habe ich einfach seinen Kopf genommen und ihm das Genick gebrochen.

Ich habe ihn zurück in den Käfig gelegt und dann saß ich da und wusste nicht, ob Musik helfen würde, ob ich morgen zur Schule gehen würde oder schwänzen, ob ich Ana wiedersehen wollte und ob ich nicht doch zu Frank sollte, und ich wusste auch nicht, warum ich den Hamster getötet hatte.

Vielleicht, weil ich weinen wollte.

Aber ich weinte nicht.

Zwei Tage

Mir war klar, dass es nicht gut enden würde.

Ich hatte am Strand geschlafen, es war spät geworden, die Minibusse fuhren nicht mehr, für ein Taxi reichte das Geld nicht. Und ich war geladen genug, dass es mir egal war.

Morgens bin ich geschwommen, habe den Sand aus meinen Kleidern geschüttelt, mein Kopf schmerzte nur wenig, aber auf eine andere Art war ich noch ziemlich verkatert, ich grinste sorglos die Welt an.

Es gab keinen Plan, dann hätte es wahrscheinlich nicht funktioniert, ich beschloss einfach, am Strand entlangzulaufen, die Stille des Morgens zu genießen. Bald schon stand ich vor einem Zaun mit einem Wächter davor.

– Guten Morgen, grüßte ich.

– Guten Morgen, sagte er.

– Nicht viel los um diese Zeit, sagte ich.

– Nein, bestätigte er, das sind wahrscheinlich die stillsten Stunden.

– Ja, die Sonne brennt noch nicht so erbarmungslos herunter, der Strand ist menschenleer, nur das Rauschen, das Wasser und du. Wenn die Pforten des Paradieses so aussehen, wie mag es dann wohl drinnen sein?

Wir lachten beide und da erst fiel mir das Klemmbrett in seiner Hand auf und ich breitete die Arme aus, als könne ich die Welt umarmen, und stieß ein langes Aah aus. Wie der letzte Seufzer, der einem entfährt, wenn man gekommen ist, aber viel lauter.

Das Gesicht wendete ich dem Meer zu und einige Augenblicke standen der Wächter und ich still nebeneinander. Er schien sich von mir anstecken zu lassen und ich schielte verstohlen auf das Klemmbrett.

Es kursierten Gerüchte darüber, was in dem Club geschah, der so gut gesichert war. Touristen aus aller Welt zahlten, was immer sie zahlten, für uns unglaubliche Summen, und drinnen war alles umsonst, du konntest essen und trinken so viel du wolltest, Hummer und Cocktails, 24 Stunden am Tag waren Bar und Küche offen. Die Gäste liefen nackt herum oder zumindest halbnackt, alle waren paarungswillig. Wenn man wollte, konnte man sich am Buffet ein Stück Arsch greifen, es gab Musik und Tanz und wir wussten, dass unsere Drogen im Gegensatz zu uns den Weg in die Anlage fanden. So ist es ja immer, als Turnschuh, teures T-Shirt oder Elektrogerät ist der Weg in ein gut gesichertes Land leicht, egal, wo du herkommst. Aber versuch das mal als Mensch.

In dem Club gab es alles, während wir in Armut lebten, von einem Tag auf den anderen. Wir kamen auf keinen grünen Zweig. Seit Generationen. Weil mein Vater das wusste, hatte er in meine Ausbildung investiert, mich auf die Universität geschickt. Ich hatte Landwirtschaft studiert.

Ich bin froh, dass er nicht mehr miterleben muss, dass ich nun am Strand schlafe, weil das Geld nicht für ein Taxi reicht.

Bildung, sagen sie immer, Bildung sei der Schlüssel zu allem, und dann machen sie sie so teuer für uns. Mein alter Herr hat sich ganz schön krumm gelegt für mich, ist auf dieses Gerede von Bildung reingefallen.

Herkunft ist der Schlüssel und die kann man nicht kaufen.

Die hocken auf ihrem Kuchen und für uns sind nur Krümel drin. Das oder du musst bereit sein, alles hinter dir zu lassen, deine Leute, dein Viertel oder die Ruhe deines Dorfes, deine Überzeugungen und am besten gleich dein Land.

Du musst einer von ihnen werden, ausbeuten und dein Geld mit dem Schweiß der anderen verdienen, sonst gibt es nur Krümel, egal wie viel Semester du studiert hast.

Sie fressen die ganze Schokolade, wir verkaufen ihnen die Kakaobohnen. So sieht es aus. Wenn wir die Schokolade selber herstellen wollen, stoppen sie uns mit Einfuhrzöllen, dann kommst du auf einmal nicht mal als eine Tafel Vollmilch irgendwo rein.

Sie loben uns dafür, dass wir zu ökologischer Landwirtschaft übergehen, verhökern zu einem Heidengeld Biozertifikate und streichen uns wohlwollend über den Kopf, verdienen sich gleichzeitig eine goldene Nasenscheidewand, während wir jeden Tag ums Überleben kämpfen.

Bildung? Bildung öffnet dir nur die Augen dafür, wie sehr sie dich über den Tisch ziehen.

Darum schlafen Leute wie ich am Strand. Weil sie den Scheiß nicht mehr länger ertragen.

Ein paar Tage Paradies, dachte ich also. Alles in Hülle und Fülle, einmal so leben wie sie.

– Jetzt freue ich mich aber auf das Frühstück, sagte ich und machte Anstalten, am Wächter vorbeizugehen.

– Moment, mein Freund, sagte er, der Club ist nur für Mitglieder.

Ich nickte ihm freundlich zu. Es war zu spät, um einen fremden Akzent zu imitieren, aber auf der Universität hatte ich mir meinen Dialekt abgewöhnt. Es konnte klappen. Versuchen musste ich es.

– Klar, Richard, sagte ich und wollte an ihm vorbei.

Sein Name stand über seinem Herzen. Ich hatte keine Ahnung, aus welcher Gegend Richard kam und wie er diesen Job in der beschissenen schwarzen Uniform ergattert hatte.

– Mein Freund, sagte er, ich glaube kaum, dass du hier ein Zimmer hast.

– Richard, sagte ich in einem rügenden Ton, du willst doch nicht, dass ich mich drinnen über dich beschwere, du hast doch bestimmt eine Familie zu ernähren, nicht wahr?

Mit einem Mal wirkte er verunsichert und ich setzte nach. Ich klopfte ihm wohlwollend auf die Schulter und sagte:

– Nichts für ungut, alter Junge, Philippe Thompson, Zimmer 412.

Er sah auf das Klemmbrett.

– Entschuldigen Sie Mr. Thompson, Sie wirkten auf mich ein wenig wie ...

– Nichts für ungut, wiederholte ich.

Dann ging ich hinein.

Hummer gab es keinen, aber vielleicht habe ich ihn auch übersehen an diesem riesigen Buffet. Von dem, was da stand, wäre unser ganzes Viertel satt geworden, ich glaube, so viel Essen habe ich noch nie auf einem Haufen gesehen.

Ich schaufelte Garnelen auf meinen Teller, Rührei und auch noch Krabben. Meine letzte anständige Mahlzeit war einige Tage her. Ich trank Kaffee, aber schon bei meinem zweiten Teller wechselte ich zu Bier, eiskalt und erfrischend.

Es war leer im Speisesaal, außer mir waren dort noch drei dicke Amerikanerinnen, die offensichtlich die Nacht durchgesoffen hatten und nun kaum in der Lage waren sich nachzuschenken. Sie waren laut, aber das waren die Amerikaner fast immer.

Nach meinem dritten Teller ging ich zum Pool, setzte mich in den Schatten einer Palme und fragte mich, ob sie hier tatsächlich nackt schwammen.

Da kamen auch schon vier Frauen, Australierinnen oder vielleicht auch Neuseeländerinnen, ich bin mir da nie so sicher.

Sie waren gut über fünfzig und im Gegensatz zu den dreien im Speisesaal waren sie knochig, viel zu knochig. Ich wusste, dass sie sich für schlank hielten. Sie trugen Bikinis und ihre Muskeln sahen aus, als hätten sie sie aus einem Fitnessmagazin abgemalt.

Ohne von mir Notiz zu nehmen, sprangen sie ins Wasser und begannen eine Bahn nach der anderen zu schwimmen. Vielleicht hatten sie gestern Abend in einem schwachen Moment Butter auf ihr Brot geschmiert.

Ich schaute mich nach einer Stelle um, wo ich meine Kleider verstecken konnte. Hinter einer abgelegenen Hecke schien es mir ungefährlich. In meiner Badehose legte ich mich auf eine Liege im Schatten und trank gemütlich. Bald darauf döste ich weg, satt und zufrieden.

Die Hitze weckte mich, es mochte Mittag sein, der Schatten war verschwunden, es war heiß, aber um mich herum lagen die Leute wie bekloppt in der prallen Sonne. Niemand war nackt, aber manche Frauen hatten Dinger an, für die Bikini ein viel zu langes Wort war.

Ich sprang in den Pool, um richtig wach zu werden und mich abzukühlen, aber das Wasser war pisswarm und brachte keine Erfrischung. Also ging ich zum Strand hinunter, vier Minuten, auch hier lagen Menschen, einige Frauen waren barbusig. Es konnte nicht so schwer sein, eine aufzureißen.

Das Wasser war salzig, wie es sich gehört, und viel kühler als im Pool.

Nachdem die Sonne mich getrocknet hatte, schaute ich nach meinen Kleidern. Ich klemmte sie mir unauffällig unter den Arm und zog mich auf der Toilette an.

Von wegen die liefen alle nackt herum und es gab den ganzen Tag Orgien.

Im Speisesaal war mittlerweile mehr los, ich aß, genehmigte mir einen Cocktail von der Bar, kam mit einigen

Italienern ins Gespräch, die schon bald anfingen, Joints zu rauchen und laut zu singen.

Kellner liefen in Uniform herum, füllten die Platten am Buffet, schenkten nach, ließen sich von den Gästen schikanieren, die irgendetwas auszusetzen hatten. Das gehörte zu den Jobs meiner Landsleute einfach dazu.

Ich sprach mit einem amerikanischen Akzent. Nicht besonders gut, aber gut genug. Nicht umsonst hatte ich in den letzten Jahren regelmäßig eine Art Freundschaft mit Touristen aus den Staaten geschlossen, und sie um den einen oder anderen Dollar beschissen, wenn sie Drogen kaufen wollten oder sonst irgendwie die Hilfe eines Einheimischen brauchten.

Mir hatten sie vertraut. Das bringt dir Bildung, dass du dich gewählt ausdrücken kannst und die Menschen besser blenden als der Straßendealer an der Ecke.

Es war dann tatsächlich nicht schwer, eine Frau aufzureißen, alle tranken ab spätestens mittags, als würde es abends nichts mehr geben. Ich hielt mich an Bier und machte langsam, hielt mich gut mit den Italienern, deren Grasvorrat unerschöpflich zu sein schien.

Schließlich landete ich am frühen Abend schon mit einer Belgierin auf ihrem Zimmer. Ihr Arsch war wie der Mond, groß, rund und weiß. Ihre Hüften wackelten bei jedem Stoß und nirgendwo, wo ich hinfasste, stieß ich auf Knochen.

Ihre Schreie hörte man wahrscheinlich bis ans Ende des Ganges und ich stellte mir vor, wie sich in einer einzigen Nacht mein Ruf in der Anlage verbreiten würde. Die Frauen würden Schlange stehen, um sich von Raoul, so nannte ich mich, vögeln zu lassen. Essen, trinken, schwimmen, kiffen und jede Nacht eine andere Frau. Und dafür musst du dich nicht mal auf einer Bühne prostituieren.

Hinterher rauchten wir noch einen Joint, den ich von den Italienern geschnorrt hatte, und ich bekam auf einmal Paranoia. Was wenn der Name sich wirklich herumsprach? Dann würde die Sache schnell auffliegen. Aber auffliegen würde ich ja sowieso, warum sich unnötig Gedanken machen, versuchte ich mich zu beruhigen.

Kurz darauf war die Belgierin bereit für eine weitere Nummer, sie nahm ihn tief in den Mund und ließ ihn hinterher zwischen ihren Titten verschwinden.

Viel Fisch und Garnelen, nachdem sie lange und laut genug gestöhnt hatte, spritzte ich ihr die zweite Ladung ins Gesicht.

Mit den ersten Sonnenstrahlen machte ich die Augen auf und stahl mich davon. Wenn sie mir begegnete und blöde Fragen stellte, konnte ich erzählen, dass ich zu meiner Zahnbürste gewollt hatte.

Ich schwamm im Meer, dann wieder Rührei und Kaffee, Garnelen und Bier und ein Schläfchen am Pool.

Die Belgierin sah ich den ganzen Tag über nicht. Aber ich konnte auch keine andere aufreißen. Sieben- oder achtmal blitzte ich ab, aber nicht sofort, sondern nachdem ich die Frauen schon gut eine halbe Stunde bearbeitet hatte. Es gefiel ihnen, begehrt zu werden, aber deswegen wollten sie noch lange nicht die Beine breit machen.

Wenn schon nicht ficken, dann eben essen, bis man satt ist, mit den bekloppten Italienern kiffen und morgen würde sich schon was anderes ergeben. Ich kümmerte mich nicht mehr darum, in der leisen Hoffnung, dass mir so eine Nummer zufallen würde. Was nicht geschah.

Irgendwann war es spät und ich war müde, betrunken und breit. Ich brauchte einen Platz zum Schlafen. Ich brach die Tür zum Vorratsraum der Zimmermädchen auf und schlief dort auf dem Boden, inmitten von frischen Laken, Shampoofläschchen und Handtüchern.

Morgens war ich früh genug weg. Wieder schwimmen, Rührei, Garnelen, Kaffee, Bier, Schläfchen.

Ich erwachte von einer Ohrfeige. Ehe ich verstand, was geschah, schleppten sie mich raus. Ich war auf eine altmodische Tracht Prügel gefasst, aber sie schlugen so unbarmherzig zu, dass ich begann, um Vergebung zu flehen.

Wir waren doch Landsleute, wir waren auf derselben Seite, ich war einer von ihnen, wir gegen die Reichen, ich hatte doch auch nur ein Stück vom Kuchen haben wollen, das hätten sie an meiner Stelle doch auch getan. Richard holte noch mal zu einem Schlag aus.

Ich verlor das Bewusstsein. Als ich zu mir kam, hatte ich bloß die Badehose an und nicht nur mein Kopf schmerzte.

Jetzt konnte ich noch mal anfangen, mir Gedanken darüber zu machen, wie ich nach Hause kommen sollte.

Das waren meine zwei Tage in der Anlage. Paradise N° II heißt sie.

Ihr Vater mochte mich
von Anfang an nicht

Ich habe meine Frau nicht geschlagen. Auch wenn das jetzt alle erzählen. Es ist nicht wahr. Ich weiß nicht, warum es so ausgeartet ist an dem Abend. Und nun zerreißen sie sich das Maul, auch die, die mich noch von früher kennen, als ich Briefträger war. Dabei müssten gerade die wissen, dass ich so etwas nicht tun würde. Doch alle reden das Gleiche. Vielleicht ist es das Beste, von hier wegzuziehen. Alles stehen und liegen zu lassen und woanders neu anzufangen. Aber da sind die Kinder und ich weiß nicht, ob ich sie mit meiner Frau allein lassen möchte.

Nach Moritz' Geburt fing sie damit an, dass ich doch etwas anderes machen solle, mit dem Austragen von Briefen könnten wir dem Kind doch keine Zukunft sichern. Damals habe ich auch aufgehört zu rauchen, weil Marion meinte, der Kleine wolle ja mindestens zwanzig Jahre etwas von mir haben, ich müsse mehr auf meine Gesundheit achten.

Sie hatte ja Recht und ich habe mir immer vorgestellt, wie ich wieder anfange zu rauchen, wenn die Kinder auf eigenen Füßen stehen.

Ich habe aufgehört zu rauchen und zugenommen. Alle haben geglaubt, dass das zusammenhing, so wie nun alle glauben, ich hätte Marion geschlagen.

Es war eine schwere Zeit damals, wir hatten gerade das Geschäft übernommen, waren verschuldet bis über beide Ohren und Marion hatte keine Lust mehr. Das sei normal nach der Geburt eines Kindes, meinte sie. Bis Moritz zwei wurde, haben wir drei Mal Sex gehabt. Und beim dritten Mal ist sie mit Marielle schwanger geworden.

Meistens hat mir das nicht so viel ausgemacht, ich war ja voll beschäftigt, ich hatte ja keine Ahnung, wie man ein Geschäft führt, und von Fotografie auch nicht.

Es war damals eine günstige Gelegenheit, der alte Maske wollte verkaufen. Seine Kinder waren längst fortgezogen und hatten kein Interesse daran, zurückzukommen und den Laden zu übernehmen. Er hat mir viel geholfen am Anfang, ohne ihn hätte ich es nicht geschafft. Ich werde ihm immer dankbar sein, aber vielleicht würde sogar er glauben, ich hätte Marion geschlagen.

Mit ihr konnte ich ja nicht über die Probleme im Geschäft reden, sie hat sich nur für die Bilanzen interessiert. Damals fand sie es nicht schlimm, wenn ich abends später nach Hause kam.

Manchmal überkam mich das Verlangen, aber Marion hat immer abgewehrt. Als ich sie dann bat, sie solle mir doch mit ihrer Hand aushelfen, hat sie auch das entschieden abgelehnt.

Ich habe zugenommen, der alte Maske ist gestorben, zwei Jahre nachdem ich das Geschäft gekauft hatte, und auf einmal war ich allein mit den ganzen Entscheidungen, doch so langsam hatte ich Vertrauen, so schlecht lief es gar nicht.

Marion wollte ein neues Auto, einen Kombi mit Klimaanlage. Jetzt mit dem Kleinen brauche man Platz für den Buggy, meinte sie, und es sei wichtig, dass er im Sommer nicht vor Hitze quengelig wird.

Sie brauchte auch jedes Mal ein neues Kleid oder eine neue Bluse, wenn wir irgendwo eingeladen waren, für jeden Geburtstag, jede Hochzeit, jede Taufe, zu Silvester, Weihnachten, Ostern, zum Hochzeitstag ihrer Eltern.

Als abzusehen war, dass die Schulden uns nicht ersticken würden, haben wir das Haus gekauft. Und einen riesigen Kleiderschrank. Und als Marielle da war, hatten wir auch noch eine Kinderfrau. Also nicht eine, sondern mehrere hintereinander, Marion war mit keiner zufrieden.

Ich kann das nicht beurteilen, ich ging ja morgens aus dem Haus, kam mittags zum Essen nach Hause und dann war ich erst am Abend wieder da, so gegen sieben, nachdem ich das Geschäft geschlossen hatte. Ich bin davon ausgegangen, dass Marion das Beste für die Kinder will.

Im Bett lief immer noch nichts, vielleicht alle drei oder vier Monate mal, meistens, nachdem sie auf einer Feier etwas zu viel getrunken hatte. Ich selber trinke ja nicht, es schmeckt mir einfach nicht.

Bei uns auf dem Land kommen viele Sachen mit ein wenig Verspätung an, aber sie kommen, so wie die digitale Fotografie. Die Leute wollen nun keine Abzüge mehr, keine Fotoalben. Niemand ist mehr gespannt, wie die Bilder geworden sind. Zu Hause hat man einen Farbdrucker und Fotopapier, dass sich das nicht rechnet, interessiert nicht.

Addiert man die Preise für Computer, Drucker, Digitalkamera, Fotopapier, Druckertinte, dauert es Jahre, bis sich die Anschaffungen amortisiert haben, von so etwas verstehe ich ja mittlerweile etwas. Doch man kann es den Leuten noch so oft vorrechnen, selbst wenn man den Computer nicht mitrechnet, weil den jeder zu Hause hat, lohnt es sich immer noch nicht. Aber es geht offensichtlich nicht um das Geld, sondern um etwas anderes.

Aber bei uns ging es ums Geld und ich verstand, dass ich clever sein musste, wenn wir überleben wollten. Marion hat sich für diese Sachen nie interessiert.

Doch es störte sie, wenn ich nun später nach Hause kam. Zu Hause konnte ich nicht in Ruhe nachdenken, aber im Laden kam mir die eine oder andere gute Idee.

Und was hätten wir zu Hause auch schon gemacht? Wir saßen vor dem Fernseher und Marion beschuldigte mich immer öfter, eine Affäre zu haben. Ich konnte bald nicht mal mehr im Laden in Ruhe nachdenken, weil ich schon wusste, was mich erwartete, wenn ich zu spät nach Hause kam.

Selbst wenn ich eine Affäre gehabt hätte, wer hätte es mir verdenken können, so oft wie Marion sich verweigerte? Sie kaufte sich sündhaft teure Dessous, von dieser Firma, La Perla oder wie sie heißt, aber ich begriff nicht wozu. Es machte mich heiß, wenn ich sie darin sah, also sah ich meistens gar nicht mehr hin.

Oft befriedigte ich mich nach der Arbeit selbst. Setzte mich an den Computer und sah mir einen Film im Internet an.

Das deprimierte mich, weil es im Internet so aussieht, als hätte die ganze Welt Sex, nur man selbst nicht. Und es wurde mir ja auch zum Verhängnis, diese Selbstbefriedigung.

Marion beschuldigte mich eines Abends gar nicht, obwohl es fast halb neun war, als ich nach Hause kam. Ich hatte angerufen und ihr Bescheid gesagt und auch, dass sie mich jederzeit anrufen könne, damit sie wusste, dass ich nicht woanders war.

Ich war den Ärger damals schon so gewöhnt, dass ich mich wunderte. Ich ahnte, dass man der Ruhe nicht trauen konnte. Bei Marion musste man immer auf der Hut sein, man wusste nie, aus welcher Richtung der Angriff kam. Ich war gewappnet.

Marion zog mich ins Schlafzimmer, das erste Mal seit bestimmt acht Jahren, und ich hatte ja schon selber Hand angelegt vor dem Computer und als er nicht richtig wollte, glaubte Marion, das sei der Beweis dafür, dass ich eine Affäre hatte.

Ich habe mich geschämt, ich konnte ihr doch nichts von meiner Selbstbefriedigung erzählen, also habe ich es auf die Arbeit und meine Müdigkeit geschoben, aber der

Streit ging bis weit nach Mitternacht. Marielle ist aufgewacht, weil Marion so laut wurde.

Ich wollte nicht, dass alles noch schlimmer wird, aber ich habe mich gewehrt, habe ihr auf den Kopf zugesagt, dass sie mich ja nie ranlässt und dass es nur gerecht wäre, wenn ich mir eine Affäre zulegte. Den Ärger bekam ich ja sowieso, ob ich eine hatte oder nicht.

Das hätte ich sicherlich nicht sagen sollen.

Am nächsten Abend war ich kurz vor sieben zu Hause. Es soll ja Paare geben, die versöhnen sich im Bett, und vielleicht wäre es das Richtige gewesen, wenn ich Marion einfach ins Schlafzimmer gezogen hätte, aber ich kann das nicht. Ich brauche ein wenig Harmonie, sonst läuft bei mir nichts, aber Harmonie war ja fast ein Fremdwort. Marion hatte schon immer gerne mal gestichelt, aber seit längerem war es ihre einzige Art, mit mir zu reden.

Beim Frühstück goss ich zu viel Sahne in meinen Kaffee, schmierte die Butter zu dick aufs Brot, kaute zu wenig, achtete nicht auf meine Gesundheit. Immerhin rauchte ich nicht mehr und im Gegensatz zu ihr trank ich ja auch nicht.

Euer Vater hat seine Krawatte schlecht gebunden, sagte sie zu den Kindern, euer Vater hat beim Rasieren Haare vergessen, euer Vater wird immer dicker. Ich schnitt den Kindern Grimassen, wenn sie nicht hinsah, und sie hielten sich die Hand vor den Mund, um nicht loszulachen.

Ich war froh, wenn ich die Autotür hinter mir zumachte und zur Arbeit fahren konnte. Marion hatte mittlerweile ein eigenes Auto, mit dem sie die Kinder zur Schule fuhr.

Obwohl ich sie manchmal morgens zum Lachen brachte, hatte ich das Gefühl Moritz und Marielle entfernten sich immer weiter von mir.

Vielleicht wäre es gut gewesen, wenn ich jemanden zum Reden gehabt hätte. Aber da war niemand. Die letzten Jahre hatte ich keine Zeit gehabt, um Freundschaften zu pflegen.

Eines Mittags erzählte ich dann alles unserem Praktikanten. Er war fünfzehn. Ich hatte wohlweislich kein Mädchen genommen, damit Marion sich nicht aufregte.

Der arme Junge war ganz überfordert, meinte aber, wir könnten es doch mit einer Paartherapie versuchen.

Wahrscheinlich hätte ich es überschlafen sollen, aber abends unterbreitete ich Marion diese Idee. Sie ging an die Decke. Was mir denn einfiele. Was unser Intimleben fremde Menschen angehe. Warum ich nicht einfach mit diesen Überstunden aufhörte. Warum ich Arbeit vorschob, wenn ich mich in Wirklichkeit nur vergnügte. Ob ich einen Therapeuten auch so anlügen würde wie sie. Dass sie sich alles auch ganz anders vorgestellt hätte. Dass sie ja auch nicht gleich eine Therapie vorschlug, nur weil ich nicht in der Lage war, auf ihre Bedürfnisse einzugehen. Das sei sie ja schon gewohnt, aber was wolle man auch von mir erwarten, ich könne kaum eine Krawatte binden und trage tagaus, tagein denselben Anzug, kein Wunder, dass der Laden nicht mehr laufe.

Eins führte zum anderen. Ich kann gar nicht mehr erklären, wie es kam, sie wurde wieder laut, ich versuchte wenigstens das mit dem Anzug geradezurücken, es sei kein Geld da für einen neuen und die Probleme im Geschäft lägen woanders. Doch ich konnte nicht ausreden, immer wieder schnitt sie mir das Wort ab und schrie aus vollem Halse. Schließlich rief sie ihren Vater an, er solle sie abholen, und packte einen Koffer. Die Kinder standen in der Schlafzimmertür und ich schickte sie zurück ins Bett.

Sonst schreie ich ja nicht, nie, aber an diesem Abend verlor ich die Kontrolle. Ich hatte ihr ja nur eine Therapie vorgeschlagen, ich wollte es ja nur schön haben mit Marion.

Dann standen wir draußen vor der Garage und warteten auf ihren Vater und da war so eine Wut in mir, so eine ungeheure Wut, weil sie immer noch redete, ich weiß gar nicht mehr, was. Ich sagte, sie solle doch bitte endlich mal die Klappe halten, und sie sagte, sie lasse sich von mir gar nichts befehlen, und ich hatte ihr noch nie etwas befohlen, im Gegenteil, jeden ihrer Wünsche hatte ich versucht ihr zu erfüllen, und nun kam sie zeternd auf mich zu und ich gab ihr einen Schubs und sie torkelte gegen das Garagentor, dann bog ihr Vater um die Ecke. Er sprang aus dem Auto und sie ließ sich auf den Boden sinken und fing an zu weinen. Ich hatte sie seit Jahren nicht weinen sehen. Ihrem Vater sagte sie, ich hätte sie geschlagen.

Die Faust habe ich gar nicht kommen sehen, auf einmal lag ich in der Einfahrt und die beiden sind losgefahren, noch ehe ich mich hochrappeln konnte.

Ich habe sie nicht geschlagen, aber das glaubt mir jetzt keiner.

Laternenlicht

Freitags und samstags abends standen sie immer unter der Laterne an der Biegung der Hauptstraße, die Großen, oft auch unter der Woche. Sie tranken Bier, rauchten, redeten, manchmal kreiste eine Flasche Schnaps. Wenn Mädchen dabei waren, dann meistens solche, die ich noch nie bei uns in der Siedlung gesehen hatte.

Der erste Schluck, egal ob Schnaps oder Bier, wurde immer auf den Boden geschüttet. Auch der erste Zug aus einer Tüte wurde nach unten geblasen. Im Winter war es unter der Laterne immer glatt von dem gefrorenen Bier und die Erwachsenen fluchten tagsüber, doch an den Wochenendabenden gehörte dieser Platz den Jungs. Sie rauchten, die Flaschen in den behandschuhten Händen, schlitterten auf dem glatten Boden herum, manchmal krachte jemand gegen die Laterne und alle lachten.

Als wir elf, zwölf waren, wünschten wir uns dazuzugehören, doch wir wussten, dass sie uns in zwei, drei Jahren nicht mehr wegjagen würden. Damals machte ich mir keine Gedanken darüber, warum sie nicht in einem windgeschützten Hauseingang tranken, im Park oder einfach an der Bushaltestelle. Ich wollte einfach nur dabei sein.

Auch später, als wir endlich bleiben durften, stellte ich mir die Frage nicht. Wir trafen uns an der Laterne, das war der Ort, und niemand wäre auf die Idee gekommen, daran etwas zu ändern. So lange hatten wir darauf gebrannt, endlich dort stehen zu dürfen, da wären wir nicht woanders hingegangen.

– Ihr seid jetzt alt genug, ihr dürft dabei sein, aber keine Frauen bei uns aus der Siedlung, sagte Matko, den wir nicht nur dafür bewunderten, dass er alle paar Wochen eine neue gutaussehende Freundin hatte, aus der er sich offensichtlich nicht viel machte. Ein guter Hund beißt nicht in seinem eigenen Dorf, sagte er immer. Doch keiner erklärte, warum der erste Schluck immer auf den Boden gegossen wurde und warum es immer die Laterne sein musste.

Matko verschwand von einem Tag auf den anderen und jeder erzählte einem etwas anderes. Er sei im Knast, im Krankenhaus, in Albanien, nach Hamburg gezogen, um dort auf dem Kiez zu arbeiten, gestorben. Nicht mal sein Bruder konnte sagen, wo er war. Matko verschwand und tauchte nie wieder auf. Die erste Zeit redeten wir ständig über ihn, wenn wir unter der Laterne standen, ungefähr so lange, bis klar war, dass Ninko seinen Platz einnehmen würde.

Das eine oder andere Mädchen konnte ich später überreden, mit mir zu kommen, selbst wenn ich nichts mit ihr hatte, doch die meisten kamen nur einmal. Ich wusste nicht, wie man an Frauen herankam, wie Matko das immer geschafft hatte. Ninko schien ebenfalls keine Schwierigkeiten zu haben, auch wenn es lange nicht so viele waren wie bei Matko.

Wenn wir lange genug da gestanden hatten, wenn ausreichend Joints gekreist waren, fuhren wir manchmal in die Stadt und benahmen uns genauso wie unter der Laterne: als würde die Welt uns gehören.

Reyhan, die erste Frau, mit der mehr lief als nur fummeln, sagte irgendwann nach einer halben Flasche Martini:

– Ich bin eifersüchtig auf diese Jungs, mit denen du rumhängst, weißt du das?

– Eifersüchtig, lachte ich, wir sind doch nicht schwul, das sind meine Freunde.

– Du bist gar nicht du selbst, wenn du mit ihnen zusammen bist, sagte sie.

Ich war genauso wenig ich selbst, wenn ich mit ihr zusammen war, aber das ahnte sie wohl nicht und ich hielt meinen Mund und ging dazu über, mich nachmittags mit Reyhan zu treffen. Bis ihr das nicht mehr genug war, dann suchte ich mir ein neues Mädchen, was ziemlich lange dauerte.

Einige Jahre später heiratete Shabaz als Erster von uns und verbrachte die Wochenenden mit seiner Frau in dieser winzigen Wohnung, für die sein Gehalt im dritten Ausbildungsjahr gerade mal so reichte. Seit wir dreizehn waren, hatten Shabaz und ich uns täglich gesehen und jetzt beneidete ich ihn zwar darum, dass er jeden Tag ungestört ficken konnte, aber ich hätte nicht mit ihm tauschen mögen.

Die Älteren verschwanden nach und nach, heirateten auch, zogen weg, saßen ein, wurden reich, irgendetwas. Es ist nicht jedermanns Sache, bei sieben Grad unter Null zwei Stunden unter einer Laterne an der Biegung der Straße zu stehen, wenn man Geld hat, im Warmen zu trinken.

Einen ganzen Winter stand ich dort, jeden Freitag und Samstag und oft genug auch unter der Woche, einen Winter, in dem mein Husten einfach nicht besser wurde und der Wodka mich nicht mehr wärmen konnte.

Die Älteren gingen, Jüngere kamen nach und auch wenn wir uns über einstige Helden lustig machten, es wäre seltsam gewesen, wenn sie geblieben wären, bis sie fünfundzwanzig waren. Irgendwie dachten wir, wir würden immer so jung bleiben. Älter werden kam uns vor wie ein Fehler, den nur die anderen begingen.

Eines Tages im Sommer stand ein Typ auf der anderen Straßenseite und beobachtete uns. Er verharrte einfach reglos auf dem Bürgersteig und sah eine ganze Zeit lang zu uns herüber, bevor er schließlich die Fahrbahn überquerte. Ich konnte es nicht schätzen, aber es war klar, dass er weit über dreißig war. Wahrscheinlich auch über vierzig.

– Hallo, sagte er.

Wir hörten auf zu reden und sahen ihn alle an. Seine Augen waren klein und fast so schwarz wie seine Haare. Er trug ein kurzärmeliges graues Hemd über weiten olivfarbenen Hosen. An den Füßen hatte er Skaterschuhe, aber er wirkte nicht, als würde er verzweifelt auf jung machen. Er wirkte auch nicht, als wolle er sich mit uns anlegen. Er sah traurig aus. Aber irgendwie auch so, als würde er immer so aussehen.

– Hallo, sagte Ninko, willste ein Foto von uns oder warum starrst du schon die ganze Zeit hier rüber?

– Nein, sagte der Mann, ich will kein Foto.

– Bist du ein Bulle, oder was?, fragte Shabaz' kleiner Bruder Afshin, der zwar erst seit dem Frühling mit uns dort stehen durfte, aber eine große Klappe hatte. Lässig zündete er sich einen Joint an und blies den Rauch gen Boden.

– Nein, sagte der Mann, holte Zigaretten und ein Zippo aus der Hemdtasche. Ich heiße Mickey. Ich habe früher auch ne Zeit lang hier gestanden.

Ich weiß nicht, was er hatte, dass wir alle bereit waren ihm zuzuhören. Ich weiß nicht, wie er das machte, dass er nur die Hand ausstreckte und jemand gab ihm ein Bier. Er machte es mit seinem Schlüssel auf, hob die Flasche, goss den ersten Schluck auf den Gehweg und trank dann. Es sah nicht mal so aus, als würde er uns etwas nachmachen oder sich einschleimen wollen.

– Wenn ich euch fragen darf: Warum steht ihr hier?

– Was geht dich das an?, hätte Ninko eigentlich sagen müssen, wir stehen hier, weil es uns passt. Hast du ein Problem damit, oder was?

Aber da war eben etwas an diesem Mickey, dass er es nicht sagte.

– Wir stehen halt hier, antwortete er stattdessen.

– Aber warum ausgerechnet hier?

– Ist halt so.

– So, so ... Ist halt so. Und warum kippt ihr das Bier auf den Boden?

– Weil wir das immer machen. Um die Toten zu ehren.

– Welche Toten?

– Na, die Toten halt. Die, die nicht mehr leben, weißt du?

– Welche Toten?, wollte Mickey noch einmal wissen.

– Die, die gestorben sind.

– Schon mal von Nenad gehört?

– Nein ... Wer soll das denn sein, dieser Nenad?

– Nenad ... mein Freund.

Mickey ging auf die Laterne zu, drehte sich dann um, lehnte sich mit dem Rücken dagegen und ließ sich langsam in die Hocke sinken, die Zigarette im Mund.

Es war Ninko, der sich als Erstes auf den Boden setzte. Irgendwie hatten wir Respekt vor diesem fremden Typen. Als wir alle um ihn herum saßen, nahm er einen langen Schluck aus der Flasche und schüttelte dann den Kopf, als würde er über etwas nachdenken, das ihm nicht passte.

– Nenad und ich waren Freunde. Wir haben alles zusammen gemacht, alles. Da waren wir so alt wie ihr, aber auch schon, als wir jünger waren. Einmal ... einmal hatte ich Ricardo das Mädchen ausgespannt und sie hat sich mit mir im Wäldchen hinter der Post verabredet.

Wir nickten, wir kannten das Wäldchen.

– Es war Sommer und ich dachte, sie wollte es in den Büschen mit mir machen. Erst als ich ankam, habe ich geschnallt, dass irgendetwas nicht stimmt. Elena war ganz komisch und dann habe ich sie schon zwischen den Bäumen gesehen, Ricardo und seine Jungs.

Als ich eine Woche später aus dem Krankenhaus kam, hatte Nenad alle einzeln verprügelt. Und kein Wort darüber verloren. Meine Schwester hat es mir erzählt. Der hat seinen Job verloren, weil er nicht hingegangen ist, sondern irgendwo diesen feigen Säcken aufgelauert hat. Im Herbst haben sie uns dann drangekriegt, sie waren zu fünft, aber wir haben auch gut ausgeteilt. Wenn wir baden gegangen sind, dann zusammen, wenn wir obenauf waren, dann auch zusammen. Ich habe mich damals nie einsam gefühlt, nie. Ich habe erst später gelernt, was das überhaupt ist. Und wenn alles den Bach runterging, Nenad und mich konnte nichts trennen, er war mehr als ein Bruder, er war die einzige Familie, die ich hatte.

Nenad, der hat immer sonntags geschlafen, das war unglaublich. Hat nie geschwänzt, ist immer in die Schule, hat danach Hausaufgaben gemacht und ist dann zum Jobben in diesen Burgerladen, manchmal bis nachts, manchmal nur bis abends, und dann sind wir noch um den Block und waren meistens erst um eins, zwei zu Hause und Nenad ist um halb acht aufgestanden und saß um acht in der Schule. Und trainieren ist er auch noch gegangen, jeden Tag vor der Arbeit, und wenn es nur zwanzig Minuten waren. Der konnte fünfundachtzig Kilo drücken. Samstag hat er tagsüber Burger gemacht und nachts war er mit uns draußen, bis Sonntagmorgen. Dann hat er sich hingelegt und hat einfach bis von Sonntagmorgen bis Montagmorgen durchgeschlafen. Der war echt hart im Nehmen, nie gefehlt in der Schule, nie krank gewesen, nie Training ausfallen lassen, seit er fünfzehn war immer einen Job gehabt. Der hat mich irgendwie auch mitgezogen, wenn er nicht gewesen wäre, hätte ich die Schule nicht geschafft und wäre versumpft. Dabei hat er nicht mal was gesagt, er war einfach da, wir waren Freunde und wenn ich gesehen habe, was er alles packt, dann habe ich mich auch hingesetzt und mich bemüht. Aber es hat ja nichts gebracht.

Nenad hat geackert wie ein Tier, ohne dass der Spaß zu kurz kam. Der hatte schon vor seiner Führerscheinprüfung ein Auto, einen Fiesta, und damit sind wir dann immer rumgefahren, als er durfte. Wir hatten nur ein Tape. Es war immer dasselbe, wenn wir irgendwohin sind, auf eine Party, in die Stadt, irgendwohin feiern, wir haben auf dem Hinweg das *Theomania*-Album von Cassandra Complex gehört. Auf dem Heimweg lief immer *Miami* von Gun Club. Auf der Hinfahrt die eine Seite, auf der Rückfahrt die andere. Immer. Und es wurde nie langweilig. Mehr brauchten wir nicht, ein Tape, ein altes Auto, Zigaretten, Nenad und ich. Irgendwann war die Kassette durchgenudelt und wir haben die gleiche noch mal aufgenommen. Und nie haben wir auf dem Hinweg Gun Club gehört oder auf dem Rückweg Cassandra Complex. Nie. Wir waren jung, aber ich wusste, dass mein Leben ohne ihn nur die Hälfte wäre. Nenad und ich, im Fiesta, wenn ich heute daran denke, kann ich mir nichts Schöneres vorstellen. Fast zwei Jahre ging das so. Mal waren andere auf der Rückbank, mal nicht, aber wir zwei, wir gehörten einfach zusammen.

Er nahm noch einen langen Schluck von seinem Bier und sah dann Micha an, der den Jägermeister gerade in der Hand hatte. Micha reichte ihm die Flasche, er drehte den Verschluss auf, kippte einen Schluck auf den Boden und nahm dann einen ordentlichen Zug.

– Es lief *Mother of Earth*. Rückfahrt. Wir waren ein Stück vor dieser Kurve hier und haben mitgesungen, *I've gone down the river of sadness*, ausgerechnet das. Ich habe es nie wieder gehört. Nenad hatte nicht mal getrunken. An dem Fiesta lag es auch nicht. Es war der andere Wichser in seinem Fiat, der muss echt schnell gefahren sein, aber der konnte eigentlich auch nichts dafür. Der fuhr hinter uns und dann gab es einen Knall, genau bei *oh, my dark-eyed friend* und dann noch einen und als Nächstes stehen wir an diesem Laternenpfahl hier. Die Musik war aus. Dem Fiat war der Reifen geplatzt, er war gegen uns gekracht und wir gegen die Laterne. Das wusste ich aber damals noch nicht. Ich habe zu Nenad rübergeschaut, der sah eigentlich ganz normal aus, nur dass ihm ein Faden Blut aus dem Mundwinkel lief und er stur geradeaus sah.

Nenad, habe ich gesagt und er hat den Mund aufgemacht, aber was rauskam, sah aus wie eine Seifenblase. Aus Blut. Ich konnte mich bewegen, aber die Tür ging einfach nicht auf.

Nenad, alles klar bei dir, habe ich gesagt und ihn gerüttelt. Es kamen noch zwei Blasen. Dann hat er Mickey gesagt.

Das war sein letztes Wort.

Als ich aus dem Krankenhaus raus war, habe ich viel hier an der Laterne gesessen. Die ersten zwei Jahre hat hier eine Kerze für ihn gebrannt. Immer. Und Nenad zu Ehren habe ich den ersten Schluck auf den Boden geschüttet. Mein Leben war auf einmal weniger als die Hälfte. Die anderen sind auch mit mir hierher. Nenad hat eigentlich jeder gemocht. Manchmal habe ich gedacht, dass es hätte viel schlimmer kommen können. Ich hätte am Steuer sitzen können und trotzdem wäre es Nenad gewesen, der stirbt. Ich weiß nicht, was ich dann getan hätte.

Das ist jetzt dreiundzwanzig Jahre her, die meisten von euch waren nicht mal geboren, als er starb. Aber wegen ihm steht ihr hier. Und ihr wisst es nicht mal. Die ganze Siedlung hat es vergessen, wie es scheint.

Er nahm noch einen Schluck, stellte die leere Flasche auf den Boden und glitt mit dem Rücken an der Laterne wieder hoch.

– Warum bist du weg von hier?, fragte ich.

Er sah mich an. Zuerst sah es so aus, als wollte er antworten, aber dann zuckte er nur mit den Schultern.

– Irgendwie ist es trotzdem schön, dass ihr hier seid, sagte er. Macht's gut.

Die anderen sagen, sie haben ihn nie wieder gesehen. Vielleicht hat er uns auch nur eine Geschichte erzählt, ich weiß es nicht, niemand von den Alten scheint sich zu erinnern. Ich würde Nenad gerne ehren, aber es geht irgendwie nicht. Es geht einfach nicht. Ich treffe mich nicht mehr unter der Laterne.

Verdachtsmomente

Manche Männer wollen immer in der Oberliga spielen. Sie lügen nicht, betrügen nicht, hintergehen niemanden, klauen nie, sind treu, hilfsbereit und vorbildhafte Väter. Sie rasten nicht aus und geraten nicht aus Jähzorn in Schwierigkeiten. Sie halten sich gerne für etwas Besseres. Das ist der ganze Gegenwert, den es dafür gibt. Der Glaube, zu einer Elite zu gehören. Eine andere Belohnung werden sie nie bekommen. Ihr Leben lang werden sie sich anstrengen, um in dieser Oberliga zu bleiben, sie werden straucheln und von Gewissensbissen geplagt werden. Und irgendwann werden sie sterben so wie ich auch und auf der anderen Seite wird es keine Orden geben, die sie sich ans Jackett heften können.

Einige werden sich vielleicht gegen Ende fragen, ob es das wert war, so gegen die eigene Natur zu leben. Sich selbst zu unterdrücken, als würden das nicht schon genug andere versuchen. Der Mensch ist nicht edel, jeder, der etwas anderes glaubt, sollte mal ein Geschichtsbuch zur Hand nehmen oder einfach nur ehrlich zu sich selbst sein.

Frauen haben ein Gespür dafür, wenn der Mann fremdgeht. Ein- oder zweimal oder auch zehnmal kannst du es vielleicht noch verbergen, das kommt darauf an, wie sehr du glaubst, edel sein zu müssen. Es ist leichter, ohne schlechtes Gewissen zu lügen. Viel leichter.

Doch wenn du eine Affäre hast, die sich über Monate hinzieht, wird deine Frau Verdacht schöpfen. Da führt meist kein Weg dran vorbei. Letztes Jahr auf der Firmenfeier hat Susanne Celia gesehen. Seitdem beschuldigt sie mich, ein Verhältnis mit ihr zu haben. Ich war schon beeindruckt, wie sie das gewittert hat, obwohl Celia und ich uns an dem Abend nicht mal in die Augen gesehen haben, aber auch nicht Kontakt vermieden. Susanne hat, wie fast jede Frau, eine gute Intuition. Doch das hält mich nicht ab. Ich leugne.

Denn es gibt keine Beweise. Ich bin kein Feld-, Wald- und Wiesenlügner. Ich bin nicht jemand, der mal eine Affäre hat und dessen Hormone dann hochkochen, dass er den Kopf verliert. Niemand, der Gefahr läuft, wegen ein wenig Sex gleich sein ganzes Leben umkrempeln zu müssen, mit Geflenne und Beschuldigungen, mit Anwalt und Gerichtsterminen, mit Verpflichtungen und Unter- haltszahlungen.

Ich habe Susanne gesagt, dass sie sich irgendetwas zusammenspinnt und wir haben guten Sex gehabt nach der Firmenfeier. Aber sie hat immer wieder von Celia angefangen und mich beschuldigt, jede Überstunde, jede Feierabendschlange im Supermarkt, jeden Stau musste ich lückenlos belegen können. Und das habe ich getan, manchmal geduldig, manchmal genervt, aber immer arg- los erscheinend. Dass sie einer fixen Idee aufsitzt, habe ich versucht Susanne zu erklären, aber sie schien sich verbis- sen zu haben in die Idee, mich zu überführen.

Vielleicht würde das andere Männer dazu bringen, ihre Affäre zu beenden, aber ich habe es mehr als sportlichen Wettkampf betrachtet. Ich war so lange unschuldig, bis sie mir das Gegenteil beweisen konnte. Und das war schwer.

Ich bin nicht blöd. Es gibt Männer, die speichern die Nummer ihrer Affäre in ihrem Mobiltelefon unter einem Männernamen. Damit die Frau beim Herumspionieren keine eindeutigen SMS findet. Solche durchschaubaren Manöver gehören nicht zu meinem Repertoire. Es ist egal, wo und wie eine SMS versteckt wird, sie könnte immer durch einen Zufall von der Ehefrau gefunden werden. Also gibt es keine SMS zwischen Celia und mir. So einfach ist das. Auch keine Emails. Nichts Schriftliches.

Susanne hält Vorträge über Ernährung. Es gibt auch Frauen, die wollen immer in der Oberliga mitspielen, wollen für immer schlank sein und jung aussehen, sie wollen einen Hintern, der aussieht wie der eines siebzehnjährigen Fußballers mit Profiambitionen und nicht wie der einer erwachsenen Frau. Celia isst, wenn sie Hunger hat. Susanne trinkt ein Wasser und arbeitet an ihrem nächsten Vortrag. Sie wird wahrscheinlich nie wieder eine Mousse au Chocolat essen, ihr Brot nie wieder in Olivenöl tunken und um Zucker immer einen großen Bogen machen. Sie wird halbverhungert sterben, weil es Genuss ohne Reue nicht gibt, wenn man seine Zeit damit verbringt, Bedürfnisse zu unterdrücken.

Ein ganzes Buch hat Susanne geschrieben über ihre Ernährung und nun fährt sie manchmal in eine Kleinstadt und sitzt dort vor dicklichen Damen und tut so, als könnte sie ihnen mit ihrem Leben weiterhelfen.

Ich habe mich nur mit Celia getroffen, wenn Susanne auf Vortragsreise war. Und auch da bin ich nicht dumm. Es kann nicht passieren, dass sie nach Hause kommt, weil eine Veranstaltung ausgefallen ist, und ich in Erklärungsnot gerate. In Susannes Papieren nachzuschauen, in welchem Hotel sie schlafen wird, ist ein Leichtes. Wenn sie abends ihren Vortrag hält, rufe ich im Hotel an und frage nach ihr. Wenn sie noch nicht eingecheckt hat, weiß ich, dass etwas faul sein könnte. Das ist schon passiert. Dann kommt sie nach Hause und findet mich mit einer Flasche Bier und Erdnüssen vor dem Fernseher oder am Schlagzeug. Wenn sie eingecheckt hat, dann ist sie nicht da und ich bitte die Rezeption nicht zu sagen, dass ich angerufen habe, weil es eine Überraschung sein soll. Dann wähle ich Celias Nummer und sie kommt vorbei. Lässt sich von einem Taxi an dem Wald absetzen, der gleich hinter unserem Haus beginnt. Zehn Minuten muss sie dann zu Fuß gehen und ich glaube, keiner unserer Nachbarn hat sie je gesehen.

Jeder Mann sollte ein Hobby haben. Auch wenn er sich für nichts interessiert. Ich habe früher in einer Band Schlagzeug gespielt und wir haben im Keller einen schallisolierten Raum, in dem mein Schlagzeug steht. Das ist mein Reich.

Manchmal spiele ich dort. Aber meistens vögeln Celia und ich auf dem Sofa im Schlagzeugzimmer. Dort leuchtet auch eine Glühbirne auf, sobald die Haustür aufgeht. Für den Fall der Fälle. Der noch nie eingetreten ist. Ich bin nicht in flagranti zu ertappen.

Solange Susanne keine Beweise hat, bin ich unschuldig und streite alles ab. Doch Susannes Verdächtigungen und Anschuldigungen häuften sich und auch meine Geduld hat mal ein Ende.

Vor der nächsten Firmenfeier habe ich Celia gesagt, dass sie vielleicht nicht kommen sollte, weil Susanne etwas ahnt. Wir vögelten seit weit über einem Jahr und natürlich wusste ich, dass sie doch kommen würde und dass sie sauer auf mich sein würde. Der Mensch ist nicht dafür gedacht, in der Oberliga zu spielen. Das mag eine Zeit lang ganz interessant sein, aber ähnlich wie beim Leistungssport sollte man wissen, dass es auch eine Zeit danach gibt.

Was den Menschen vom Tier unterscheidet, ist nicht nur dieser absurde Wunsch in der Oberliga zu spielen, sondern auch die Möglichkeit, bei der Befriedigung seiner Bedürfnisse vorausschauend zu handeln.

Die Firmenfeier fand dieses Jahr aus Kostengründen in unserer Kantine statt und ich nahm nach drei Drinks Nathan beiseite. Das ist unser Praktikant und es war mir klar, dass der nichts anbrennen ließ. Ich legte ihm den Arm um die Schulter, ließ meine Stimme ein wenig verwaschen klingen und sagte, ich hätte beobachtet, wie Celia ihm begehrliche Blicke zuwirft. Es ginge mich ja nichts an, aber es schien mir der richtige Abend und die richtige Stimmung zu sein, um sein Glück zu versuchen.

Nathan machte seine Sache gut und Celia war ohnehin sauer auf mich. Als sie nach oben in eines der Büros verschwanden, ging ich zu Susanne und sagte, ich sei mal kurz Zigaretten holen.

Als ich zwanzig Minuten später wiederkam, sah Susanne sehr erhitzt aus und biss in eine Schnitte mit Mett.

– Was ist passiert?, fragte ich.

– Nichts, sagte sie. Nichts.

Ich sah auf das Mettschnittchen und insistierte.

– Irgendetwas ist doch.

– Ich habe mich in der Tür geirrt und bin in eine intime Situation hineingeplatzt, sagte sie und legte die halb gegessene Schnitte weg und griff nach der Flasche, um sich Sekt nachzufüllen.

Das hast du nun von deinem krankhaften Misstrauen und deiner elenden Spionage. Das sagte ich nicht. Ich zuckte mit den Schultern und murmelte etwas von, kann jedem mal passieren.

Celia hat es mir später ausführlich erzählt. Sie saß gerade auf Nathan, als die Tür aufging. Susanne konnte wohl nicht sofort erkennen, wer unten ihr lag, und hat meinen Namen geschrien und Nathan hat den Kopf gehoben und Susanne ist augenblicklich rot geworden wie eine Signalleuchte und ist stammelnd aus der Tür.

Die Beschuldigungen haben aufgehört, aber ich bin nun nicht weniger vorsichtig.

Es gibt Männer, die wollen hoch hinaus. Ich habe ja auch mal davon geträumt, Rockstar zu sein. Aber wenn wir ehrlich sind, einige Schäferstündchen im Schlagzeugzimmer reichen mir, ich will nicht bewundert werden. Ich war ohnehin kein guter Schlagzeuger, ich bin stets schneller geworden. Auf dem Sofa ziehe ich gegen Ende auch immer das Tempo an, aber es endet in einem zuckenden Glück, das Applaus, Edelmut und Orden nicht bieten können. Der Lohn einer Tat ist die Tat. Mehr gibt es nicht. Aber lass die anderen ruhig weitersuchen.

Boxen und Nähen

Erst seit einigen Jahren sind die Winter so mild. Früher gingen die Leute kaum auf die Straße, Anfang November wurden die Gänse geschlachtet und gepökelt und beim ersten Schnee sind wir auf den Hügeln Schlitten gefahren, bevor es zu kalt dafür wurde, aber manchmal sind wir auch bei minus zwanzig Grad noch auf Schlittschuhen die Hauptstraße runtergeschossen. Es geht ja bergab und es gab oft Verletzungen.

Es war eine kleine Stadt damals, jeder kannte jeden und wenn du hier entlanggegangen bist, wurde dauernd gegrüßt. Die Menschen waren gut angezogen in jenen Tagen, die Männer trugen alle einen Anzug, selbst wenn sie nur ein Brot kaufen gingen, und auch die Frauen waren herausgeputzt.

Wir hatten hier fünf Kinos, heute gibt es kein einziges mehr, heute sitzen die Menschen in Jogginghosen vor ihrem Fernseher und sehen sich Shows an, die diesen Namen nicht verdienen, und Serien mit Darstellern, die nie lernen dürfen zu schauspielern, weil sie sonst auffallen würden.

Dafür müssen die Menschen aber auch nicht mehr raus in die Kälte, wenn sie im Winter Unterhaltung wollen.

Damals, als ich so dreizehn war, habe ich angefangen, jeden zu boxen. Was sollte ich machen? Mein Blut wurde wild, ich war ständig auf hundertachtzig, in der Schule hörte ich nicht mehr zu und machte auch keine Aufgaben mehr. Ich war draußen. Man findet immer das, was man sucht. Ich war auf Streit aus.

Zuerst waren da viele, die sich mit so einem Steppke anlegen wollten, aber ich habe jeden geboxt. Jeden. Auch die, die zwei, drei, vier Jahre älter waren, habe ich umgehauen. Ich hatte in der Scheune einen Reissack mit Sand gefüllt und übte jeden Tag. Ich habe es auch meinen Brüdern beigebracht und Şahin ist ja dann auch Landesmeister geworden.

Ich habe jeden geboxt und mit jedem Sieg wurde ich größer, meine Schultern wurden breiter, ich bin die Hauptstraße entlangstolziert und jeder kannte meinen Namen, auch die älteren Männer. Die Siege sind mir zu Kopf gestiegen, mein Blut war ohnehin schon wild und dann noch dieser Stolz und die Stunden an dem Sandsack. Sogar gegen den Lehrer habe ich dann die Hand erhoben. So bin ich von der Schule geflogen. Da war ich vierzehn.

– Du wirst eine Lehre anfangen, hat mein Vater entschieden, aber ich habe mich nur draußen herumgetrieben, habe geraucht und mir die Haare wachsen lassen.

– Ich warne dich, hat mein Vater gesagt, ich warne dich, du musst eine Lehrstelle finden, das gibt es in meinem Haus nicht, diese Herumtreiberei. Ein Mann muss arbeiten für seinen Lebensunterhalt. Der Kopf kann nicht nur vom Schlagen erhoben getragen werden, hast du verstanden?

– Ja, habe ich gesagt, ja.

Und habe weiter geraucht und geboxt. Aber geboxt habe ich schon weniger, es wollte sich niemand mehr mit mir anlegen. Morgens habe ich mich um meine Haare gekümmert, bis sie richtig lagen. Brillantine war teuer, aber ich habe ein wenig Geld verdient mit kleinen Diensten. Nein, nichts Schlimmes. Damals kannte jeder jeden und es war eine anständige Stadt. Jetzt gibt es keine Kinos mehr, aber dafür Bordelle und Bullen und Taschendiebe, Zuhälter und Trickbetrüger. Und niemanden mehr, den man für eine kleine Besorgung entlohnen würde.

Ich war der König der Straße, den ganzen Tag bin ich die Hauptstraße hoch und runter und habe an Ecken gestanden mit einem Zahnstocher im Mund, als hätte ich Fleisch gegessen. Da waren Jungen, die mich bewunderten und von mir Boxen lernen wollten. Ich habe geraucht und mich immer wieder um meine Haare gekümmert, mehr wollte ich gar nicht.

– Du hast keine Lehrstelle, oder?, hat mein Vater gefragt. Das war vier Wochen nach seiner Warnung. Meistens kam ich erst nach Hause, wenn er schon im Bett lag. Ich habe vorsichtig genickt.

Er hat mich vermöbelt. Er hat mich richtig vermöbelt. Ich lag schon auf dem Boden und habe geblutet, da hat er auf mich eingetreten. Mein Vater hat auf mich eingetreten und gesagt:

– Du wirst eine Lehrstelle finden. Ich dulde diese Verwahrlosung nicht.

Und obwohl ich ihm versprochen habe, eine Stelle zu finden, hat er wieder und wieder zugetreten.

Der Anzug war hinüber, mein Gesicht war ganz geschwollen, ein Auge lila und überall hatte ich blaue Flecken. Zum Glück war er barfuß, aber er hat getreten, als wolle er einen Elfer verwandeln. Das war das einzige Mal, dass er mich so vermöbelt hat.

Acht Tage bin ich nicht auf die Straße gegangen, meine Mutter hat meine Wunden mit Salbe versorgt und ich habe mich von meinem Vater ferngehalten.

Ich hatte ihm mein Wort gegeben, als ich am Boden lag. Also habe ich dann angefangen mich umzuschauen.

Metzger? Den ganzen Tag lang dieser Geruch, die Eingeweide ausnehmen und immer einen Kittel tragen? Das war nichts für mich. Friseur? Dauernd Menschen bedienen, ob man sie mag oder nicht, ihnen so nahe kommen, ohne sie zu schlagen? Ne. Kaufmann? Dafür war ich nicht gut genug mit Zahlen. Bäcker? Da musste man so früh aufstehen.

Ich wollte eine Lehrstelle und ich hatte ein Wort zu halten, aber nichts gefiel mir. Zwei Tage lang bin ich durch die Straßen gelaufen, habe geguckt und überlegt.

Nichts schien richtig für mich, aber noch so eine Tracht Prügel halt auch nicht. Ich war schon ganz verzweifelt, als ich den Gehilfen des Schneiders vor dem Laden stehen sah. Er trug einen schicken Anzug, einen schwarzen, der Stoff glänzte matt, mit den Bügelfalten hätte man sich rasieren können, er trug eine schmale Krawatte und rauchte eine Zigarette. Seine Haare waren fast so lang wie meine.

Weil er so dort stand und rauchte, bin ich in den Laden. So bin ich Schneider geworden. Dreiundvierzig Jahre lang habe ich genäht. Ein paar Jahre habe ich nebenbei noch die Boxschule gehabt. Ja, sieh dir meine Nase an, dreimal war die gebrochen, heute schläft meine Frau in einem anderen Zimmer, weil ich so schnarche.

Dreiundvierzig Jahre, nur weil der Geselle des Schneiders vor der Tür stand und rauchte. Mein Blut war wild damals, aber es geht allen Menschen so, sie fallen herein auf die Bilder des Lebens. So wie wir früher immer von den Filmen enttäuscht waren, deren Bilder im Schaukasten nach mehr ausgesehen hatten.

Und dann wird die Stadt größer, werden die Winter milder und keiner kennt mehr den anderen, die Gänse schmecken nicht wie früher, aber es ist immer noch schön, auf der Straße zu stehen und sich die Zeit mit Worten zu vertreiben. Das ist besser als Boxen oder Nähen.

Was ist gerecht
oder Uta Lampes Ex

Es sah so aus, als gäbe es Gerechtigkeit auf der Welt. Es sah so aus, als würde sich alles wenden.

Ich stand gegen eine Scheibe gepresst in der vollen Straßenbahn und auf der anderen Seite der Scheibe saß Astrid mit dem Rücken zu mir. Ich konnte das Display ihres Smartphones sehen und sie bekam gerade eine SMS von Uta. Noch nie hat jemand versucht, so schnell eine Nummer auswendig zu können. Und den Text konnte ich auch noch lesen: 19.30 vor dem Lichtkasten? lg, U.

Ich stieg an der nächsten Haltestelle aus, im Kopf ständig diese Nummer wiederholend, mein Herz schlug schneller, ich unterdrückte meine Nummer und tippte zitternd die Ziffern ein. Es ging niemand ran.

Nervös ging ich zum Münzfernsprecher, aber steckte das Geld dann doch wieder in die Tasche und drehte eine Runde. Vielleicht würde sie misstrauisch werden, wenn zu kurz hintereinander zwei Anrufe kamen, einer anonym und einer mit unbekannter Nummer.

Vor dem Lichtkasten. Das war vielleicht heute. Oder morgen. Oder übermorgen. Wenn ich mir die Nummer falsch gemerkt hatte, hatte ich noch eine Chance.

Ich zündete mir eine Zigarette an, dieses Luder, sie hatte natürlich nicht damit gerechnet, dass ich ihre Freundin in der Bahn sehen würde, von hinten und unbemerkt, mit Mobiltelefon in der Hand.

Ich hatte noch nicht ganz aufgeraucht, als ich die Nummer in den Münzsprecher tippte.

– Lampe.

Sie war es. Uta. Ich hatte mir nicht überlegt, was ich sagen wollte und nun schwieg ich eine Sekunde zu lang.

– Hallo?

– Hallo Uta.

– Simon?

– Simon. Was hast du dir eigentlich gedacht? Einfach so zu verschwinden. Findest du das richtig?

Sie legte auf.

Neues Telefon, neuer Job, wahrscheinlich hatte sie auch einen neuen Mann, aber es sah so aus, als gäbe es Gerechtigkeit.

Um zwanzig nach sieben stand ich so, dass ich den Eingang des Lichtkastens sehen konnte, ohne selber gleich bemerkt zu werden. Ich rauchte auch nicht. Du darfst dich nicht bewegen, darauf reagieren die Menschen am schnellsten, auf Bewegungen, noch dazu vertraute aus dem Augenwinkel, du darfst nicht mal die Hand aus der Tasche nehmen.

Astrid kam pünktlich. Also schon mal der richtige Tag. Ich hatte Glück. Uta kam wie üblich zehn Minuten zu spät. Sie würde es nie lernen.

Als sie dann zwei Stunden später aus dem Kino kamen, gingen sie ins Aquarium, eine Kneipe, in der es nur Flaschenbiere gibt und in die ich schon deshalb nie einen Fuß setze.

Anderthalb Stunden waren sie da drinnen, es war kalt, aber ich hatte noch Zigaretten und das Warten störte mich nicht.

Gemeinsam gingen sie zum Taxistand. So spät war es noch gar nicht, wahrscheinlich hatte Uta sich einen reichen Kerl geangelt und den würde sie genauso verarschen, wie sie mich verarscht hatte. Verarschen wollte.

Nach einer Viertelstunde Taxifahrt wusste ich, wo sie wohnte. Immerhin am anderen Ende der Stadt. Hatte sie geglaubt, wir würden uns nie über den Weg laufen? Hatte sie geglaubt, sie könnte sich vor mir verstecken und alle ihre Freundinnen gleich mit? Zwei Monate war es nun her, dass sie verschwunden war.

Zwei Monate, in denen ich mehr getrunken hatte als sonst, mehr Pornos gesehen hatte, öfter zu spät zur Arbeit gekommen war, härter gegen den Sandsack getreten hatte und beim Sparring auch schon mal durch unnötige Härte aufgefallen war. Zwei Monate, in denen ich alle möglichen Phantasien gehabt hatte, was Uta angeht. Zwei Monate, in denen ich mich gefragt hatte, ob sie ihre Kleider wohl nach und nach aus der Wohnung geschafft hatte oder alle auf einmal. Sogar ihren Föhn hatte sie mitgenommen und die Wattestäbchen, nichts von ihr war in der Wohnung geblieben. Kannst du dir vorstellen, wie man sich fühlt, wenn man abends nach Hause kommt und die Frau ist weg?

Am nächsten Nachmittag stand ich vor ihrer Haustür und wartete anderthalb Packungen lang. Ich war pünktlich auf der Arbeit gewesen, war aber den ganzen Tag unruhig und deshalb früher gegangen.

Ich stand im Hauseingang des Nachbarhauses und als Uta mich erblickte, trennten uns noch vier Meter. Der Ausdruck in ihrem Gesicht. Allein dafür hatten sich die zwei Monate fast schon gelohnt.

Sie drehte sich um und fing an zu rennen.

Oder das, was man rennen nennen könnte, wenn man keine Absätze anhätte. Nach wenigen Schritten schon fasste ich sie am Oberarm und drehte sie zu mir.

– Lass mich los, sagte sie und ich tat ihr den Gefallen.

– Uta, sagte ich lächelnd, Uta, warum hast du gestern nur so schnell aufgelegt?

– Simon, es ist Schluss.

– Echt? Da wäre ich von selber gar nicht draufgekommen. Ich dachte, du wärst nur Zigaretten holen.

– Simon, lass mich mein Leben leben. Bitte.

– Dein Leben? Und was ist mit meinem? Glaubst du, da kann man einfach so reinplatzen und sich wieder verziehen, wenn man genug hat? Ohne den Anstand zu haben, wenigstens einen Abschiedsbrief zu schreiben? Oder wenigstens ein Post-it? Wer bin ich denn? Ich wollte auch mein Leben leben, weißt du? Aber du hast einfach alles durcheinandergebracht, bist holterdiepolter eingezogen, aber klammheimlich wieder aus. Uta, Uta, wie wäre es, wenn wir etwas trinken gehen und darüber reden?

– Simon, es gibt nichts mehr zu reden. Das war nicht die feine englische Art. Ich weiß. Es tut mir leid. Ich bitte dich um Verzeihung.

Sie setzte sich in Bewegung, wollte an mir vorbei, aber ich hielt sie erneut am Arm fest.

– Das war also nicht die feine englische, ja? Und dann sagt man, es tut mir leid und geht wieder, ja? Was glaubst du, was für eine Art Mann ich bin?

– Simon ... Es ... Ich war zu feige ... Bitte, lass mich gehen. Bitte.

Sie wurde lauter und Passanten drehten sich nach uns um und ich ließ sie los.

– Das wird dir noch leidtun, sagte ich. So einfach lasse ich mich nicht abservieren.

Abends habe ich dann mit einer falschen IP-Adresse einen Account in einem Sexkontakte-Forum eröffnet, ein Bild von Uta reingestellt, nichts Anzügliches, das wollte sie ja nie, und ich habe einen Text geschrieben von wegen nymphoman und notgeil, immer feucht und auch gerne sofortiger Telefonsex, 24 Stunden am Tag, 7 Tage die Woche. Und ihre Mobilnummer dazu. Habe ein P vor ihren Vornamen gestellt und ein Sch vor ihren Nachnamen.

Telefonnummern oder direkte Adressen werden gelöscht in solchen Foren, aber mit etwas Glück dauert das. Und da ich gerade dabei war, meldete ich Uta noch in einigen anderen Foren an.

Sollte sie sich doch wieder ein neues Telefon anschaffen, war mir doch egal.

Es war ihr so leicht gefallen zu gehen. So leicht.

Und es war am nächsten Tag fast genauso leicht, in ihre Wohnung zu kommen. Ich klingelte überall, jemand drückte auf, ich rief Werbung. Uta hatte die Wohnungstür nicht abgeschlossen. In den Monaten, in denen sie bei mir gewohnt hatte, hatte ich ihr immer wieder gepredigt, dass das eine schlechte Angewohnheit sei, aber manchen Frauen kann man nichts beibringen.

Es war ein Apartment mit Kochnische und damit sie nicht glaubte, es sei leicht sich freizumachen, klebte ich alles fest. Die Schuhe in den Schuhschrank oder auf das Laminat, den Tisch und die Stühle auf den Boden, den Klodeckel auf die Brille, die Butterdose in den Kühlschrank, die Fernbedienung auf den Couchtisch, die Zahnbürste in den Becher, die Gläser und Teller ins Regal, den Wecker auf die Kommode, das Besteck in die Schublade. Ich klebte die Türen des Kleiderschranks zu und die Schubladen der Kommode, ich klebte, bis ich die zwölf Tuben Sekundenkleber verbraucht hatte, dann ging ich grinsend zur Arbeit.

Abends rief sie an.

– Simon, schrie sie, Simon, wenn du dich noch einmal, noch ein einziges Mal auch nur in meine Nähe wagst, dann rufe ich die Polizei, hörst du, die Polizei.

– Ich war nicht in deiner Nähe.

Und ich hatte Handschuhe an und es hat mich niemand gesehen.

– Was ist denn passiert?, wollte ich wissen.

– Du weißt genau, was passiert ist.

– Ich weiß nur, dass ich gerne mit dir darüber geredet hätte, warum du ausgezogen bist, als würdest du aus einem kommunistischen Land flüchten.

Uta kreischte etwas, ich musste den Hörer etwas weiter weghalten und wenn ich richtig verstanden hatte, war der Name Stalin gefallen. Wenn jemand Vergleiche mit Hitler oder Stalin zieht, dann weiß man, dass die Diskussion gestorben ist.

– Ich möchte über deine feige Flucht reden, schrie ich dennoch, doch da übernahm Uta das Auflegen.

Aber so leicht lasse ich mich nicht abservieren. Erst hier monatelang mietfrei wohnen und dann versuchen sich in Luft aufzulösen. Ohne das geringste schlechte Gewissen. Nein, verarschen kann man nur einen Arsch und ich bin keiner.

Die Drohung mit der Polizei hatte mich auf eine Idee gebracht. Ich setzte mich an den Rechner und begann zu suchen. Man braucht ein wenig Geduld, man muss bereit sein Zeit zu investieren, man kann nicht einfach aufgeben, wie Uta es getan hat. Ich suchte und bald fand ich einen Russen, der mir einen PayPal-Account mit Guthaben verkaufte, den ich am nächsten Tag per Western Union bezahlte.

Nachdem er das Geld bekommen und mir die Zugangsdaten geschickt hatte, bestellte ich bei einem peruanischen Internethändler zwei Kilo Kokablätter, bezahlte per PayPal und gab als Lieferadresse Utas Namen, Straße und Hausnummer an.

Die Wahrscheinlichkeit, dass zwei Kilo unbemerkt durch den Zoll gehen, ist eher gering.

Mir mit der Polizei drohen. Das habe ich gerne. Drohungen sollte man nur aussprechen, wenn man weiß, wie Taten aussehen müssen. Zwei bis vier Wochen, dann würde Uta Ärger haben. Erklär mal, dass du das nie bestellt hast und dass du diesen Russen nicht kennst, der es bezahlt hat und dass du zwar einen Verdacht hast, aber deinem Ex-Freund kann man nichts nachweisen, nicht mal, dass er sich auf zwielichtigen Internetseiten rumtreibt, und auch keine Verbindung zu dem PayPal-Account, weil dieser Ex-Freund nicht nur seine Festplatte verschlüsselt hat, sondern auch noch weiß, wie man unerkannt surft.

Dieses Luder, dieses verdammte Luder, der werde ich zeigen, dass ich nicht der Mann bin, den man einfach so sitzen lassen kann.

Es dauerte sechs Wochen und in der letzten wurde ich schon langsam ungeduldig, ich trank wieder mehr, um schlafen zu können. Konnte es sein, dass die am Zoll ein Paket von zwei Kilo verpasst hatten? Konnte man denn niemandem mehr trauen auf dieser Welt?

Ich wollte Uta in dem Glauben wiegen, ich hätte mich damit abgefunden, dass sie weg ist, sonst hätte ich glatt angerufen und gefragt.

Doch am Ende der sechsten Woche rief sie an.

– Simon, da steckst du doch hinter, du elender Mistkerl.

– Wohinter? Was ist passiert?

– Stell dich nicht blöd.

– Ich stelle mich nicht blöd. Wie soll ich das verstehen, erst willst du nicht mit mir reden und dann rufst du an, weil irgendetwas in deinem Leben schief gelaufen ist.

– Simon. Ich warne dich. Entweder du bringst das in Ordnung oder du wirst es bereuen.

– Erst bist du so feige, ohne ein Wort auszuziehen, dann aber so mutig, mir zu drohen? Ist das eine Persönlichkeitsstörung? Wolltest du eigentlich deinen Therapeuten anrufen? Vielleicht hast du ja so ein bis zwei Dinger an der Waffel, von denen ich noch nichts weiß.

– Simon. Wie konnte ich ... Ach, vergiss es. Vergiss es einfach.

Sie legte auf.

Ich genehmigte mir eine Montecristo No. 3, goss mir einen achtzehn Jahre alten Chivas ein und legte *Alexis*

Texas is Buttwoman in das Laufwerk des Rechners und sah zu, wie der Arsch der Dame, der groß war wie ihr Nachname, penetriert wurde.

Zwei Fingerbreit, mehr trank ich an dem Abend nicht. Es ging mir gut.

Fast drei Monate lang ging es mir gut. Ich genoss das Junggesellendasein, schleppte Frauen ab, die genau so Dinger an der Waffel hatten wie Uta, aber schönere Namen. Ich nahm sie nicht mit zu mir und verschwand einfach vor Tagesanbruch. Drei Monate, in denen ich mir so einige Montecristos genehmigte und mit meinen Ersparnissen auch noch einen gebrauchten Porsche 911 leistete und mich fragte, was Utas Anwalt ihr geraten haben mochte.

Drei Monate. Dann passierte alles Schlag auf Schlag. Der Porsche brannte aus und als ich aus der Kneipe kam, wo ich den Frust darüber wegsaufen wollte, zog mir jemand eins über den Schädel und ich erwachte in einer Seitenstraße mit einer Platzwunde am Hinterkopf und Blutflecken auf Jacke und Hemd. Ich kam ein letztes Mal zu spät zur Arbeit, es galten keine Entschuldigungen mehr, nicht mal sieben Stiche, ich war untragbar für das Unternehmen, so der Junior Manager. Der wird sich noch wundern.

Uta, die verdammte Schlampe, ist zum zweiten Mal wie vom Erdboden verschluckt, wahrscheinlich hat sie dieses Mal die Stadt verlassen.

Es sah nur so aus, als gäbe es Gerechtigkeit.

Dachterrasse

Ein halbes Jahr ist es jetzt her, dass er mich um ein Gespräch gebeten hatte. Ein halbes Jahr, in dem ich jeden Tag pünktlich gekommen bin, gewissenhaft gearbeitet habe, keine Deadline verpasst und doch bei jedem dieser Meetings meinen Mund aufgemacht und meine Meinung gesagt habe.

Dass hier die linke Hand nicht weiß, was die rechte tut, dass es an interner Kommunikation mangelt, dass es den Leuten in den Führungspositionen viel zu offensichtlich an dem mangelt, was sie so modern Leadership Skills nennen. In jedem Meeting habe ich dezidiert gesagt, was meiner Meinung nach alles schief läuft. Nicht, damit sich etwas ändert. So blauäugig bin ich nicht mehr. Ich arbeite schon zwei Jahre in dem Laden. Nein, damit diese Damen und Herren nicht so tun können, als gäbe es all diese Probleme nicht, damit sie wissen, dass wenigstens einer nicht so dumm und leise ist, wie sie es gerne hätten.

Konfrontation heißt auch, dass man sich keine Fehler leisten kann, die warten ja geradezu auf Versäumnisse, auf Irrtümer, auf Unkorrektheiten, auf Mängel und Missgriffe. Doch ich arbeite nicht hier, weil ich auf nicht mehr ganz nachvollziehbare Weise auf einem Posten gelandet bin, den auszufüllen mir nicht möglich ist, sondern ich arbeite hier, weil ich diesen Job beherrsche.

Sie warteten darauf, dass sie mich beim Wickel packen konnten, und wären sie ein wenig klüger und geschickter gewesen, ich hätte mich tatsächlich vorsehen müssen. Aber bei Vorgesetzten mit so bescheidenen Geistesgaben reichte es, sich keine Fehltritte zu leisten und ein wenig vorausschauend zu denken. Besonders Herr Heinken mochte mich nicht, aber ich ihn auch nicht. Das war kein Geheimnis. Doch wir arbeiteten beide nicht hier, um Freunde fürs Leben zu finden, und ich wusste, was das Wort professionell bedeutet und benahm mich nicht so, als hätte der Kindergarten mich gerade erst ausgespien.

Ein halbes Jahr ließ ich mir nichts zuschulden kommen, ich trennte in der Küche sogar gewissenhaft meinen Müll, pulte das Papier von den Joghurtbechern, obwohl die meisten meiner Kollegen darauf verzichteten.

Doch dann bat mich Herr Heinken um ein persönliches Gespräch. Dass er mir keine Gehaltserhöhung anbieten wollte, war mir klar.

– Sie sind also umgezogen, Herr Picolin, sagte er nach kurzem Anfangsgeplänkel.

Aha, daher weht der Wind, dachte ich und lehnte mich zurück.

– Ja.

– Herr Picolin, wir geben den Mitarbeitern zwei Tage frei bei einem Umzug, weil das ja mit Arbeit verbunden ist.

Ich nickte und lächelte.

– Haben Sie sich inzwischen gut eingelebt in der neuen Wohnung?

Der Mann war so leicht zu durchschauen wie Brillengläser.

– Ihre Wohnqualität hat sich verbessert, nehme ich an?

Je freundlicher ich lächelte und nickte, desto mehr freute Herr Heinken sich und meine Freude, die ich gut verstecken konnte, grenzte fast schon an Euphorie.

– Wenn ich fragen darf, hatten Sie ein Umzugsunternehmen beauftragt? Ich trage mich auch mit dem Gedanken umzuziehen, vielleicht können Sie mir ja eins empfehlen?

Er war dumm. Genausogut hätte er mich nach der Adresse des Weihnachtsmannes fragen können.

– Nein, sagte ich, ich hatte kein Umzugsunternehmen beauftragt, ein paar Freunde haben mir geholfen.

– Einen Freitag und einen Montag haben Sie sich also freigenommen und Ihre Freunde haben Ihnen geholfen. Herr Picolin, das wollen Sie mir also tatsächlich weismachen? Mir, dem Kaiser von China?

Sein Humor lässt auch zu wünschen übrig wie ein Flaschengeist.

– Nein, das möchte ich Ihnen nicht weismachen, Herr Heinken. Das sind einfach die Tatsachen.

– Sie sind umgezogen und haben sich dafür zwei Tage freigenommen, wie es Ihnen zusteht, dabei bleiben Sie, ja?

– Welchen Grund gäbe es, von der Wahrheit abzuweichen? Ich arbeite ja nicht in einer leitenden Position.

– Hätten Sie vielleicht die Freundlichkeit mir zu erläutern, warum Sie immer noch unter derselben Adresse wohnen, Herr Picolin? Für wie blöd halten Sie mich eigentlich? Ist Ihnen nicht in den Sinn gekommen, dass das auffallen würde? Mit dieser Auffassungsgabe wäre eine leitende Position ohnehin nichts für Sie. ... Wie soll ich Ihr Schweigen jetzt deuten?

Ich zuckte mit den Achseln.

– Herr Picolin, Sie haben sich unrechtmäßig zwei Tage frei genommen.

– Das behaupten Sie. Doch so ist es nicht.

– Klären Sie mich auf, wie es denn ist.

– Es mangelt Ihnen an Phantasie. Aber das ist ja nichts Neues, dem gesamten Unternehmen mangelt es an Phantasie. Und an Kombinationsgabe.

Ich machte eine lange Kunstpause, Herr Heinkens Gehirn kam ohnehin langsamer in die Gänge als ein Fahrschüler.

– Herr Heinken, ist Ihnen schon mal aufgegangen, dass sich für einen Umzug weder die Straße noch die Hausnummer ändern muss? Es wohnen nicht alle Mitarbeiter in diesen Siedlungen mit freistehenden Einfamilienhäusern. Sie dürfen nicht von sich auf andere schließen. Ich bin einfach nur ein Stockwerk höher gezogen, weil die Wohnung über mir frei wurde, und die hat nicht einen Balkon wie meine frühere Wohnung, sondern eine Dachterrasse. Ich habe mir nicht unrechtmäßig freigenommen. Aber ist es wirklich so, dass Sie Ihre Arbeitszeit damit verbringen, nach meinen vermeintlichen Verfehlungen zu fahnden?

Man konnte sehen, dass ihm warm wurde, als habe er das nackte Plastik eines zu hoch eingestellten Heizkissens auf seinem Bauch. Doch diese Wichser sitzen aus einem Grund dort, wo sie sitzen.

– Herr Picolin, Sie werden eines Tages noch über Ihre eigene Arroganz stolpern, das kann ich Ihnen versichern.

– Wenn Sie etwas an meiner Arbeit auszusetzen haben, ich bin ganz Ohr.

Dieses Mal ließ ich die Kunstpause kurz.

– Sonst würde ich wieder an meinen Schreibtisch.

Er machte eine Handbewegung.

– Gehen Sie nur.

– Ich wünsche noch einen schönen Tag.

Ich ging aus der Tür, langsam und beherrscht, ich musste mich zurückhalten, um nicht in die Luft zu springen.

Die Ironie, die Ironie ist, dass ich ausgerechnet an jenem Abend erfuhr, dass die Wohnung über mir frei wird.

Richtig wünschen

Das letzte Mal, als Gordon und ich uns gesehen haben, haben wir uns gestritten.

Er erzählte von dieser Komödie, die er drehen wollte, und ich hörte gerne zu, bis er mir sagte, wen er in der Hauptrolle haben wollte.

– Constantin Rüschter? Was willste denn mit dem? Der sieht immer noch aus wie fünfzehn und stolziert rum, bloß weil er mal auf dem Kinoplakat eines grottigen Films war. Und das ist auch schon wieder zwei Jahre her, der ist Seriendarsteller, der stößt nicht gegen Möbel und kann seinen Text aufsagen, mehr nicht. Constantin Rüschter, warum so einen Kasper?

– Vertrau mir, sagte er, in dem steckt mehr, der Typ kann einen überraschen.

Er machte sich eine Zigarette an. Wie oft hatte er in den letzten Monaten schon aufgehört?

– Fällt dir eigentlich auf, dass du nur noch meckerst, fragte er nach dem ersten Zug, merkst du überhaupt, dass du immer schwarz siehst? Egal welches Thema, nirgendwo bleiben gute Haare.

Ihn hätte ich sehen wollen. Er hatte gut reden. Wenn er sich aufs Klo setzte, wurde das ganze Kanalsystem erleuchtet, so schien die Sonne aus seinem Arsch. Die Leute sahen sich zu Scharen seine Filme an und wenn Martha ihm über die Glatze streichelte, bekam ich ein Gefühl, als habe mich noch nie eine Frau so angefasst.

Er hatte nicht zwölf Jahre in einen Beruf gesteckt, aus dem nichts wieder herausgekommen war, er musste sich nicht überlegen, ob es verdammt noch mal an der Zeit war, was ganz anderes zu machen, wenn da nur nicht die Frage wäre: was?

Er lag nicht tagelang auf dem Sofa und las, weil weiter nichts Sinn ergab, weil es unmöglich schien, eine Beschäftigung zu finden, auf irgendetwas von diesem Scheißdreck reinzufallen.

Ob du Serien guckst, klassische Musik hörst, die alten Philosophen studierst, ins Theater gehst oder in den Puff, ob du Käse kaufst, meditierst, schwimmst, trinkst, rauchst, wenn du nur aus der Haustür gehst, versprechen sie dir irgendetwas. Unterhaltung, Spannung, Tiefe, Befriedigung, Ruhe, Vergessen, du brauchst nur auf die Straße zu gehen, überall diese falschen Versprechungen, das Glück in Reichweite.

Ich wusste, ich wollte etwas anderes, aber ich fand nicht heraus, was es war. Dabei könnte man mich für einen Glückspilz halten, meine Wünsche gehen meistens in Erfüllung, aber ich wusste nicht mal, was ich mir als Nächstes wünschen sollte, so dunkel schien alles.

Man kann seine Wünsche nicht lenken und auch nicht die Art und Weise, wie sie in Erfüllung gehen. Und selbst wenn man sie lenken könnte, es gibt viel zu bedenken und man übersieht immer irgendetwas.

Es gab keine Wünsche, aber ich war deswegen nicht glücklich. Es gab nicht mal einen Grund, um aus dem Haus zu gehen. Es gab nur eine Welt voller Lügen da draußen, man wurde nicht so oder so oder auf eine andere Art glücklich. Ich konnte tun, was ich wollte, hinterher war Leere. Große Leere. Egal, was ich tat, ich kam nicht raus, ich war selbst das Loch, in das ich reinfiel.

Und ich sagte es, ich sagte:

– Dich würde ich gerne sehen an meiner Stelle. Du hast gut reden.

– Es ist nicht immer so, wie es aussieht, sagte er.

Und ich Idiot dachte, er wolle mich trösten.

– Du darfst nicht aufgeben, fuhr er fort, die Zeiten werden sich ändern, du wirst sehen, wie von allein, da wird kein Licht sein, nirgends, aber da wird auf einmal Hoffnung sein, ein Weg.

– Das ist ja das Problem, sagte ich, diese Wegscheiße, als hätte man es nicht langsam gelernt, dass diese Wege alle nirgendwohin führen. Die gehen immer nur weiter und weiter und weiter und du mühst dich ab, hast noch einen Rucksack mit Steinen hinten drauf, die du Wünsche nennst, und wenn du mal nicht weiter weißt, nimmst du einen der Steine und wirfst ihn irgendwohin und läufst ihm hinterher. Natürlich nicht ohne vorher zwei neue Steine in den Rucksack gelegt zu haben.

– Ja, was willst du denn machen, dich umbringen, du Vollidiot, brüllte er, du hast es fein raus, was? Verkriechst dich in dein Zimmerchen, aus den Augen aus dem Sinn, blöde Welt ausgeschaltet, Tüte angemacht, scheiß drauf gesagt. Glaubst du, das funktioniert besser? Glaubst du, du kannst da einfach so hocken, bis zu deinem Tod? Glaubst du nicht, dass ein paar Probleme auf dich zukommen, die du besser vermeiden solltest, solange du noch kannst?

Und ich erwiderte etwas und er konnte mir noch lauter antworten, aber auch ich hatte meine Jugend in lauten Räumen zugebracht und wusste wie man schreit. Nach einer Weile schwiegen wir mit einem Mal. Lange. Dann stand ich auf und er nickte. Ich nahm meine Jacke, Gordon brachte mich zur Tür, wir gaben uns die Hand, aber wir sahen uns nicht in die Augen.

Mein Leben war Leere, die alles verschlingt, aber in dieser Leere tauchten Gedanken auf.

Am nächsten Morgen auf dem Weg ins Bad fiel mir ein, wie sie manchmal im Winter Schuhe und Mantel auszog, in die Küche ging, den Toaster anmachte und sich die Hände darüber wärmte.

Ich musste daran denken, wie wir sonntagmorgens im Bett den Kaffee auf dem Bauch abstellten und den Tag faul angrinsten.

Wie ihr Hals gerochen hatte. Wie sie sich die Achselhaare hatte wachsen lassen, weil ich es mir wünschte. Wie sich die Haut auf ihrer Nase immer kräuselte, wenn sie lachte, und wie ich eines Tages endlich bemerkt hatte, dass die Haut dort Falten warf, bevor das Lachen da war. Wie sich ihre Zehen spreizten, kurz bevor sie kam. Wie sie mir immer die Hand in den Nacken gelegt hatte.

In der Leere tauchte der Wunsch auf, sie wiederzusehen.

Damals, mit ihr, hatte ich oft gejammert, obwohl ich keine Ahnung hatte. Gejammert über Einsamkeit und Not, über eine fremde Welt, die nur Vollidioten nicht als feindlich erleben. Gleichzeitig fühlte ich mich jung und frei, unbesiegbar. Ich hatte höchstens ein paar Schrammen an den Knien, aber ich dachte, ich sei schon wer weiß wie auf die Fresse geflogen.

Ich war noch zu dumm, um zu begreifen, was ich da mit ihr hatte. Es fiel mir leicht zu gehen, als eine andere mich ansah, als würde sie dem gleichen Wahn erliegen wie ich: dass ich immer stehen werde.

Man steht nicht immer im Leben, auch dann nicht, wenn die Wünsche in Erfüllung gehen. Vielleicht gerade dann nicht.

Wir hatten seit fünfzehn Jahren keinen Kontakt mehr gehabt, im Internet fand ich sie nicht und ich kannte niemanden, den ich hätte fragen können.

Am übernächsten Morgen wachte ich erneut mit diesem Wunsch auf, sie wiederzusehen, ein Wunsch, der über Nacht ins Unermessliche gewachsen zu sein schien. Kurz darauf, noch bevor ich den ersten Joint des Tages geraucht hatte, klingelte das Telefon.

Hoffnung ist ein Seil, auf dem Narren tanzen. Es könnte ja sein, dass sie anruft, dachte ich, so gehen die Dinge doch manchmal zusammen, ohne dass man sie erklären kann.

Es war Martha und sie konnte kaum sprechen. Ich solle mich setzen. Gordon war tot. Weder sie, noch die Polizei, noch sonst wer konnte später auch nur mit einer Theorie aufwarten, woher er die Pistole gehabt hatte.

Man steht nicht immer im Leben, aber man sollte nie glauben, dass man am Boden liegt. Es geht noch tiefer. Unser letztes Gespräch, wenn wir es so nennen wollen, wird immer unser letztes Gespräch bleiben. Und nichts auf der Welt holt die Worte zurück, die man nicht sagen wollte und schon gar nicht so laut.

Er hatte es gesagt und Gott hatte mir zwei Ohren gegeben und nur einen Mund, damit ich doppelt so viel zuhörte, wie ich selber sprach. Er hatte es gesagt. *Es ist nicht immer so, wie es aussieht.* Er hatte sich selber Mut zusprechen wollen, deshalb hatte er von Hoffnung geredet. Und obwohl wir uns seit zwanzig Jahren kannten, hatte ich nicht gehört und nicht verstanden.

Es war kein Trost, dass weder Martha noch sonst wer die Zeichen ebenfalls nicht erkannt hatten. Wir sahen sie jetzt, aber wir verstanden das Warum nicht.

Vielleicht verstand ich es noch am ehesten, aber das machte es nicht besser, sondern nur noch schlimmer. Wie hatte ich glauben können, dass ihm die Sonne aus dem Arsch schien, nur weil ein paar seiner Wünsche in Erfüllung gegangen waren? Meine gingen ja auch in Erfüllung.

Und ich wusste ja, wir tuckerten auf diesem endlosen Meer herum, blickten zurück, sahen das Kielwasser und dachten, das sei ein Weg, den wir zurückgelegt hätten.

Und wenn das Wasser wieder glatt war, log die Erinnerung für uns. Und nirgends war ein Horizont.

Aber manchmal andere, denen man zuwinken konnte und sich etwas zurufen, auch wenn der Wind die Stimmen wegtrug. So viele andere gab es nicht, denen ich winken konnte. Und nun noch einen weniger. Blieb keiner. Und diese Erkenntnis ließ nur den Wunsch wachsen, sie wiederzusehen. Vielleicht doch noch jemand, dem man winken konnte.

In der Zeit bis zur Beerdigung habe ich so viel geraucht, dass es Wochen gebraucht hätte, um wieder ganz klar zu werden. Aber der Wunsch wurde dennoch immer größer. Und ich konnte nicht weiter denken, als bis zu dem Moment, da wir uns gegenüberstehen würden. Als sei ich sicher, dass dann irgend etwas passieren würde. Etwas Entscheidendes. Immer dieses Seil. Es gibt nichts Entscheidendes.

Ein Mittwoch im Mai auf einem Friedhof in der Nähe von Meerbusch, die Sonne schien, keine einzige Wolke am Himmel und es war heiß. So heiß, dass ich am liebsten mein Jackett ausgezogen hätte. Fast jede Stirn glänzte vor Schweiß, fast jedes Augenpaar hatte Ringe. Als ich Gordons Eltern die Hand gab, konnte ich nichts sagen, Beileid war nur ein Wort, das log.

Schmerzen kann man nicht vergleichen, aber ich ahnte, dass ihrer meinen auf eine Art überwog. Das machte es leichter, so blöd sich das anhört. Und es machte ein wenig mehr Platz für meinen unsinnigen Wunsch.

Es waren so viele Menschen da, doch ich redete mit keinem und ich glaube, niemand nahm es mir übel. Ich hatte noch den Verschluss von der ersten Flasche, die wir gemeinsam getrunken hatten. Den warf ich ins Grab. Und eine Handvoll Erde. Und dann stand ich abseits und war froh, dass man auf Beerdigungen nicht einfach so angesprochen wurde.

Als die beiden auf mich zukamen, erkannte ich ihn zuerst, diese konturlose Fresse von Constantin Rüschter. Und aus einem Reflex heraus nickte ich ihm zu. Und wünschte schon wieder. Wünschte, dieser rückgratlose Seriendarsteller wäre nicht hier und würde nicht mit dieser Frau an seiner Seite auf mich zugehen, als würden wir uns kennen oder hätten uns gar was zu sagen. Dann erst erkannte ich sie.

Ich hatte es mir ja gewünscht.

Bewerbungsgespräch und Wahrheit

Es war ein gutes Gefühl. Neunzehn Bewerbungen hatte ich geschrieben, eingetütet, zur Post gebracht, plus die sieben, die ich schon vor fünf Tagen losgeschickt hatte.

Zu Hause legte ich auf dem Balkon die Füße hoch, machte mir ein Bier auf und dachte: Das müsste man öfter machen.

Wenn du mal schlecht gelaunt bist, kannst du einfach ein paar Bewerbungen rausschicken, dich zurücklehnen in dem Bewusstsein, dass du dein Bestes gegeben hast, und der Dinge harren.

Ich hatte alles getan, was man tun konnte. Vier verschiedene Bewerbungsratgeber hatte ich gelesen, obwohl sich vieles wiederholte und mich das meiste langweilte.

Dann hatte ich hier und da geschönt, es gab die eine oder andere Lücke in meinem Lebenslauf und aus einem halben Jahr Jamaika wurde ein Praktikum an einer Schule in Montego Bay. Ich hatte das Logo dieser imaginären Schule entworfen und mir ein Arbeitszeugnis geschrieben. Das Ganze war über fünf Jahre her, ich ging nicht davon aus, dass das jemand überprüfen würde.

Die Leute wollten doch belogen werden, niemand wollte hören, dass ich sechs Monate lang auf der Insel von da nach dort gedriftet war, die Augen meistens rot, die Lider schwer.

Die Bewerbungsratgeber hatte ich gelesen, weil ich ahnte, dass die Arbeitgeber die auch lasen. Und sei es nur, um zu überprüfen, ob die Bewerber sie gelesen hatten.

Das war Deutschland, es ging erst mal um Formen und Regeln und Qualifikationen. Was du konntest und was nicht, darauf schaute man erst, wenn der Rest geklärt war.

Sechsundzwanzig Bewerbungen, irgendetwas davon musste ja klappen. Von meinem letzten Arbeitgeber hatte ich ein hervorragendes Zeugnis bekommen, nachdem meine Stelle einfach gestrichen worden war.

Dass ich es dort eh nicht mehr länger ausgehalten hätte, brauchte auch niemand zu wissen.

Fünf Tage die Woche hatte ich mit diesen Irren verbracht, die Chefin traf jeden Tag neue Entscheidungen und man konnte sich nie auf ihr Wort verlassen. Eine Kollegin redete ihr dauernd nach dem Mund und ein anderer machte so gut wie gar nichts und somit auch keine Fehler, wie er glaubte. Ein Kollege war schwul, was mich nicht weiter störte, aber es dauerte meistens bis Mittwoch, bis er alle Details aus seinem Wochenendsexleben endlich erzählt hatte. Obwohl ich ihm immer wieder sagte, dass ich es so genau gar nicht wissen wollte.

Aber ich war halt eine verklemmte Hete. In manchen Weltbildern bleibt einfach kein Raum für Wünsche von Menschen, die nicht die eigenen Überzeugungen teilen. Als ich irgendwann brüllte, mich interessiere nicht, wie lange er den Knaben an die Heizung gekettet habe und er solle seinen Schwanz verdammt noch mal da reinstecken, wo er wolle, aber mich mit seinen Spermageschichten in Ruhe lassen, stand ich eine halbe Stunde später vor der Chefin, die mich verwarnte, weil solche homophoben Ausfälle nicht tragbar waren.

Fünf Tage die Woche ein Irrenhaufen und zwei Tage die Füße hochlegen. Nun hatte ich frei. Einfach frei. Und sechsundzwanzig Bewerbungen geschrieben. Es war August und ich machte mir keine Gedanken.

Es kam mir vor wie ein Leben, das alle diese Studenten wohl geführt hatten, bevor sie mir, überqualifiziert wie sie waren, die Jobs wegschnappten.

Ich vertrödelte meine Tage auf dem Balkon, las ausführlich die Zeitung und wenn ich Kaffee machte, schäumte ich die Milch auf, und freute mich an dem Geschmack.

Ich ging in Biergärten, schlief lange, lag in der Sonne, las Romane innerhalb von drei, vier Tagen, schwamm, fuhr Rad und ging spazieren im Wald.

Mitte September wurde ich etwas unruhig, siebzehn Absagen.

Es wurde kühler und ich konnte meine freien Tage nicht mehr so genießen, weil ich nicht wusste, wann es damit ein Ende haben würde. Entspannt bleiben ist oft leichter gesagt als getan. Klar wusste ich, dass es nichts an meiner Situation änderte, ob ich mir nun Sorgen machte oder nicht. Aber sich deswegen keine zu machen, war nicht so einfach.

Bis Oktober hatte ich dann acht Bewerbungsgespräche gehabt, ich hatte mich wacker geschlagen, wie ich fand, ich hätte nicht gewusst, was ich hätte anders machen sollen. Fünf hatten sich für einen anderen Bewerber entschieden, drei meldeten sich gar nicht mehr. Manchmal fasste ich abends den Entschluss, dort am nächsten Tag aufzulaufen und zu fragen, was mit Anstand und Höflichkeit geschehen war, wieso sie diesen popeligen, versprochenen Anruf nicht tätigen konnten. Doch morgens erschien mir das immer zu anstrengend und nervenaufreibend. Und zu aussichtslos, es änderte ja nichts.

Und dann gab es noch ein Bewerbungsgespräch, ich hatte gar nicht mehr damit gerechnet, dass der Letzte sich überhaupt noch melden würde.

Das gute Gefühl, das ich hatte, nachdem die Bewerbungen abgeschickt waren, schien sehr weit weg und manchmal kam es mir vor, als hätte ein Hohlkopf dieses Gefühl erlebt. Es hing viel an diesem Gespräch, weil ich nicht wusste, wo vorwärts sein sollte, wenn das auch nicht klappte.

Klar, immer weiter bewerben, aufgeben galt nicht, aber ich wollte mein Leben ja nicht damit verbringen, mich zu bewerben, ich wollte auch mal runter von diesem Karussell. Und auf ein anderes, das war mir schon klar, aber dieses hier bot nicht mal die Illusion einer Perspektive.

Rasiert, die guten Kleider an, ausgeschlafen, klopfte ich an einem Montagmorgen an die Tür. Meine Hände waren feucht. Das ganze Wochenende hatte ich damit verbracht, mich davon zu überzeugen, dass ich diese Stelle bekommen würde. Weil ich sie kriegen musste. So einfach war das.

– Herein.

Ich trat ein, Herr Heinken war schon an der Tür und gab mir die Hand.

Er hatte tiefliegende Augen mit leichten Ringen und ein Lächeln, das ich bisher bei Bewerbungsgesprächen noch nicht gesehen hatte. Es wirkte offen und freundlich und nicht professionell und abwartend.

– Guten Morgen, Herr Krystoviak, nehmen Sie Platz, nehmen Sie bitte Platz.

Er bot mir den Stuhl an und blieb selber an der Seite seines Schreibtisches stehen. Er wirkte unruhig, aber gleichzeitig irgendwie gelöst. Als wäre er entspannt, hätte aber gerade etwas zu viel Energie zur Verfügung. Er mochte Mitte dreißig sein, wenige Jahre älter als ich.

– Herr Krystoviak, ich habe mir Ihre Bewerbungs-unterlagen angesehen und möglicherweise wären Sie unser Mann. Aber ich möchte Sie hier und jetzt ohne Umschweife fragen: Haben Sie schon mal Ecstasy genommen?

Ich bekam den Mund nicht auf. Er fuhr fort:

– Seien Sie einfach ehrlich. Sie wissen, ehrlich währt am längsten.

Ich musste diesen Job haben. Aber was war die richtige Antwort. Kein Ratgeber bereitet dich auf diese Situation vor. Irgendetwas, vielleicht seine freundlichen, neugierigen Augen, ließen mich nicken und gleichzeitig verfluchte ich mich dafür.

– Sie wissen also, wie das ist, sagte er. Herr Krystoviak. Matthias – ich darf doch Matthias sagen? –, ich habe am Wochenende das erste Mal Ecstasy genommen und ich ahne, dass ich das, was ich jetzt tue, nicht tun sollte und dass ich es bald schon bereuen werde, aber noch, noch bin ich voller Restliebe für alles. Ich möchte dir einen Rat geben: Dieser Laden hier ist ein Irrenhaufen, es ist unmöglich, hier glücklich zu werden. Wäre ich mutiger, würde ich selbst alles hinschmeißen. Also, vergiss den Job, alles ist besser, als hier zerrieben zu werden. Lauf weg, solange du noch kannst, renn.

Freuden der Jugend

Nur Streber und Vollidioten setzen sich in die erste Reihe. Nur Schleimer und Anwärter des Schwachsinns, nur Leute, denen die Worte des Lehrers mehr bedeuten als ein paar gute Witze und Mutmaßungen darüber, welches von den Mädchen nicht mehr Jungfrau ist. Leute, die die Schule als ihren einzigen Lebensinhalt betrachten, die keine anderen Begierden und Sehnsüchte haben außer einem Zeugnis voller Einser, die sich noch nie mit Marmelade bekleckert haben. Die Leute in der ersten Reihe konnte man vergessen. Wie gesagt, es saßen nur Streber und Vollidioten da.

Und ich. Weil ich keine Angst davor hatte, vorne zu sitzen und die Schweißperlen auf der Glatze des Lehrers zu betrachten. Und aus Trotz. Und weil die da hinten sich vielleicht wunderten, warum ich das machte. Die Schüler vorne interessierten sich nicht für mich, die hatten nur ihre Bücher und Noten im Kopf, aber die in der letzten Reihe hielten mich bestimmt für seltsam.

Früher saß ich noch in einer der mittleren Reihen, doch eines Tages fingen sie an, über mich zu lachen. Sie tuschelten und kicherten hinter meinem Rücken. Wenn ich irgendwo Gelächter hörte, fühlten sich meine Beine an, als hätte ich nie laufen gelernt. Dann versuchte ich mich zu erinnern, wie die übliche Stellung der Beine beim Gehen war, aber in wie viele verschiedene Stellungen ich sie auch brachte, keine schien die richtige zu sein. Ich hatte die Gewissheit lächerlich auszusehen und jede Sekunde, in der sie in meiner Nähe giggelten, fühlte ich mich mieser und kleiner. Hinterher hasste ich sie jedes Mal ein bisschen mehr.

Sogar wildfremde Leute auf der Straße lachten über mich. Oft schielte ich dann in ein Schaufenster, um nachzusehen, ob mir jemand etwas auf den Rücken geklebt hatte. Aber da war nie etwas. Ich war nicht in Scheiße getreten, meine Hose hatte keinen klaffenden Riss und es war auch nicht Dummkopf in meinen Nacken tätowiert. Die Menschen lachten nur dann nicht, wenn ich versuchte, einen Witz zu machen.

Ich war siebzehn Jahre alt, trug nur schwarze Klamotten, saß in der ersten Reihe und meistens ging es mir schlecht. Hinter mir die Blödköpfe in der letzten Reihe, neben mir die Geistwesen und zwischendrin der ganze Rest, weder Fisch noch Fleisch, nicht mal Junkfood. Das Leben lief an mir vorbei. Ich fühlte mich alt und müde, monatelang lag ich nachmittags auf meinem Bett, hörte Joy Division und The Smiths und träumte oder las in einem Buch, was auf das Gleiche hinauslief. Ab und zu kam meine Mutter ins Zimmer, ließ mich den Müll hinuntertragen und beklagte sich über meine Faulheit. Sonst passierte nichts. Ich lag auf dem Bett und starrte an die Decke. Ich wusste nicht, wie die anderen ihre Nachmittage verbrachten, und ich hätte einiges darum gegeben, es in Erfahrung zu bringen. Sie mussten etwas gefunden haben, sie waren nicht so wie ich. Sie schienen ihr Leben zu genießen, aber mir war nicht klar, wie sie das machten.

Fernsehen langweilte mich, genauso wie Videospiele. Eine Freundin. Eine Freundin wäre es gewesen, aber ich war verklemmt, schüchtern, einsam. Ich wichste oft, aber das reichte nicht, um einen Tag vergehen zu lassen. Morgens, abends holte ich mir einen runter, manchmal auch nachmittags. Ich schloss mich mit *Opus Pistorum* von Henry Miller im Badezimmer ein. Das Buch in der einen, meinen Schwanz in der anderen Hand, versuchte ich fertig zu werden, bevor meine Mutter klopfte und fragte:

– Was machst du denn da drinnen schon wieder so lange?

Im Badezimmer benutzte ich immer Öl oder Creme als Gleitmittel und versuchte mir krampfhaft vorzustellen, ob sich *das* wohl *so* anfühlte.

Schuldgefühle hatte ich keine wegen der ganzen Wichserei, nur die deprimierende Ahnung, dass es zur Dauerlösung werden würde. Ich war siebzehn. Während viele meiner Altersgenossen bumsten wie die Weltmeister, stand ich mit heruntergelassenen Hosen da und fürchtete das Klopfen an der Tür.

Manchmal träumte ich davon, später einmal reich zu sein und mir zahllose Nutten zu kaufen, die den ganzen Tag nackt im Haus herumlaufen müssten. Große, kleine, dicke, dünne, vollbusige, flachbrüstige, blonde und brünette, schwarzhaarige. Später mal. Doch ich glaube nicht, dass es wirklich darum ging. Diese Vorstellung hatte ich schon mit vierzehn gehabt. Damals waren sogar meine Phantasien etwas Körperliches gewesen, doch nun verzehrte mich der Wunsch, etwas zu erleben, ein großes Gefühl. Von mir aus eben Sex. Ich las Henry Miller und Leonard Cohen, ich las Knut Hamsun und Charles Bukowski, ich las Hunter S. Thompson und François Borell.

Jemand wie ich geht kaum abends allein aus. In meiner Verzweiflung hatte ich es zweimal versucht, aber ich hatte beide Male das Gefühl gehabt, alle Leute würden mich anstarren und denken: Der hat wohl keine Freunde, die arme Sau.

Eines Tages kam Tim, einer von den Jungs aus der letzten Reihe, in der großen Pause auf mich zu. Wie immer hatte ich alleine dagesessen, als er auf mich zusteuerte, und im ersten Augenblick dachte ich, er würde mich anpumpen. Sie liehen sich ab und zu Geld von mir, weil sie wussten, dass ich der Kohle nicht lange hinterherlief. Ich bin doch kein Spießer, redete ich mir ein. Doch in Wirklichkeit kam ich mir jedes Mal klein vor, wenn ich nach dem Geld fragte. Aber Tim pumpte mich nicht an.

– Hast du nicht Lust, am Freitagabend bei mir vorbeizukommen? Meine Eltern sind übers Wochenende weg und ich mach ne Fete.

– Ich überleg es mir, sagte ich, ich weiß gar nicht mehr, kann sein, dass ich noch woanders eingeladen war ...

Es war Monate her, dass ich ihn die Matheaufgaben hatte abschreiben lassen, ein einziges Mal, und das war jetzt wohl nicht der Dank dafür. Wollten sie am Freitag etwas zu lachen haben, sich auf meine Kosten amüsieren? Da würde ein Raum sein, oder zwei oder drei, voller Menschen, die Gläser und Flaschen in den Händen hielten und lachten. Manche würden mit ihrer Freundin gekommen sein, andere würden fleißig Mädchen anmachen und ich würde mittendrin stehen, die Hände vor Unsicherheit tief in den Hosentaschen vergraben, die Schultern hochgezogen.

Ich würde nach Hause gehen, trauriger als je zuvor. Sie würden kaum auf mich zukommen und ein Gespräch mit mir anfangen, mich über dieses und jenes fragen. Sie würden nicht wissen wollen, welche Musik ich hörte, welche Bücher ich las. Sie würden nicht versuchen, mich in ihren Kreis aufzunehmen. Würden sie?

Doch die Angst, etwas zu verpassen, war größer. Bis Freitag stellte ich mir alle möglichen Situationen vor, in die ich geraten konnte. Wenn niemand mit mir sprach, würde ich mich mit einem Glas in der Hand an eine Wand lehnen und lässig grinsen. Ich legte mir Worte zurecht, die ich sagen würde, falls mich doch jemand ansprach.

Am Freitag erwachte ich, noch bevor der Wecker klingelte, ich hatte schlecht geschlafen, ich war so aufgeregt wie früher vor einer Klassenfahrt. Erst unser Mathelehrer brachte mich auf andere Gedanken. Er rief mich an die Tafel und diktierte mir eine Aufgabe zur Infinitesimalrechnung, die ich lösen sollte. Das Rechnen war kein Problem, ich beherrschte diese idiotische Grenzwertberechnung. Aber ich konnte nicht gut da vorne stehen, da wurde ich nervös. Ich machte Fehler, die ich sonst nie machte, ließ die Kreide fallen, merkte, wie schlecht meine Hose saß und wie der Schweiß meine Achseln herunterlief. Irgendwie schaffte ich es aber an diesem Tag, ich löste die Aufgabe und drehte mich zu unserem Lehrer, der gerade aus dem Fenster sah. Er bemerkte nicht, dass ich fertig war, und ich schrieb mit zitternder Hand unter das Ergebnis: *We learned more from a three minute record, than we ever learned in school.* Ich glaubte, sie würden alle den Mund nicht mehr zubekommen, wenn sie das lasen. Sie würden mich bewundern für meinen Mut.

Der Lehrer bestätigte die Lösung, wischte beiläufig die englischen Wörter von der Tafel und alle machten sich daran, die Aufgabe in ihr Heft zu übertragen. Ich schwitzte noch mehr. Was für ein dämlicher Spruch war das gewesen, niemand hatte ihn gut gefunden, niemand hatte etwas damit anfangen können. Ich schämte mich, so viel von mir preisgegeben zu haben. Meine Augen wurden glasig und ich biss die Zähne aufeinander. Mir war, als würden meine Kiefer sich verhaken. Erst als Tim in der Pause kam und mich an seine Party erinnerte, beruhigte ich mich ein wenig. So schlimm konnte es nicht gewesen sein. Vielleicht hatten sie es bis zum Abend alle vergessen. Ich sagte, ich würde kommen.

Stundenlang hatte ich vor dem Spiegel gestanden, hatte versucht gut auszusehen, hatte verschiedene Gesichtsausdrücke einstudiert und aus den fünf Pickeln kleine, rot leuchtende Wunden gemacht. Aber das war alles eigentlich egal. Ich erregte keinerlei Aufmerksamkeit, ich saß auf einer Couch. Ich wusste nicht, wie ich mit jemandem ins Gespräch kommen konnte. Neben mir knutschte ein Typ mit seinem Mädchen und mein Herz krampfte sich zusammen. Damit keiner den Neid in meinem Blick erkannte, sah ich bald wieder geradeaus auf den Fernseher, irgendein Musiksender lief und ich machte sogar bei Phil Collins ein interessiertes Gesicht. Ich wollte nicht, dass es so wirkte, als sei ich ganz allein. Gebannt blickte ich auf den Bildschirm, nicht weil ich nichts Besseres zu tun hatte, sondern weil Phil Collins mich wirklich interessierte, genauso wie Sting und Eurodancefloor. Ich war flexibel.

Mit jedem Video fühlte ich mich elender. Ich musste etwas tun, also stand ich auf und ging auf die Toilette. Das heißt, ich wollte dorthin, aber vier Leute standen schon Schlange. Ich war etwas erleichtert. Aufs Klo musste jeder alleine, da fiel es nicht weiter auf, dass ich ein Fremdkörper war. Noch dazu waren vier Leute vor mir, das gab mir eine Menge Zeit. Mit der ich nichts anfangen konnte. Ich sah mich um: Es gab mehrere Grüppchen, immer drei, vier, fünf, sechs Personen, die meisten hatten ein Glas oder eine Bierflasche in der Hand, sie rauchten und schienen sich gut zu unterhalten. Hier und da knutschten Pärchen. Je mehr ich davon sah, desto beschissener fühlte ich mich.

Nach einigen Minuten öffnete sich die Klotür und eine Blondine mit Pagenschnitt kam heraus. Was auch immer sie darin gemacht hatte, es hatte lange gedauert und sie wirkte unsicher auf den Beinen. Wahrscheinlich brauchen sie nach dem soundsovielten Bier länger, um sich die Lippen nachzuschminken, und dieses Mädchen hatte auch noch blaue Wimperntusche.

Ein sturzbetrunkener Typ stellte sich hinter mir an und begann mir zu erzählen, dass Andrea die geilsten Titten auf der Welt hätte.

– Boah, ey, ich sag dir, die musste mal drücken, aber echt, die sind krass groß ...

Ich fragte mich, wer Andrea sei.

Irgendwann war ich endlich dran, ich schloss die Tür ab, setzte mich auf die Klobrille, die Ellenbogen auf den Knien, den Kopf zwischen den Händen, und überlegte. Draußen hämmerte der Typ, der Andreas Titten gedrückt hatte, gegen die Tür.

– Mach ma' Tempo, mir platzt die Blase, Alter.

Ich stand auf und spülte, sah in den Spiegel und hasste mich.

Als ich wieder auf dem Weg zu Bryan Adams und Rod Stewart war, kam Patrick, auch einer der Jungs aus der letzten Reihe, auf mich zu.

– Hey, wir brauchen noch jemand, der etwas für ne Flasche Cinzano dazu tut …

Ich hatte nicht damit gerechnet, dass mich irgendjemand aus irgendeinem Grund ansprechen würde. Und dann ausgerechnet Patrick. Ich traute der Sache nicht, stammelte aber: Ich bin dabei.

Patrick, ein weiterer Junge, den ich noch nie gesehen hatte, und ich gingen zum Kiosk. Würden die beiden gleich grinsend mit leeren Händen dastehen und ich würde bezahlen müssen? Der Kerl neben Patrick redete in einem fort, doch ich hörte nicht hin. Ich versuchte mich innerlich auf etwas Unfassbares vorzubereiten. Ich wusste nicht, was das sein würde, aber ich hatte das Gefühl, dass die große Stunde nahte. Oder auch eine Talsohle, das konnte ich nicht mit Bestimmtheit sagen.

Am Kiosk zahlte jeder 2,50 und wir kamen mit einer Flasche Cinzano Bianco wieder raus. Bis dahin hatte ich kaum etwas anderes als Bier getrunken und davon auch nie sehr viel, weil es mir nicht schmeckte. Patrick blieb stehen, schraubte den Verschluss ab, trank einen kleinen Schluck und reichte mir die Flasche.

Ich setzte an und schluckte, einmal, zweimal, dreimal, dachte an gar nichts. Wer viel vertrug, galt auch viel. Mein

Kopf war völlig leer, ich schloss die Augen, spürte diesen bittersüßen Geschmack auf der Zunge und schluckte und schluckte, bis ich nicht mehr konnte. Dann setzte ich ab und gab die Flasche weiter.

– Nen guten Schluck hast du drauf, das wusste ich ja gar nicht, sagte Patrick und auch der andere machte große Augen. Schweigend ließen wir die Flasche kreisen und sehr bald war sie leer. Der Dritte, dessen Namen ich immer noch nicht kannte, beugte sich über einen Strauch und fing an zu kotzen. Patrick lachte.

– So ne Memme.

Ich platzte fast vor Stolz. Doch der Stolz war nicht alles, ich fühlte mich leichter und mutiger als sonst.

Nachdem die Memme fertig war, schleppten wir ihn zurück auf die Fete. Mit jedem Schritt fühlte ich mich besser. Ich erzählte Patrick von dem Buch, das ich gerade las, die Worte fielen mir mit einer unglaublichen Leichtigkeit aus dem Mund. Sie reihten sich mühelos aneinander, verließen meine Lippen mit einem kleinen, eleganten Sprung, tanzten noch eine Weile in der Luft und verschwanden dann ganz sanft. Ich machte mir keine Gedanken, ob das, was ich sagte, besonders sinnvoll war. Meine dünnen Arme standen nicht wie zwei Stümpfe von mir ab. Ich versteckte die Hände nicht in den Taschen, dachte kurz probeweise an die endlosen Nachmittage zu Hause. Es ging mir immer noch gut. Mich ergriff eine angenehme Gleichgültigkeit, von der ich immer geträumt hatte. Lauthals lachte ich los, als ich Patrick den Witz mit dem Frosch, der Jim Beam trinkt, erzählte. Cinzano war schon ein tolles Zeug.

Es war eine schwere Last, die da von mir genommen worden war. Ich hatte mich die ganze Zeit wie Atlas gefühlt, das Elend der Welt auf meinen Schultern und der ganze Rest noch dazu. Oft hatte ich befürchtet zusammenzubrechen, aber jetzt fühlte ich mich locker und frei. Ich hatte einen Geisteszustand erreicht, der mir ideal erschien. Nie wieder wollte ich nüchtern werden. Ein unglaublicher Mut und eine Welle von Energie durchfluteten mich. Ich war unsterblich. Dass das Leben sich so gut anfühlen konnte, hatte ich nie geglaubt und es mir doch immer gewünscht.

Zurück auf der Feier nahm die Memme meinen Platz auf dem Sofa ein und starrte mit leerem Blick auf den Fernseher. Patrick und ich setzten uns auf den Boden zu der Blondine mit der blauen Wimperntusche, die Patrick kannte. Die Zeit verflog. Irgendwann war Patrick nicht mehr da und die Blondine erzählte mir von dem Kummer, den sie mit ihrem Freund hatte. Vorsichtig legte ich meinen Arm um ihre Schulter. Sie ließ es geschehen.

Noch nie zuvor hatte ich ein Mädchen so berührt. Sie ließ sich von mir anfassen. Wahrscheinlich würde sie sich auch küssen lassen. Und mit mir schlafen wollen. Nach einiger Zeit legte sie ihren Kopf auf meinen Oberschenkel. Vermutlich war sie auch betrunken. Ich streckte meine Hand aus und streichelte ihr vorsichtig über die Haare. Sie zeigte keine Reaktion, also streichelte ich auch ihre Wange, während meine andere Hand auf ihrer Hüfte ruhte. Weil mein Kopf etwas schwer war, lehnte ich ihn gegen die Wand und schloss kurz die Augen. Leben.

Gerade wollte ich mich vorbeugen und ihr etwas zuflüstern, da rappelte sie sich hoch und sagte, sie müsse auf die Toilette.

– Ich warte hier.

Mein Zeitgefühl hatte mich verlassen, doch es war klar, dass das Mädchen nicht nur auf die Toilette gegangen sein konnte. Ich stand auf und machte mich auf die Suche. Schließlich entdeckte ich sie inmitten einer Gruppe, sie umarmte gerade ein anderes Mädchen. Sie war nicht zurückgekommen, obwohl ich auf sie gewartet hatte. Am liebsten wäre ich zu ihr gegangen, aber auf einmal fehlte mir der Mut.

Patrick torkelte gegen mich und hielt mir eine Flasche hin. Ich nahm einen gewaltigen Schluck und es trieb mir die Tränen in die Augen.

– Was ist das denn?

– Whiskey.

– Du kennst die Blonde da drüben, nicht wahr?

– Monika ist prüde.

Ich freute mich. Dann wollten sie die anderen sowieso nicht. Eigentlich brauchte ich keinen Sex. Was ich brauchte, war eine Freundin. Jemand, der mich in den Arm nahm, mit dem ich meine Nachmittage verbringen konnte. Wenn ich eine Freundin hätte, würde sich mein Leben ändern. Ich würde mich fühlen wie ein Mensch und nicht wie jemand, der zufällig auf diesem Planeten ausgesetzt worden ist.

Alles würde sich ändern. Ich stand auf. Der Whiskey pochte in meinen Adern. Unterwegs musste ich mich an einem Tisch festhalten, meine Beine verhedderten sich, ich wäre fast vornüber gefallen und als ich wieder aufblickte, konnte ich Monika nirgends mehr sehen.

Sie hatte die Party verlassen. Aber egal, wenn ich auf der nächsten Fete wieder Cinzano trank, würde es sicher klappen. Bald würden alle über mich staunen, wie über Tim, der jede Woche eine andere hatte. Ich fand Patrick wieder, wir tranken weiter Whiskey und unterhielten uns prächtig. Irgendwann war die letzte Bahn weg, irgendjemand fuhr mich nach Hause. Die erste Hälfte der Fahrt bekam ich den Mund nicht zu. Die Fahrerin sagte:

– Hast du zu Hause Redeverbot, oder was ist los?

Ich verstummte.

Später putzte ich mir die Zähne, bevor ich ins Bett ging. Es konnte ja sein, dass meine Eltern durch das Geräusch des Schlüssels wach geworden waren, und wenn ich mir nicht die Zähne putzte, würden sie denken, dass ich betrunken war.

– Bist du endlich da?, kam die Stimme meiner Mutter aus dem Schlafzimmer.

Als ich mich ins Bett legte, sah ich auf die Uhr. Möglicherweise würden sie mich morgen fragen, ob ich wisse, wie spät es gewesen sei. Es war kurz nach zwei.

Gegen halb neun wachte ich auf, mein Kopf fühlte sich merkwürdig an. Ich grinste, als ich Richtung Bad ging. Meine Mutter fing mich ab.

– Weißt du, wie spät es gestern war?

– Kurz nach zwei.

– Du solltest um zwölf zu Hause sein. Noch mal kommt das nicht vor.

– Die anderen ...

– Du bist nicht die anderen, das habe ich dir schon tausendmal gesagt.

Das stimmte, ich war wirklich nicht die anderen. Aber nicht die anderen zu sein, war viel schlimmer, als sie es sich vorstellen konnte.

– Das war das erste Mal, dass ich auf einer Fete war.

– Ja und? Willst du nächstes Mal bis vier bleiben? Glaubst du, das ist das Leben? Glaubst du, man kann auf seinem Bett liegen und auf Partys gehen und das wars?

Ja, hätte ich gerne gesagt, ja, ich glaube, dass das dem Leben näher kommt, als das, was ich bisher gesehen habe.

Nachdem ich mich gewaschen hatte, ging ich spazieren. Die Sonne wärmte mich, ich versuchte, dieses gute Gefühl zu analysieren und zu konservieren. Mein Hirn fühlte sich an wie in Zuckerwatte gebettet. Noch immer war ich betrunken.

Es war sicherlich nur eine Frage der Zeit, bis ich auch ohne Alkohol so locker reden konnte. Es gab noch Hoffnung. Lange genug hatte ich gewartet, mein Leben fing jetzt an. Ab heute würde ich nicht mehr nebenherlaufen und alles verpassen, was wichtig war.

Stunden später kam ich wieder nach Hause. Ich hatte viel Zeit damit verbracht, mir mein künftiges Leben vorzuträumen. Zur Feier des Tages schloss ich mich mit Josefine Mutzenbacher im Bad ein und masturbierte.

Am Montag ging ich noch vor der ersten Stunde auf Patrick zu. Er stand gerade alleine da und es fiel mir nicht schwer, ihn anzusprechen. Ob er Monikas Telefonnummer habe, fragte ich ihn.

Er lächelte mich an und sagte zunächst gar nichts. Ich wurde unsicher und schämte mich, dass ich am Freitag so locker und cool gewesen war. Ich wollte nicht, dass jeder wusste, dass ich nur mit Alkohol locker sein konnte. Mir wurde heiß. Patrick dachte bestimmt: Der hat doch eh keine Chance bei der Frau.

Er konnte die Nummer auswendig.

– Willste sie dir nicht aufschreiben?, fragte er.

– Ne, das kann ich mir merken.

In derselben Sekunde bereute ich es. Das sah ja aus, als sei diese Nummer für mich lebenswichtig.

Nachmittags lief ich unruhig in der Wohnung hin und her. Ich durfte ja nicht zu früh anrufen, das würde so wirken, als habe ich nach der Schule nichts Besseres zu tun, als direkt anzurufen. Viertel nach vier, sagte ich mir, viertel nach vier ist eine gute Zeit, um anzurufen. Oder eher halb fünf? Nein, nein, viertel nach vier. Zwölf nach vier nahm ich den Hörer in die Hand. Viertel nach, das war so glatt, als hätte ich auf einen bestimmten Zeitpunkt gewartet, um anzurufen, zwölf nach, das war unverfänglicher.

Mein Herz pochte gegen meine Rippen, als ich die Nummer wählte. Es klingelte und ich wusste noch gar nicht, was ich sagen wollte. Ich legte wieder auf: Warte noch zehn Minuten und dann reiß dich zusammen. Vielleicht ist sie ja auch überhaupt nicht zu Hause. Außerdem sieht sie dich nicht, du musst nur deine Stimme unter Kontrolle halten. Sie sieht nicht, wie du rot wirst, und sie sieht auch nicht die Pickel. Ein zweites Mal wählte ich ihre Nummer, es klingelte sieben Mal, bis jemand abnahm. Jedes Klingeln schien ein Signal für mein Herz zu sein, ein Signal, noch schneller zu schlagen.

– Kettler.

Das konnte nur die Mutter sein. Oder hatte sie eine Schwester? War sie es vielleicht doch selbst?

– Guten Tag, ich hätte gerne mit Monika gesprochen.

– Wer ist denn dran?

Ich nannte meinen Namen.

– Augenblick bitte.

Im Hintergrund hörte ich Geräusche, mein T-Shirt klebte mir am Rücken.

– Hallo?

Noch einmal nannte ich meinen Namen, fragte Monika, ob sie sich an mich erinnern könne. Konnte sie. Es entstand eine Pause. Ich fragte, wie es ihr gehe und sie fragte mich dasselbe. Schon wieder entstand eine Pause.

– Vielleicht, vielleicht hast du ja Lust, ins Kino zu gehen, mit mir.

– Hm, also, ich ... ich ... ich glaube nicht.

– Wieso?

– Ich weiß nicht so recht, also ...

– Wir haben uns doch gut unterhalten, oder?

– Ja. Ja, wir haben uns gut unterhalten.

– Dann könnten wir ja auch ins Kino gehen. Da können wir uns auch unterhalten.

– Also ... weißt, du am Freitag ... also Tim meinte, ich sollte ein wenig mit dir reden, damit du nicht so allein da ... also, ich wollte mich nicht verabreden.

– Okay ... dann ... dann Tschüss.

– Tut mir leid.

Es wunderte mich nicht. Es zerriss mich nur. Ich schleppte mich ins Zimmer, schloss die Tür ab und legte die richtige Platte auf.

See the life I've had
can make a good man bad
so for once in my life
let me get what I want
lord knows, it would be the first time.

Die Tage ketteten sich endlos aneinander. Ich stand morgens auf und ging zur Schule, fiel ab und zu durch Bemerkungen auf, die niemand witzig fand, kam nach Hause, hörte Musik und las. Ab und zu redete ich in den Pausen mit Patrick. Er schien mich zu mögen, aber ich misstraute der Sache. Eines Tages fragte er mich, ob ich mit auf eine Fete gehen wolle, ein Freund von ihm habe Geburtstag.

– Kaufen wir vorher eine Flasche Cinzano?

– Aber klar, Mann, immer.

Der Cinzano war nicht so gut wie beim ersten Mal. Ich verbrachte einige Zeit damit, auf die Wirkung zu warten.

– Verdammt, demnächst müssen wir uns vorher betrinken, sagte ich zu Patrick. Er nickte und holte einen Flachmann aus der Tasche.

– Wild Turkey, habe ich zu Hause geklaut, das knallt dich voll weg.

Ich trank einen Schluck und es brannte in der Speiseröhre. Blut schoss in meinen Kopf und ich entspannte mich. Sehr bald spürte ich den richtigen Pegel nahen. Doch dieses Mal war es anders. Wir hatten den Cinzano zu zweit getrunken und dazu kam dann noch dieser Flachmann und ich fand mich immer wieder in wirre Gespräche mit fremden Leuten verwickelt. Der Raum drehte sich, ich hatte nicht den blassesten Schimmer, wovon ich überhaupt sprach. Jemand erzählte mir, er käme aus Dortmund, und es erschien mir höllisch weit weg. Ich weiß noch, dass ich Monika völlig vergaß. Ich hielt nicht einmal Ausschau nach ihr.

Als ich gerade im Flur an einer Wand lehnte und meine Knie sich schwach anfühlten, kam sie an mir vorbei und grüßte. Da ging sie hin. Wenn ich nicht schnell handelte, würde ich sie nie wiedersehen. Ich hielt sie an ihren Haaren fest und zog sie zurück. Sie brüllte auf.

– Entschuldigung, aber ich muss mit dir sprechen.

– Bist du bescheuert oder was? Du kannst doch nicht einfach an meinen Haaren ziehen. Ich habe keine Zeit für dich, ich muss zu Fred.

– Fred?

– Mein Freund.

Ich ließ sie los, wollte zu Fuß nach Hause, alleine, jetzt. Fast den ganzen Weg über weinte ich und sang dabei vor mich hin: Tot geboren, ich bin schon tot geboren.

Als ich an den Gleisen entlangging und den Zug hörte, dämmerte mir, dass ich mich nur vor dieses Ding schmeißen müsste und alles hätte ein Ende. Heute noch nicht, dachte ich, heute noch nicht.

Warte. Warte auf eine Freundin. Auf das Verschwinden der Pickel. Auf den Spaß. Auf das Leben. Warte noch ein bisschen. Auf den Erfolg. Dass etwas passiert. Darauf, dass jemand dich mag. Warte. Warte noch ein bisschen.

Zu Hause bekam ich Ärger, ich konnte mich nicht mehr erinnern, ob ich mir die Zähne geputzt hatte, und ich wusste auch nicht, wieso meine Klamotten so dreckig waren. Ich hatte mich um den Verstand gesoffen, wenn man meiner Mutter glauben wollte.

Meine Eltern taten alles für mich. Sie hatten siebzehn Jahre für mein leibliches Wohl gesorgt, sie hatten mir ihre Liebe geschenkt, ich hatte nie Not gelitten. Ich hatte eine teure Stereoanlage. Alle erdenklichen Kompromisse waren meine Eltern für mich eingegangen. Und ich, ich lag nach der Schule auf dem Bett und betrank mich am Wochenende ohne Sinn. Ich achtete und liebte sie nicht.

Manchmal kam es mir vor, als hätten sie mich bekommen, um eine Beschäftigung zu haben, nachdem ihre Träume vom guten Leben gescheitert waren. Sie hatten sonst nichts Sinnvolles zu tun gehabt und hatten ein Kind gezeugt.

Auch ich hatte ja nichts zu tun, was meinem Leben einen Sinn gegeben hätte, aber ich hatte auch nie danach verlangt, auf diese Welt gesetzt zu werden. Meine Eltern hatten kein Interesse an mir, außer ihre Liebesschulden einzutreiben.

Ich legte Joy Division auf: *Family life just makes me feel uneasy.*

Musik, Musik und Bücher. Daran klammerte ich mich mit aller Gewalt. Ich entdeckte verwandte Seelen. Der Musik und den Büchern konnte ich vertrauen, sie ließen mich nie im Stich. Auch wenn es nur wenige Platten und Bücher waren, die mich ansprachen. Auch, wenn ich sie an zwei Händen abzählen konnte.

Patrick war in der Pause auf mich zugekommen und hatte gesagt:

– Heute Abend ist ne Fete auf dem Humboldt, höre ich gerade, gehen wir hin?

– Humboldt?

– Humboldt-Gymnasium, in der Eifelstraße.

– Ja, ich, ich muss früh zu Hause sein, weil ...

Ich brach ab, mir fiel kein Grund dafür ein.

– Ist schon okay. Ich muss auch früh zu Hause sein. Meine Mutter macht in letzter Zeit immer so einen Aufstand. Und morgen ist ja noch Schule, das geht mir ja auch auf die Eier, samstags Schule, Alter, wer auf so ne Idee gekommen ist.

So einfach war das. Es war nicht peinlich, es gab da noch jemanden, der ein Problem mit seiner Mutter und spät nach Hause kommen hatte.

Lass uns heute mal Bier trinken, sagte Patrick, als wir im Kiosk standen.

Wir kauften jeder vier Dosen. Ich wusste, es würde mir nicht schmecken. Aber das war egal. Was hier zählte, war die Wirkung. Als wir die erste Dose öffneten und anstießen, sagte Patrick:

– Mit dir kann man sich klasse unterhalten, wenn du betrunken bist, weißt du das?

Ich nickte. Da waren ganze Berge von Sätzen in mir, die einsamen Nachmittage gingen nicht spurlos an einem vorüber. Wenn ich betrunken war, konnte ich darüber reden, über die Sinnlosigkeit, die ich empfand. Ich konnte manchmal reden, als würde ich in mein Tagebuch schreiben. Und wenn Patrick dann von seinen Problemen in der Schule erzählte und wie sehr dieser oder jener Lehrer ihn auf dem Kieker hatte, war es so, als ginge es uns beiden hinterher besser.

Als wir auf der Fete ankamen, war es kurz vor sieben. Schulfeten fingen früh an, weil um elf Schluss war, eigentlich war das Kinderkram. Vor dem Schultor standen ein paar Jungs, tranken Flaschenbier und waren eindeutig auf eine Schlägerei aus. Als wir an ihnen vorbeigingen, hatte ich Angst. Ich war dürr, ich wog fast nichts. Ich war ein willkommenes Opfer für solche Leute.

Unter unseren Jacken schmuggelten wir die Dosen hinein, gingen aufs Klo und tranken dort zügig. Die letzten beiden Dosen schüttelten wir kräftig und spritzten die ganzen Wände mit Bier voll.

Als wir auf dem Gang waren, kam uns ein Lehrer entgegen.

– Auf der Jungentoilette wird angeblich Bier getrunken, habt ihr was gesehen?

– Ja, da waren welche, ich deutete über meine Schulter, aber die haben da ein Fenster eingeschmissen und sind rausgeklettert.

Der Lehrer beschleunigte seinen Schritt und wir unseren.

Ein Mädchen mit dunkelbraunen, strähnigen Haaren kam auf uns zu, sie trug grüne Chucks, blaue Jeans und einen schwarzen Pulli.

– Hallo Sarah, lange nicht gesehen, sagte Patrick und sie umarmten sich. Ich sah zu. Nach einer halben Stunde, vielleicht länger, lösten sie sich voneinander. Patrick stellte mich vor und Sarah umarmte auch mich. Anderthalb Sekunden lang. Meine Arme hingen nach unten. Ich war versteinert. Aber mein Herz bebte vor Freude. Wir nahmen sie in unsere Mitte und gingen in die Aula. Patrick ergriff Sarahs Hand und noch ehe ich neidisch werden konnte, streckte Sarah ihre andere Hand aus und nahm meine. Ich war verwirrt, erfreut, überglücklich, erstaunt, verwundert. In meinem Kopf waren ein Karussell, eine Achterbahn, ein Irrgarten, Elfen, Zitronenfalter, Riesen und Monster.

Am Rand der Tanzfläche blieben wir stehen. Keiner sprach. Es ging mir gut, es war ganz einfach. Ich ging zum DJ und fragte ihn, ob er *Too much too young* spielen könne. Er sagte nein, ich nannte ihn ein dämliches Arschloch und ging. Als ich zurückkam, redete Patrick gerade mit jemandem, den ich nicht kannte. Sarah fasste mich an der Hand und zog mich ein Stück beiseite.

– Hast du Lust, ein bisschen mit rauszukommen?

Ich hüpfte über ein paar Wolken, die da am Boden hingen, einerseits war das unglaublich, andererseits passierte es gerade. Draußen setzten wir uns auf eine Bank und redeten über Musik. Wir hörten dieselben Sachen. Ein Geistesgestörter hätte erkannt, dass wir füreinander geschaffen waren. Es gab diesen Menschen also doch, sie lebte und sie saß neben mir und rauchte eine Zigarette. Von einer Sekunde auf die andere war ich verliebt, verliebt in eine Göttin, in eine Fee, ein Märchenwesen, die Erfüllung meiner Träume, meine Seelenschwester, diese wunderschöne Frau, deren bloßer Anblick mein Herz galoppieren ließ wie John Waynes Pferd.

In einem Anfall von Größenwahn legte ich meine Hand um ihre Schulter und sie, sie lehnte ihren Kopf an mich. Sie erzählte mir gerade, Kiffen schade der Gesundheit und mache abhängig. Ich hatte es leider noch nie ausprobiert, aber ich hatte zehn Bücher darüber gelesen und war da anderer Meinung. Aber ich sagte nichts. Ruckartig zog ich sie an mich. Es war eine unbeholfene Geste, ein Überfall, grob und plötzlich. Doch es musste so schnell gehen, anders hätte ich es nicht gekonnt. Ich presste meinen Mund auf ihren. Mein ganzes Leben wollte ich in ein paar Sekunden packen. Es wird die Verzweiflung gewesen sein.

Ihre Spucke schmeckte komisch, ich sabberte wie ein Kleinkind, Speichel lief mir das Kinn runter. Ich war so darauf aus, endlich mal zu küssen, dass ich zuerst gar nichts spürte. Doch Sarah machte sich nicht los und nach einiger Zeit merkte ich, dass sie mitmachte. Es fing an, mir zu gefallen. Ich machte noch ein paar wilde Schlenker mit der Zunge, damit sie mich als einen weitgereisten Großmeister des Küssens erkennen musste.

Es war unglaublich und ich versuchte mir jede Einzelheit genau einzuprägen. Es dauerte bestimmt fünf Minuten, bis ich auf die Idee kam, meine Hand unter ihren Pulli zu stecken. Sie ließ es geschehen. Und sie trug keinen BH. Ich wäre fast gestorben. Ein warmer Busen in meiner Hand. Hastig tastete ich ihn ab, um zu fühlen, wie er beschaffen war. Ich fing an ihre Titten zu kneten. Sie stöhnte auf. Ich dachte vor Lust und ich dachte, ich würde gleich abspritzen.

– Bitte nicht so fest, das tut weh.

Das Blut schoss aus meinem Schwanz in meinen Kopf, ich schämte mich, so schnell war klar geworden, dass ich nicht wusste, wie man einen Busen behandelt. Ich fing wieder an sie zu küssen, meine Hände bedeckten noch ihre Brüste, aber ich fühlte mich wie gelähmt. Es machte irgendwie keinen richtigen Spaß mehr. Ungefähr zehn Sekunden lang, dann hatte ich alles vergessen und versuchte wieder, mit meiner Zunge ihren Mund zu erforschen. Langsam schob ich dann auch meine andere Hand unter ihren Pulli, wofür hatte man denn zwei Hände. Ich stöhnte auf.

– Au, schrie sie jetzt auf und schob mich von sich. Ich hatte es wieder getan.

– Lass uns reingehen, sagte sie und nahm meine Hand. Ich war ihr dankbar für diese Geste.

Obwohl ich so versagt hatte, wollte ich, dass alle Leute uns Hand in Hand sahen. Doch keiner schien mich neidisch anzublicken. Hey, ich habe ein Mädchen geküsst und ich weiß, wie sich Titten anfühlen. Mein Leben hat gerade begonnen. Da war Licht auf dem Grund des Brunnens und meine Sohlen berührten kaum den Boden. Nachdem ich Patrick in der Menge ausgemacht hatte, steuerte ich auf ihn zu. Er sah irgendwie traurig aus, das entging mir nicht. Als er uns sah, verdrehte er die Augen.

– Es ist schon halb elf, Mann, wo hast du gesteckt? Wir müssen los.

Ich ließ mir Sarahs Telefonnummer geben und versprach, am nächsten Tag anzurufen. Ich war feige, ich wollte nicht schon wieder Ärger zu Hause. Wir sprachen kein Wort bis zur Haltestelle, ich verstand nicht, wie ich einen Fuß vor den anderen setzte, wie ich in der Lage war, Sarah zurückzulassen. Patrick trat mit voller Wucht gegen eine Mülltonne, torkelte und fiel hin. Dabei purzelte der leere Flachmann aus seiner Tasche.

– Scheiße, brüllte er, scheiße, scheiße, scheiße.

Seine Augen schimmerten feucht im Glanz der Straßenlaterne.

– Was ist?

– Ich hasse dieses Scheißleben.

Ich wusste nicht, was er hatte. Aber ich hätte keine Zehntelsekunde gezögert, wenn man mir angeboten hätte, mit ihm zu tauschen. Seine Mutter konnte nicht so schlimm sein wie meine. Er sah gut aus, hatte schon mit zwei Frauen geschlafen, er war schlagfertig wie kein Zweiter. Was immer ihm auch passiert sein mochte. Mit seinen Voraussetzungen wäre ich ein glücklicher Mensch gewesen, davon war ich überzeugt.

– Was ist denn?

– Ich bin schon zum fünften Mal bei Ulrike abgeblitzt ... ich war noch nie so verliebt, die anderen interessieren mich gar nicht mehr ... ich will nur Ulrike und ich blitze jedes Mal ab ... scheiße, und überhaupt: Wenn nicht ein Wunder passiert, bleibe ich dieses Jahr sitzen ... ich weiß auch nicht ... manchmal habe ich einfach keine Lust mehr, weißt du, ich habe keine Lust mehr auf all diesen Scheiß.

Er wusste nicht, was es hieß zu leiden. Patrick saß da mit dieser schönen Fresse und seinen prallen Muskeln und wusste sein Glück nicht zu schätzen. Fünfmal abgeblitzt und bei fünfzehn anderen schon Erfolg gehabt. Als wir in die Bahn eingestiegen waren, hängte Patrick sich

mit den Armen in die Schlaufen, die an den Stangen befestigt waren. Als die Bahn anfuhr, knickten ihm die Beine
weg. Etwa eine Sekunde lang hing sein ganzes Gewicht an
den Schlaufen, dann knallte er rückwärts auf den Boden.

Ich kniete mich neben ihn, ich wusste nicht, was ich
tun sollte, legte ihm wenigstens eine Hand auf die Schulter, um ihm zu zeigen, dass ich da war. Er richtete sich
langsam auf und ich half ihm hoch.

– Danke ... du bist echt okay ... weißt du, ich mag dich ...

Er schien betrunkener zu sein, als ich gedacht hatte.
Ich stützte ihn bis zu einem Sitz. Er ließ sich fallen, lehnte
den Kopf an die Scheibe und sagte:

– Als ich zwölf war, ist mein Vater gestorben, weißt du ...

Seine Stimme klang ausgeleiert, ich wusste nicht, was er
mir erzählen wollte, aber ich hatte auf einmal das Gefühl,
dass mehr in ihm steckte. Er umfasste mein Handgelenk
und sah mir in die Augen. Ich dachte: Da ist noch jemand
allein.

– Abends, abends höre ich immer, wie meine Mutter
von ihrem Freund gefickt wird ... Der ist einfach ekelhaft,
ich hasse ihn, der greift ihr an die Titten, wenn ich dabei
bin, und lacht dann dreckig.

Die Bahn hielt, meine Station, doch ich blieb sitzen.
Auch an der nächsten Haltestelle brachte ich es nicht
fertig, mich von Patrick zu verabschieden. Sein Kopf
ruckelte an der Scheibe entlang und seine Haare hinter-
ließen fettige Spuren auf dem Glas. Dann setzte er sich
gerade hin und sagte:

– Du musst aussteigen.

– Ja, die nächste.

Die Bahn hielt und ich stieg aus.

Sarah war nicht zu Hause, wie mir ihre Mutter am Telefon
sagte. Als ich nachmittags ihre Nummer wählte, war ich

aufgeregt, aber meine Hände hatten dieses Mal nicht gezittert. Am Sonntag war Sarah auch nicht zu Hause und rief auch nicht zurück. Am Montag in der Schule sahen mich alle ganz seltsam an. Zuerst dachte ich, ich würde mir das nur einbilden, aber es wurde immer eindeutiger. Sie sahen mich an und tuschelten und ich tat so, als würde ich es nicht merken. In der großen Pause kam dann Tim auf mich zu. Die Hände in den Hosentaschen und den Blick zwischen den Stahlkappen meiner Schuhe, stand ich da.

– Direkt in die Hose?, fragte er.

Ich hob meinen Kopf, sah ihm jedoch nicht in die Augen. Um ihn herum standen noch einige andere, auch Patrick. Ich zuckte die Achseln, ich wusste nicht, was er meinte.

– Sarah hat erzählt, dir sei es schon gekommen, als du nur ihre Titten gedrückt hast, mein lieber Scholli, das nenn ich einen Schnellspritzer.

Ich drehte mich um, holte meine Tasche und ging nach Hause.

Schlafen, ich wollte nur noch schlafen, einen Monat lang, zwei, drei, vier. Ich legte mich aufs Bett, die *Unknown Pleasures* von Joy Division im Tapedeck auf Autoreverse. *There's no room for the weak.*

Morgens klingelte der Wecker und gleichzeitig schossen mir die Tränen in die Augen. Schon wieder musste ich aufstehen und kämpfen, jeden Tag das gleiche Spiel, die gleichen Regeln, die gleiche Scheiße. Am liebsten wäre ich verschwunden, ganz langsam und sanft, als würde man sich in eine Wanne voll warmem Wasser gleiten lassen, so wäre ich gerne aus dem Leben verschwunden. Es schien alles vorbei zu sein, bevor es richtig angefangen hatte. Ich war ein Fehlstart.

Wochen vergingen wie Tropfen, die sich unendlich langsam an einem undichten Wasserhahn bilden. Wenn sie sich dann lösen, um mit einem nervtötenden Geräusch zu verschwinden, kann man sich in der Stille hinterher einbilden, alles sei in bester Ordnung. Ich starrte Löcher in die Wände und die Decke. Manchmal fühlte ich mich derart hässlich und abstoßend, dass ich aufstand und zum Spiegel ging. Ich musste mich davon überzeugen – und tatsächlich: Da starrte mir ein Monster entgegen, ein Freak.

Mir kamen seltsame Ideen, manchmal wollte ich meinen Schädel spalten, hineingreifen und meine Hirnmasse überall verteilen. Manchmal war mir alles so scheißegal, dass ich dachte, ich bräuchte nur die Augen zu schließen und könne dann sterben. Manchmal schnitt ich mir mit einer Rasierklinge Muster in die Haut. Zuerst wurde immer helles, weißes Fleisch links und rechts vom Schnitt sichtbar, dann füllte sich die Spalte langsam mit Blut, das sich durch die Oberflächenspannung wölbte, bis es aussah wie eine Narbe und dann langsam, der Schwerkraft gehorchend, zerfloss. Da war Leben in mir und es wollte raus.

Ich redete nur noch das Nötigste. Glück war etwas, das ich mir in seltenen Momenten selbst bescherte. Von draußen, von draußen, bekam ich nur Schläge in die Fresse.

Die Wochen tropften eine nach der anderen vorbei, nichts geschah und es sah nicht so aus, als würde je etwas geschehen. *Nothing ever happens and I guess it never will and a young boys passions can make him very ill.*

Eines Tages war ich früher von der Schule zu Hause, schloss auf und betrat die Wohnung leise wie immer. Ich versuchte zu lernen, unsichtbar zu werden. Die Tür zu meinem Zimmer stand einen Spalt weit auf. Meine Mutter stand an meinem Schreibtisch und las aufmerksam in meinem Tagebuch. Mein Tagebuch, mein Tempel, meine Gefängniszelle, mein Brot und mein Wasser, meine kleine mickrige geheime Welt. Vorsichtig ging ich zurück, zog die Wohnungstür leise zu und klingelte dann.

Es kam der Sommer und es kamen die Sommerferien. Meine Eltern fuhren zwei Wochen in den Urlaub, ohne mich. Ich glaube, sie wollten mich bestrafen. Sie gaben mir zu verstehen, dass ich Strand und Sonne und Erholung nicht wirklich verdient hatte. Ich hatte nicht gearbeitet, mein Zeugnis war mittelprächtig, ich hatte immer nur auf dem Bett gelegen und einen Job für die Ferien hatte ich mir auch nicht gesucht. Es machte mir nicht viel Mühe, meine Freude zu verbergen. Ich tat geknickt und sie kauften es mir ab.

Es kam der Sommer, in dem ich meine Tagebücher verbrannte, der Sommer, in dem ich jedes Mal heulte, wenn ich bestimmte Lieder hörte, der Sommer in dem ich *Schuld und Sühne* las, *Mysterien*, *Reise ans Ende der Nacht*. Der Sommer, in dem ich anfing mit Liegestützen und Klimmzügen. Ein Sommer voller Sehnsüchte, Paranoia und Angst, der Sommer, der mich verbrannte, austrocknete und ausspie.

Meine Eltern waren weggefahren und die Stille der Wohnung riss mir fast die Knochen aus dem Leib. So schlimm hatte ich es mir nicht vorgestellt. Gegen Abend nahm ich mir eine Flasche Wein aus dem Keller und als ich die getrunken hatte, fuhr ich in diesen Laden, von dem Patrick öfter erzählt hatte. Ich fuhr mit der Bahn ins White Coat, der Eintritt kostete fünf Mark, sie spielten meine Musik und ich stand fast den ganzen Abend an die Wand gelehnt da und beobachtete die Leute. Sie sahen alle so gut aus, so gut, dass ich mich schämte, unter ihnen zu sein, aber hier war es laut und voll, hier war das Leben.

Sehr bald entwickelte ich eine Routine, fuhr gegen neun in die Stadt und mit der letzten Bahn zurück, ich lag um zwei im Bett, besoffen und müde, und schlief bis zehn, elf. Dann lag ich rum, las, trödelte, hörte Musik, aß Ravioli aus der Dose und wartete darauf, dass es Zeit wurde, in den Keller zu gehen und eine Flasche Wein mit hochzunehmen, um sie zu trinken, bevor ich losfuhr. Nach drei Tagen kam es mir vor, als hätte ich nie anders gelebt, als gehörte ich ins White Coat, ich lernte sogar Leute kennen, weil ich besoffen genug war. Es war ein bisschen so etwas wie eine Aufgabe, die mich erfüllte: ins White Coat gehen. Außer montags, da war Ruhetag. Ich trank und lachte und tanzte und morgens wachte ich auf und mein Leben kam mir keinen Deut anders vor als vor dem White Coat.

Am letzten Abend, bevor meine Eltern zurückkamen, lernte ich eine Frau kennen. Mit ihren rot gefärbten Haaren war sie mir schon am ersten Abend aufgefallen. Nun standen wir nebeneinander an der Theke. Schon bald knutschte auch ich, zum ersten Mal in meinem Leben in der Öffentlichkeit. Mit meinem letzten Geld hatte ich Michaela vier Tequilas ausgegeben und dann hatte ich mich an sie gelehnt. Zuerst hatten sich nur unsere Schultern berührt, dann hatten wir uns langsam zueinander gedreht und auf einmal küssten wir uns.

Wir küssten uns, ich bekam eine Erektion, aber meine Blase platzte fast. Bis zum letzten Moment hielt ich ein, dann rannte ich auf die Toilette. Es dauerte ewig, ich hätte einen Benzinkanister vollpinkeln können.

Zuerst glaubte ich, sie sei woanders hingegangen, sitze nicht mehr an der Theke. Ich war betrunken, ich brauchte ziemlich lange, bis ich begriff, dass die Frau, die mit einem Berg von einem Mann knutschte, Michaela war. Am besten wieder zu Fuß nach Hause.

Irgendwie geriet ich ins Industriegebiet, ich sprach leise vor mich hin, stundenlang irrte ich durch die Gegend, ich hatte mich verlaufen. Ich stolperte zwischen grauen

Hallen und modernen, voll verglasten Gebäuden herum. Alles wirkte tot und verlassen in so einer Samstagnacht, ich hatte kein Glück mit den Frauen. Ich hatte kein Glück mit den Menschen. Es musste noch etwas anderes geben, das konnte doch nicht alles sein.

Ian Curtis, der Joy-Division-Sänger fiel mir ein. Einer der wenigen Menschen, von denen ich etwas hielt. Drei, vier Jahre lang sang er davon, wie deprimierend er das Leben fand, und dann erhängte er sich eines Morgens. Ich liebte ihn für die Konsequenz. Das war kein farbloser Klecks Mensch. Ich wollte Leidenschaft und Feuer. Ich war besessen von dem Wunsch zu leben, wirklich zu leben, intensiv, glücklich zu sein. Ich hätte alles dafür gegeben. Man musste es versuchen, mit vollem Einsatz, ohne Rücksicht auf Verluste, mit ganzer Seele.

Es wird sich nie etwas ändern, dachte ich, als ich sah, wie die Sonne sich zwischen die Lagerhallen drängte. Jeden Tag vertröstete man sich selbst auf eine Zukunft, die nie kam.

Ich fand den Weg nach Hause und als ich die Tür aufschloss, fühlte ich mich leicht und schwer zugleich. Ich konnte mich nicht konzentrieren. Gedanken, Stimmen und Musik flogen in meinem Kopf umher. In meinem Zimmer zog ich die Schreibtischschublade auf und holte die Rasierklingen hervor. Dann ging ich zum Kühlschrank, nahm Eiswürfel aus dem Eisfach, rieb mein linkes Handgelenk ein. Man musste längs schneiden und es musste tief sein, sonst erwischte man die Ader nicht. Also betäubte ich die Stelle, um sicher zu gehen, dass es nicht wehtat und ich tief genug schnitt.

Mit der Rasierklinge zwischen den Lippen ging ich ins Bad. Mein Kopf war jetzt leer, aber klar. Ich tat, was getan werden musste. Das Eis ließ ich ins Waschbecken fallen und setzte die Klinge an der Handwurzel an. Ich steckte sie tief rein, genau über der Pulsader, und zog sie dann langsam vier oder fünf Zentimeter hoch. Mein linker Arm lag im Waschbecken und das Blut spritzte rhythmisch heraus. Ich fühlte mich wie eine Marionette, ich hatte keine Kontrolle über mich. Das war nicht mein Arm, nicht mein Blut, das war ich nicht. Ich hatte Sarah geküsst vor zweitausend Jahren. Ich hatte gewichst und da waren noch Flecken auf dem Laken. Ich hatte Selbstmörder bewundert seit meiner Geburt. Und nun stand nicht ich hier und blutete. Nein. Der Spiegel zeigt ein seltsames Gesicht, müde, traurig, verschmiert. Das war ich nicht. Das war das Leben.

Versuch bloß nicht
etwas herauszufinden

Irgend so ein Typ, der dich anquatscht. Es gibt so viele davon. Ich könnte mir nicht mal die häufigsten ersten Sätze merken. Irgend so ein Typ. Trunken von der Atmosphäre, oder eher von ein paar Bier, einer Nase, einigen Tüten oder allem zusammen.

Ein Typ. Könnte schöne Augen haben, schöne Hände, könnte schöne Sätze sprechen, könnte irgendetwas, aber nichts würde mich beeindrucken. Beeindruckt bin ich schon lange nicht mehr.

Wenn du Gesang hörst, hat er etwas mit Sex zu tun. Das war immer so und wird immer so bleiben. Sobald etwas von Bedeutung gesungen wird, hat es mit Sex zu tun. Und genauso ist es mit den Typen, die dich ansprechen. Es hat immer mit Sex zu tun, aber im Gegensatz zur Musik kann man nicht darin versinken, weil er voller Plattheiten ist, der Sex aus dem Mund von Männern, die dich ansprechen.

Er war mir egal. Irgend so ein Typ, der dich anquatscht.

Dann fiel mein Blick auf sein Festivalbändchen. Er hatte nur eins und das war auch das richtige, das von diesem Festival und von diesem Jahr. Doch es sah so aus, als würde er es schon monatelang tragen. Es sah aus, wie meine Bändchen früher immer im April oder Mai aussahen, damals, als ich sie noch trug, bis die neue Festivalsaison begann.

Es war erst der zweite Tag des Festivals, was hatte er mit seinem Bändchen gemacht? War es kein Original? Wie bekam man eine so gute Fälschung hin? Wie musste man leben, was alles mit seinem Handgelenk machen, dass das Bändchen so aussah?

Ich hörte ihm zu. Und ließ mich auf ein Bier einladen. Wir waren weit vorne, als Bomba Estéreo spielten, wir tanzten zusammen, er konnte sich gut bewegen, seine Hüften nahmen den Schwung meiner Hüften auf, sein Oberkörper improvisierte zum Rhythmus der Musik, aber nur weil ein Mann zufällig tanzen kann, braucht man nicht beeindruckt zu sein.

Er reckte die Arme in die Luft und ich sah mir das Bändchen an. Hatte er es in Säure getaucht? Hatte er Sandpapier benutzt? Das Bändchen an einem Felsen gescheuert? Oder war es doch kein Original-Bändchen?

– Was ist mit deinem Bändchen?, fragte ich nach dem Tanzen.

– Was soll damit sein?

– Es sieht so aus, als würdest du es schon monatelang tragen.

Er grinste. Einige Leute, die wohl auf dem Weg ins Yogazelt waren, kamen uns mit Matten entgegen.

– Kennst du die beste Yogaübung?, fragte er. Die, die einen wirklich befreit?

Ich sah ihn fragend an.

Er schob die Unterlippe leicht vor und hob die Schultern. Dann grinste er. Ich zeigte keine Reaktion, doch er war nicht so blöd, mir den Witz auch noch erklären zu wollen.

Später, in der Nacht, in seinem Zelt, fiel mir die Übung wieder ein. Er hatte Recht gehabt. Wenn man sie beherrschte, dann musste sie ungeheuer befreiend sein.

Doch ich lag in einem fremden Zelt, dorthingetrieben von einer Neugier, die poetisch wirken mochte. Geleitet von einem Blick für das Detail. Von einem Drang, etwas erfahren zu wollen. Hereingelegt von dem Glauben, es gäbe ein Geheimnis zu entdecken. Den Glauben an etwas anderes, als ich bisher gesehen und erlebt hatte.

Ein weiterer Typ, der dich anquatscht. Es ist wie mit der Musik. Wenn es von Bedeutung ist, hat es mit Sex zu tun.

Und Sex heißt nur, dass man sich getrennt fühlt und verbunden werden will. Man glaubt, es gäbe einen Trick, ein Geheimnis, einen Weg sich zu verbinden. Man will verbunden werden mit dem Geheimnis des Bändchens, als könnte in diesem Geheimnis eine Tiefe liegen, eine Befriedigung, die länger andauert. Mindestens so lange, bis das eigene Festivalbändchen so aussieht, wie das, das einen verführt hat. Monate müssten das sein. Doch es gibt keine Monate. Es gibt nur Momente. Wie den, in dem du erkennst, dass Poesie auch nicht länger währt als einen Lidschlag und nicht tiefer geht als eine Tätowierung. Wie den, in dem du mal wieder erkennst, dass es keine Geheimnisse gibt, das ist der, der noch vor dem Morgengrauen kommt.

Ich könnte dir jetzt erzählen, was es mit dem Bändchen auf sich hatte. Aber das erklärt nicht, warum man einem Zauber erliegt, der keiner ist. Nur irgend so ein Typ, der dich anquatscht.

Die Prinzessin auf der Suche

Es war mal eine Prinzessin, die als kleines Mädchen ein rechter Wildfang war. Ihren Eltern gehorchte sie nicht und ihre Späße waren bei den Dienstboten gefürchtet. So versteckte sie Eidechsen in leeren Kochtöpfen und die Köchin schrie das ganze Schloss zusammen, als sie den Deckel hob.

Während andere Kinder Puppenhäuser hatten, spielte die Prinzessin mit einem Märchenschloss in Miniatur. Als sie Sintflut spielte, ließ sie es in den Brunnen fallen, bei einem Erdbeben warf sie es aus dem Fenster und schließlich beschloss sie, dass die Bewohner gesündigt hatten, und es gab eine Feuersbrunst, bei der das ganze Spielzimmer abbrannte.

Dabei hatte sie noch keine Vorstellung davon, was Sünde bedeutete.

Sie machte alles, wozu sie Lust hatte, und obwohl ihre Eltern ratlos waren, was aus der Prinzessin mal werden sollte, erfüllten sie ihr jeden ihrer Wünsche, wie es sich geziemte und wie ihre Eltern es bei ihnen getan hatten und deren Eltern bei jenen und deren Eltern und deren Eltern, immer so fort bis zum ersten Königspaar in einem Märchen.

Hätte man sie später gefragt, hätte die Prinzessin dennoch nicht gesagt, dass sie eine schöne Kindheit gehabt hatte. Da waren zu viele Dinge, die sie nicht verstand. Warum gab es all diese Regeln und warum galten sie nicht für sie? Wieso war sie sie und nicht jemand anders? Was war hinter den Mauern des Schlosses? Und wenn ihr langweilig war, wo war dann die Mitte der Langeweile?

Die Mitte der Freude kannte sie. Die Freude fing an, wenn sie Eidechsen fing oder Mäuse, dann ging die Freude weiter, wenn sie sie in einen Kochtopf steckte, und dort, wo die Köchin schrie und in Ohnmacht fiel, war die Mitte der Freude. Danach hörte sie langsam auf.

Doch die Langeweile hatte keine Mitte. Und wenn sie ihre Eltern fragte:

– Wo ist die Mitte der Langeweile?, sah die Prinzessin, dass ihre Eltern sie nicht verstanden.

Wenn ihre Eltern wegfuhren, um andere Königspaare aus anderen Märchen zu besuchen, fragte sich die Prinzessin: Wäre ich traurig, wenn sie nicht wiederkämen?

Und sie glaubte, dass sie nicht traurig wäre. Und wenn die Dienstboten von einem Tag auf den anderen verschwänden, wäre sie dann traurig? Nein. Wenn ihre Spielkameraden, die Tochter der Schneiderin, die Tochter des Herzogs, der Sohn des Stallmeisters und der Sohn des Leibarztes, verschwänden, wäre sie dann traurig? Nein. Wenn sie ganz allein auf der großen weiten Welt wäre, wäre sie dann traurig? Nein, sagte sich die Prinzessin, aber dann würde ich vielleicht herausbekommen, wo die Mitte der Langeweile ist.

An ihrem zwölften Geburtstag wusste die Prinzessin auf einmal, wie man das nannte, dass sie glaubte, sie würde nicht traurig werden.

Sie fühlte sich mit niemandem verbunden, als würden alle Menschen, die sie kannte, in einer Welt leben, zu der sie nicht dazu gehörte.

– Deswegen versucht sie auch immer so heftige Reaktionen auszulösen, hätte der Hofpsychologe gesagt, um sich zu vergewissern, dass sie existiert.

Aber es gab keinen Hofpsychologen und die Prinzessin fand auch so heraus, woran sie litt: Einsamkeit.

Und sie tat, was viele Einsame tun, sie las.

Sie las zum Beispiel die Geschichte des Prinzen Siddhartha, der, als er zum ersten Mal außerhalb der Schlossmauern war, Krankheit, Alter und Tod sah und dann

Frau und Kind verließ auf der Suche nach dem Ende des menschlichen Leids.

Die Prinzessin fragte sich, ob er auch einsam gewesen war und ob es ihm deswegen leicht gefallen war, seine Frau und sein Kind zurückzulassen. Das Ende vom Leid aller Menschen interessierte sie nicht so sehr, sie suchte nach etwas anderem.

Lange Zeit stellte sie sich vor, sie würde in der Bücherhalle ein geheimes Buch finden, versteckt hinter einem Regal oder einer verbotenen Tür. Ein dünnes Bändchen, das nur für sie bestimmt war. In dem Buch würde stehen, dass sie die Probe bestanden hatte, dass sie lange genug einsam gewesen war und dass es hatte so sein müssen. Dass sie ab heute dazugehören würde, dass sie fühlen würde, was alle fühlten, und lachen würde, wie alle lachten, dass sie aufgenommen war in die Gemeinschaft derer, die sich zusammengehörig fühlten.

Doch dieses Buch fand sie nie.

So beschloss die Prinzessin, den Palast zu verlassen, wie Siddhartha, und draußen in der Welt zu suchen. Das Ende der Einsamkeit oder wenigstens die Mitte der Langeweile.

In der nächstbesten Stadt in der erstbesten Taverne angelte sie sich einen Liebhaber und die ersten sieben Wochen, die sie in der Herberge verbrachten, glaubte sie schon, das Ende ihrer Suche erreicht zu haben.

Doch dann war da auf einmal wieder die Langeweile und sie wusste wieder nicht, wo die Mitte sein mochte, aber sie wusste, dass sie nicht traurig sein würde, wenn sie ohne diesen Mann war.

Also zog sie ihres Weges und als sie am Straßenrand entlangwanderte, kam ein Wunderheiler und nahm sie ein Stück in seiner Kutsche mit.

Der Wunderheiler nannte sich Doktor Lustig und hatte viele Mittelchen in einem großen Koffer, gegen Magenverstimmung, gegen Kopfschmerzen, gegen Haarausfall, Schuppen, Krätze, Durchfall, gegen Depressionen, Gicht, Rheuma, Asthma, Impotenz, Blähungen, Pocken, Eiterbeulen, Liebeskummer, Frühjahrsmüdigkeit und sogar gegen Langeweile hatte er Kräuter, Pillen und Tinkturen, Poitín, Cannabis sativa, Mama Coca, Laudanum, Andachuma und Teonanacátl, aber gegen die Einsamkeit, sagte er, gegen die Einsamkeit war kein Kraut gewachsen. Doch die Prinzessin könne sich in eine Berghöhle zurückziehen und dort meditieren. Wenn sie genug vom Meditieren hätte, könne sie hinabsteigen zu den Menschen und dann würde sie sich an der Gesellschaft der Menschen freuen und sich nicht mehr einsam fühlen.

Doktor Lustig schien der Prinzessin kein sonderlich vertrauenswürdiger Ratgeber zu sein und sich selbst allzu ausführlich an seinen Mitteln gegen Langeweile zu bedienen, doch da ihr selber auch nichts Besseres einfiel, beschloss sie seinem Vorschlag zu folgen.

– Weißt du denn, wo die Mitte der Langeweile ist?, fragte sie den Doktor, du hast ja so viele Mittel dagegen.

– Ja, sagte der Doktor und die Prinzessin horchte auf. Die Mitte der Langeweile ist ein großes Loch im Herzen, sagte er.

– Aber wie kann die Mitte von etwas ein Loch sein, also nichts?, wollte die Prinzessin wissen und darauf hatte Doktor Lustig nur ein Kichern als Antwort, das aber vielleicht von dem Lachgas kam, das er gerade inhaliert hatte.

So stieg die Prinzessin alsbald auf einen Berg und meditierte und meditierte und meditierte. Ihr wurde unglaublich langweilig dabei. Sieben Jahre meditierte die Prinzessin und nach sieben Jahren Langeweile wusste sie immer noch nicht, wo die Mitte war, aber es war an der Zeit, hinabzusteigen und sich in die Gesellschaft der Menschen zu begeben.

Sie freute sich darauf zu reden und zu lachen, aber noch vor dem ersten Wort war ihre Enttäuschung groß, als sie in ein Dorf kam. Sie sah sich die Menschen an und fühlte sich noch fremder als zuvor. Sie beobachtete diese Wesen, wie sie standen, wie sie gingen, redeten, lachten, und konnte nicht glauben, dass in diesen Köpfen jemand wohnte wie in ihrem Kopf. Jemand, der ihnen zuraunte, dass sie allein waren. Nein, so jemand wohnte bei den anderen nicht im Kopf.

Doch abends in der Taverne nach einem Honigwein redete sie und redete und redete. Die Worte kamen einfach aus ihrem Mund, ohne dass sie nachdenken musste, und als sie kurz innehielt, merkte sie, dass sie glücklich war, weil all die Worte wie von selbst purzelten und sprudelten und so klangen, als würde Musik aus ihrem Mund kommen.

Da war Gesang in ihrem Kopf, als hätte sie eine Stimme verschluckt und nun kam die Stimme heraus und die ganze Welt wurde ein Lied.

Und dann sah sie den Mann an, der ihr gegenübersaß, und ihr fiel wieder ein, dass bei ihm niemand im Kopf wohnte, und selbst wenn es doch so war, sie konnte es sich nicht vorstellen.

Die Musik war mit einem Mal weg und sie war wieder allein.

Da betrat Doktor Lustig die Taverne und als er die Prinzessin erkannte, lachte sein ganzes Gesicht. Er setzte sich zu ihr.

Und, wollte er wissen, hat es funktioniert?

– Ja, sagte die Prinzessin, aber nur ganz kurz. Sieben Jahre habe ich meditiert und mich dann sieben Minuten gefreut.

– Vielleicht solltest du herausfinden, wie es die anderen machen, sagte der Doktor, die anderen Prinzessinnen und Prinzen.

– Die, von denen es immer heißt: Und wenn sie nicht gestorben sind, dann leben sie noch heute?

– Genau die, sagte der Doktor, die fühlen sich bestimmt nicht einsam.

Also machte sich die Prinzessin auf die Suche nach Schneewittchen, Dornröschen, dem Froschkönig, Aschenputtel, Schneeweißchen und Rosenrot.

Doch jedes Mal wenn die Prinzessin ans Ende eines Märchens gereist war, um zu sehen, ob sich die glücklichen Paare nicht doch einsam fühlten, so wie sie nach sieben Wochen mit ihrem Liebhaber in der Herberge, war sie erstaunt. Denn den Paaren blieb nicht mal so viel Zeit. Sobald das Märchen zu Ende war, starben sie einfach.

Deswegen endeten die Märchen so: Und wenn sie nicht gestorben sind, dann leben sie noch heute.

Sie waren tot, am Ende des Märchens waren alle tot, selbst wenn es im Satz vorher noch geheißen hatte: So lebten sie lange Jahre glücklich zusammen. Dann kam der nächste Satz, der mit *Wenn sie nicht gestorben sind* und nach diesem Satz fielen die Paare einfach um und hörten auf zu atmen.

Und der Prinzessin fiel ein, was die Bremer Stadtmusikanten sagten:

– Etwas Besseres als den Tod finden wir überall.

Aber wenn sie glaubte, in den Köpfen der anderen würde niemand leben, war das dann nicht etwas Ähnliches wie tot sein? Wenn man nicht fühlen konnte, dass es die anderen gab, war das nicht schon das Ende? Und wieso ging ihr Ende so lang? Und, immer noch, wo war die Mitte der Langeweile?

In einer Herberge, in welche die Prinzessin auf ihrem Weg durch die Märchen einkehrte, hatte der gestiefelte Kater seine Stiefel ausgezogen und lag beim Ofen. Er war es, der ihr von der uralten Katze erzählte, die auf der Rückseite Irgendwos wohnte und Antworten wusste. Viele Antworten. Nur der Weg war beschwerlich.

Wenn die Menschen mir nicht helfen können, dann vielleicht die Tiere, dachte die Prinzessin und machte sich auf den Weg zur Rückseite Irgendwos. Sie ging über Berge und durch Täler, sie passierte Schluchten und Flüsse, mal stieg der Weg steil an, mal fiel er ab, sie durchquerte Wüsten und segelte über Meere, bis sie schließlich an die Rückseite Irgendwos gelangte.

Dort lag die uralte Katze auf einem noch älteren Holzstuhl und schnurrte behaglich.

– Guten Tag, sagte die Prinzessin, ich habe gehört, du wüsstest Antworten.

Die Katze schnurrte. Das konnte ja oder nein heißen.

– Ich bin nämlich auf der Suche, sagte die Prinzessin und die alte Katze grinste.

– Suchen heißt, mit dem Kopf gegen die Wand zu laufen, sagte sie, und nicht mehr mit dem Kopf gegen die Wand zu laufen, bedeutet das Ende der Suche.

– Ich suche das Ende der Einsamkeit, sagte die Prinzessin. Oder die Mitte der Langeweile. Kannst du mir da helfen?

– Du musst aufhören zu suchen, sagte die Katze, der Rest geschieht von selbst. Aber wenn du aufhörst, verschwindet die Geschichte. So wie in dem Buch von Lewis Carrol die Katze verschwindet. Also überleg es dir gut, ob du aufhören möchtest. Ohne die Geschichte kommst du nicht zu mir, du redest nicht mit mir und es geschieht auch sonst nichts. Nichts Gutes und nichts Schlimmes. Wir sind nur auf der Suche, damit es Geschichten gibt. Ohne Geschichten ist den meisten Menschen langweilig. Ob du aufhören möchtest zu suchen: Entscheide selbst.

So sollten alle Märchen enden, fand die Prinzessin: Entscheide selbst.

Inhalt

Dank geht an:

meine Eltern, meinen Bruder und seine Familie,
Maria Steenpass, Markus Martinovic, Lutz Freise,
Christian Asmussen, Ralf Gerhardi, Tim Wasser,
Philipp Dreber, André Pilz, Boris Höpf, Tim Brüning,
Georg Hasibeder, Annegret Beier, Daniel Lepetit.